Spaziergänge

MARLIES MENGE

Spaziergänge

Die Serie aus der Wochenzeitung DIE ZEIT

Mit Fotografien von Roger Melis

Spaziergänge mit Loriot, Christoph Hein, Sebastian Haffner,
Eva Strittmatter, Jutta Hoffmann, Helga Schütz, Friedrich Schorlemmer,
Monika Maron, Bettina Wegner, Gisela May, Wolfgang Kohlhaase,
Stefan Heym, Daniela Dahn, Günter Kunert, Katharina Thalbach,
Wolfgang Vogel, Wolfgang Mattheuer u.a.

Schwarzkopf & Schwarzkopf

INHALT

Brandenburg. Vorwort von Marlies Menge 6

Spaziergänge. Vorwort von Haug von Kuenheim 8

Marianne Foerster 10

Egon Günther 15

Andrej Hermlin 20

Eva Strittmatter 27

Wolfram Hülsemann 33

Jutta Hoffmann 38

Christoph Hein 46

Sebastian Haffner 52

Adelheid Koritz-Dohrmann 59

Helga Schütz 65

Friedrich Schorlemmer 71

Monika Maron 77

Bettina Wegner 82

Loriot 88

Thomas Krüger 95

Gisela May 101

Wolfgang Kohlhaase 109

Stefan Heym 117

Daniela Dahn 124

Katharina Thalbach 139

Wolfgang Vogel 147

Ingeborg Hunzinger 155

Wolfgang Mattheuer 162

Eva Löber 169

BRANDENBURG

Ich würde ohne Not nie auswandern, nicht nach Kanada, obwohl man da Häuser am Meer für'n Appel und 'n Ei haben kann und Hummer so billig sind wie anderswo Bratkartoffeln. Nichtmal nach Bayern, trotz der barocken Kirchen und dem Schnee auf den Alpen. Ich brauche Sumpf, Sand und dunkle Kiefernwälder, wie die Brandenburger Hymne sie besingt. Ich mag das, was Leute anderer Länder eher poplig finden: eine Kleinstadt wie Angermünde, in der meine Großmutter aufwuchs, Wälder, in denen es für meine Hunde wunderbar nach Wildschwein duftet, Sand, in dem Teltower Rübchen gedeihen, die ich so gerne esse wie Spargel aus Beelitz und Gurken aus dem Spreewald.

Wir Brandenburger sind bescheiden, und darauf bilden wir uns mächtig was ein. Meeresrauschen, Bergeshöhen, so was kann ja jeden begeistern. Aber eine einzelne Birke am Wegesrand, die sehen nur wir Märker. »Mich rühren die sandigen Wege, im alten sandigen Land...« dichtete Eva Strittmatter, gebürtige Neuruppinerin. Und Franz Fühmann, der seine Bücher in einem winzigen Haus bei Märkisch Buchholz schrieb, zeigte mir die Stellen, an denen ich im Herbst Grünlinge finden kann, ein echt märkischer Freundesbeweis. Maronen und Pfifferlinge suche ich mit Helga Schütz, Schriftstellerin aus Babelsberg. Und mit Kollegen von ihr, Rosemarie Zeplin und Günter de Bruyn, einem Märker bis ans Herz hinan, laufe ich kilometerweit durch dunkle Kiefernwälder, unsern Hunden zuliebe. Meinen Phlox kaufe ich nur in der Foesterschen Staudengärtnerei in Bornim.

Ich reise nach Cottbus und sehe mir Schroths Inszenierung von »Ole Bienkopp« an, nach dem Roman von Erwin Strittmatter, dem Strittmatter, der das märkische Dreizehn-Seelen-Dorf Schulzenhof berühmt gemacht hat. Und mit der Freundin, mit der ich als Kind Löwenzahn für die Kaninchen in den Nuthewiesen gepflückt habe, fahre ich heutzutage zu preußischen Schlössern oder zum Schwielowsee. Wir haben schließlich nicht nur Sumpf und Sand, wir haben auch Potsdam und Sanssouci, wo ich allerdings weniger die königlichen Gemächer besuche als die Stelle, an der der Alte Fritz seine Windhunde begraben hat. Das liebste Schloß ist mir ohnehin des Soldatenkönigs Jagdschloß am Stern, das eigentlich viel zu simpel ist für den Titel Schloß.

Meine Kinder deklamieren ohne Stottern den Ribbeck auf Ribbeck im Havelland, singen von Sabinchen, dem Frauenzimmer aus Treuenbrietzen und von Fritze Bollmann aus Brandenburg, und ich erwarte von ihnen, daß sie das an ihre Kinder weitergeben.

Aber Brandenburg deshalb großartig loben? Da halte ich es lieber mit Fontane, der sagte, als man ihm zu besonderem Anlaß ein Preußen-Jubelepos abverlangte: das kann ich nicht, dazu bin ich entweder zu schlau oder zu dumm.

Marlies Menge

SPAZIERGÄNGE

Ihre Liebeserklärung an Brandenburg sagt mehr über sie als jedes Vorwort zu diesem Buch. Sie zeigt Marlies Menge, wie sie leibt und lebt. Man hört gleichsam ihre Stimme, ihren berlin-brandenburgischen Tonfall, den sie nie verbergen würde. Hier im Brandenburgischen ist sie zu Hause, hier ist sie aufgewachsen, hier leben ihre Freunde und hier wird sie dereinst wohl auch begraben sein wollen.

Als die neuen Bundesländer noch DDR waren, hat die Hamburger ZEIT Marlies Menge 1977 nach Ostberlin geschickt. Sie wohnte in einem spartanischen Plattenbau in Lichtenberg, zwei winzige Zimmer, und wenn die verwöhnten Redakteure aus Hamburg sie besuchten, bekamen sie ein schlechtes Gewissen. Von hier aus hat Marlies Menge regelmäßig berichtet. Ihre Reportagen und Porträts, ihre Streifzüge durch Städte und Dörfer brachten den unkundigen Westlern das »ferne Land« näher. Sie knüpfte Freundschaften, und für viele Menschen, hüben wie drüben, war sie eine nimmermüde Mittlerin zwischen Ost und West.

Als 1989 schließlich die Mauer fiel, war Marlies Menge erleichtert: Nun mochten, sollten und konnten sich auch andere um die »Schwestern und Brüder« kümmern. Nach der anfänglichen Begeisterung im neuen, großen Deutschland aber folgte der Katzenjammer. Das unheilvolle Wort von der Mauer in den Köpfen machte die Runde. Zu den wenigen, die sich in diesen turbulenten Nach-Wende-Jahren treu blieben, gehörte Marlies Menge. Sie rückte nicht ab von dem, was sie aus der DDR berichtet hatte – wozu auch? Hatte sie doch versucht, in ihren Geschichten, den Menschen im anderen Teil Deutschlands gerecht zu werden.

Als sie zur Jahreswende 96/97 ihre Liebeserklärung an Brandenburg für die ZEIT schrieb und darin Namen ihrer alten Freunde auftauchten, wurde die Idee jener Spaziergänge mit alten Freunden und Bekannten geboren: »Marlies Menge unterwegs mit ...« Sie bestand darauf, daß ihre Hunde dabei sein sollten. Es kann gut sein, daß diese gelegentlich redaktionellen Streichungen zum Opfer fielen, wie überhaupt der eine oder andere Spaziergang gekürzt werden mußte. Für das Buch hatte die Autorin die Freiheit, Streichungen wieder rückgängig zu machen.

Marlies Menge hat eine große Begabung, sich Freunde zu machen, und ihren Freunden bleibt sie auch treu. Sie war wohl der einzige Mensch, dem Sebastian Haffner die Tür öffnete, als er nur noch ein Schatten seiner selbst war und sich der Öffentlichkeit nicht mehr zeigen mochte. Sie sprachen über Gott und die Welt, über Schäuble und Kohl und blieben sich die Antwort schuldig, wer wohl der größte lebende Deutsche sei.

Den Prediger aus Wittenberg, Friedrich Schorlemmer, mag sie besonders gern. Und sie konnte auch die Frage beantworten, die die Redaktion ihr mit auf den Weg gegeben hatte, ob er auch wirklich so fromm sei. Ja, er ist's.

Die Spaziergänge von Marlies Menge haben den Lesern der ZEIT großen Spaß gemacht. Und es ist ein Vergnügen, sie wiederzulesen – hier, in diesem Buch.

Hamburg, im Juli 2000

Haug von Kuenheim

Phlox nach der Mutter

Nach der Wende kehrte sie aus Belgien heim nach Bornim bei Potsdam, wo ihr Vater, Karl Foerster, einst Deutschlands berühmteste Staudengärtnerei betrieb. Eine traditionsreiche Gärtnerei hat sich wieder berappelt

»Winter in Bornim ist keine sehr schöne Sache.« Im Garten ist um die Zeit nur der Schirm farbig, der das Futter für die Amseln vor Schnee schützen soll. Gräser, Astern und bodendeckender Knöterich sind vergilbt. Die Blüten der fetten Henne sind dunkelbraun verwelkt. Der Garten ist braun in allen Schattierungen, wie von Rembrandt gemalt.

Marianne Foerster mißfällt am Winter vor allem, daß er die Gärtnerin einsam macht. Keine Besucher kommen, um sich von ihr den denkmalgeschützten Senkgarten zeigen zu lassen, den ihr Vater, der Staudengärtner und Gartenphilosoph, 1910 zeitgleich mit der Staudengärtnerei angelegt hat und für den seine Tochter jetzt zuständig ist. Die ABM-Leute, die ihr sonst helfen, beschneiden im Winter Bäume in der Stadt. Hinzu kommt die Sorge, ob sie ihr ein weiteres Jahr erhalten bleiben.

Wir laufen zum Teich in der abgesenkten Gartenmitte, um nachzusehen, ob die Goldfische den Frost überlebt haben. Die Hunde immer mit uns. Im Winter können sie nichts umknicken oder zertrampeln, höchstens Tulpenzwiebeln ausgraben. Aber Hunde machen sich nichts aus Tulpenzwiebeln.

Marianne Foerster, eine stämmige Person Mitte sechzig, mit kurzgeschnittenen Haaren, ist mit Gummistiefeln und Wachsjacke für alles gerüstet, außerdem hat sie trockenes Brot dabei. Sie will Enten füttern am Fahrländer See. An den hat sie oft ihre Eltern gebracht, als die schon alt waren und sie sie aus Belgien besuchte.

Aus Belgien? Ja, Belgien. Nach der Lehre beim Vater wollte sie weg, aufbrechen zu Lehr- und Wanderjahren. Die DDR war zwar noch mauerlos, aber um legal zu gehen – und auf Besuch kommen zu dürfen –, durfte sie entweder nur kurz oder ganz. Sie ging ganz. Auch um zu zeigen, daß sie es ohne Vater schafft. Bewarb sich beim Botanischen Garten in Stockholm – und wurde genommen. Ohne Vaters Vermittlung. Immerhin, sein Name half. Sie wurde Gartenarchitektin und ging nach Belgien.

»Das da ist alles Lennésche Feldflur«, zeigt sie, »die soll erhalten (sprich unbebaut) bleiben. Und da hinten soll 2001 die Bundesgartenschau hin.« Wobei die Bornimer mitmachen möchten. Immerhin sind sie die traditionellste Gärtnerei hier. Karl Foerster war bereits 1945 so bekannt, daß die Sowjetische Militär-Administration seine Gärtnerei als »Züchtungs- und Forschungsbetrieb winterharter Blütenstauden« unter ihren Schutz nahm. Die DDR schmückte sich mit ihm. Er bekam die Ehrendoktorwürde der Humboldt-Universität, erhielt den Vaterländischen Verdienstorden, wurde Ehrenbürger der Stadt Potsdam und schließlich auch Professor.

Nicht nur die DDR: Die Internationale Staudenunion machte ihn zum Ehren- und die Westberliner Akademie der Künste zum außerordentlichen Mitglied. 1970 starb er, 96jährig, davon 60 Jahre Gärtner in Bornim. Hunderte von Pflanzen hat er gezüchtet: Rittersporne und Phloxe (die besonders), Astern, Chrysanthemen; nebenher dreißig

Marianne Foerster am Fahrländer See:
Von hier nach drüben und wieder zurück

Bücher geschrieben. Erst nach seinem Tod 1972 wurde seine Gärtnerei ein volkseigener Betrieb. Die Tochter kam 1990 nach Bornim zurück und half, sie in eine Privatgärtnerei zurückzuverwandeln.

Der Fahrländer See ist ein märkischer See, mit Wald drumrum und einem breiten Schilfgürtel für Vögel zum Brüten und hin und wieder einer malerischen Weide, wie es sich für einen anständigen See gehört. Ich erinnere mich: An diesem See habe ich, als ich zwölf war, mit meinen Eltern Urlaub gemacht, im Ferienhaus der Märkischen Volksstimme. Der Chefredakteur und seine Frau haben mir auf dem See das Rudern beigebracht. Und zur Konfirmation haben sie mir Goethes Gespräche mit Eckermann, Heines Gedichte und Brehms Tierleben geschenkt, Druckerzeugnisse aus der sowjetisch besetzten Zone, die mich bis heute begleiten.

Wir kommen an eine Stelle, wo der See flach ist, im Sommer Badestrand für Kinder. Weit und breit keine Enten zum Füttern. Wir werfen Stöcke für die Hunde ins Wasser.

Und wie geht es der Gärtnerei heute? »1990 war sie in Auflösung.« Mit 19 Hektar und 150 Angestellten war sie viel zu groß. Westliche Kunden blieben weg. »Die hatten doch bei uns Stauden für'n Appel und 'n Ei haben können.« Die Währungsunion machte dem ein Ende. Es folgten ein paar mißglückte Anfänge. 1993 wurde die heutige GmbH gegründet. Inzwischen, geschrumpft auf sieben Hektar und acht Gärtner, hat sie sich berappelt: »Wir liefern von Usedom bis an den Tegernsee.« An Gartencenter, Baumärkte, Baumschulen, die meisten aus den neuen Bundesländern. Doch auch Ostgärtner scheinen sich inzwischen wieder auf die vertrauten Ostpflanzen zu besinnen. Und Foerster-Stauden waren in der DDR so bekannt wie das Waschmittel Spee oder die Zigarette F 6.

»Ist das nicht eine Krankheit?« Marianne Foerster meint ein Haus, ziemlich asymetrisch und modern. Ihr gefällt das daneben, schilfbedeckt und winzig. Der Mann im Nachbargarten erzählt, es sei eine kleine Kopie von Max Schmelings Haus in Bad Saarow. Er schneidet die Ligusterhecke, und die Gartenarchitektin moniert: »Ist ja ganz schief. Da rechts muß noch was weg.« Sie ist Gärtnerin, immer und überall.

Auch die beiden anderen Bornimer Geschäftsführer sind Gärtner. Der eine arbeitet schon lange in der Foerster-Gärtnerei. Der andere ist aus dem Westen. Beide sind Gesellschafter der GmbH: »Wir sind ein gemischtes Team, ein Ossi, ein Wessi und ich Wossi: von hier nach drüben und wieder zurück.«

Von März an bilden sie mit fünf Staudengärtnereien aus ganz Deutschland einen Stauden-Ring. Jede Gärtnerei bleibt selbständig, gemeinsam wollen sie werben, vermarkten und die gleichen Stauden anbieten. Marianne Foerster zählt genüßlich ein paar neue aus dem Sortiment auf: »Sedum telephium: Matrona, schön! Calamintha: Blue Cloud, schön! Hemerocallis: Stella d'Oro, kommt aus Belgien, von mir mitgebracht.«

Wie fühlt sich eine, die sich jahrzehntelang als Europäerin geübt hat, jetzt im kleinen, märkischen Bornim? Vielleicht sieht sie das mühselige deutsche Zusammenwachsen ein bißchen distanzierter. Manches erscheint ihr verdammt deutsch.

Ein älterer Mann und seine Enkelin kommen des Weges. Die Kleine reitet auf einem Shetlandpony. Marianne Foerster füttert das Pony mit Enten-Brot. Es sei nicht immer so zutraulich gewesen, erzählt der Mann. »Ich habe viel mit ihm geredet. Nach einem halben Jahr hat es kapiert, daß wir es gut mit ihm meinen.«

Sie überlegt, was sie vom Spaziergang mit nach Hause nehmen könnte. Das hat ihr die Mutter beigebracht (voriges Jahr ist sie, knapp 94jährig, gestorben): »Jedesmal was mitbringen, und wenn es geklaute Maiskolben sind.« Im Unterholz sieht sie trockenes Geäst: »Wunderbares Kaminholz. Hätte ich doch bloß meine Klappsäge dabei!«

Liebste Mitbringsel sind ihr natürlich Pflanzen. Ihr Vater hat geschrieben: »Ein Gärtner reist nicht ohne Notizbuch und sauberes Taschentuch. Das Notizbuch zum Aufschreiben, und das Taschentuch zum sanften Herabfallenlassen auf eine wunderschöne Pflanze, von der man mit gutem Gewissen ein oder zwei Samenkörner oder einen Steckling mitnimmt. Man stiehlt nie die ganze Pflanze. Das ist unfein.« Er war großzügig mit seinen Weisheiten: »Die Welt ist viel zu bunt, um schwarz zu sehn.« – »Wer mit seinem Garten schon zufrieden ist, verdient ihn nicht.«

Die Foerster-Tochter sammelt und zieht in ihrem Privatgarten interessantes Neues, am liebsten Phlox: »Das ist Heimatgeruch. Wenn ich irgendwo im Ausland Phlox rieche, denke ich sofort: Bornim.«

Nur des Namens wegen, er hieß »Wennschondennschon«, habe ich bei Stauden-Foerster meinen allerersten Phlox gekauft. »Quietschviolett mit fröhlich schneeweißem Auge« beschrieb ihn mir Marianne

Foerster und steckte noch »Eva Foerster« dazu, einen Phlox, nach ihrer Mutter benannt. Und manchmal nimmt sie Freunde auf den Arm und sagt ihnen: »Ihr müßt MICH noch mitnehmen« und packt ihnen eine Chrysantheme in den Korb, die der Vater ihr zu Ehren »Goldmarianne« getauft hat.

Meine Freundin Ruth, neulich zu Besuch aus Bordeaux, nahm sogar für ihren französischen Garten Foerster-Stauden aus Bornim mit. »Wir haben eine Menge Privatkunden, auch aus dem Westen. Der Name Foerster zieht eben noch immer.«

Hinterm Zaun einer Töpferei bellt wütend ein Rottweiler, wird aber liebenswürdig, als auch er mit Brot gefüttert wird. Wir klingeln. Eine Frau öffnet uns. Der Rasen ist voller Maulwurfshügel. Marianne Foerster erzählt, ihr Vater sei oft gefragt worden: »Was tun Sie gegen Maulwürfe?« – »Ich schimpfe«, hat er geantwortet. Sie möchte eine Ausstellung im Senkgarten mit den Plastiken aus der Töpferei machen: »Große Vögel um den Teich herum, dicke Katzen, die dicke Eule da im Gebüsch.« Und dann bricht wieder die Gärtnerin durch: »Die Winden da am Haus bräuchten mehr Erde.«

Auf dem Rückweg beobachten wir, wie ein Kleiber kopfüber an dem Stamm einer Eiche runterrennt, was nur Kleiber können. Ein zweiter kommt dazu. Hört sich an, als ob sie sich zanken. Marianne Foerster meint, sie besprechen Wichtiges für die Zukunft. Auf dem See immer noch keine Enten. Wir versuchen es an einer andern Stelle. Wieder nichts. Schließlich sehen wir von weitem ein einzelnes Bläßhuhn, als wir näher kommen, noch zwei, drei. Marianne Foerster wirft ihr Brot. Immer mehr kommen: Bläßhühner, Schwäne vom gegenüberliegenden Ufer, jede Menge Wildenten und schließlich, die Krönung: ein wunderschöner Mandarin-Erpel mit seiner Frau.

Und während wir die Vögel füttern, bereitet sich hinterm Wasser die Sonne langsam auf ihren täglichen Untergang vor.

Erschienen im Februar 1997

Vieles war ja schlimm

»*Ich neige heute dennoch dazu, die DDR zu entdämonisieren.*«
Er war einer der erfolgreichsten Filmregisseure der DDR.
Er ging in den Westen, lebt nun wieder in Groß Glienicke.
Am 30. März wird er siebzig Jahre alt.

Es schüttet, pladdert, als ob es nie wieder aufhören wollte. Der Regen macht das Potsdamer Kasernengelände nicht anheimelnder, Kasernen seit der Kaiserzeit, später für die Wehrmacht, noch später für die Russen. Jetzt stehen sie leer. Die Straße führt im Norden der Stadt hinaus durch einen Wald, über eine schmale Brücke, noch ein paar Kilometer, und ich bin in Groß Glienicke. Am Ortseingang erschreckt mich eine scheußlich postmoderne, neue Siedlung. Doch dann – die vertraute Villa in der Seepromenade, schön, wie eine kleine Villa an einem See nur sein kann.

»Wir könnten den Spaziergang ja simulieren«, schlägt Egon Günther vor, »bei dem Wetter...« Immer noch schlank, trägt er immer noch Jeans und Rollkragenpullover. Ich kann mich nicht erinnern, ihn je anders gesehen zu haben. Im Sommer allenfalls im Jeanshemd statt Pullover. Seine kurzen Haare sind inzwischen weiß.

Hinter der blauen Eingangstür, über dem Geländer, hängt ein Sattel. Egon Günther ist leidenschaftlicher Reiter. Über Pferde müßte ich mit ihm reden können, kann ich aber nicht, weil ich nichts davon verstehe. Das Haus liegt am Hang, eine Treppe führt runter zum Wohnzimmer mit dem blau umkachelten Kamin, dem Bauernschrank, der Bauerntruhe. Egon Günther setzt sich ans Fenster, mit Blick auf den Glienicker See. »Die Deutschen haben keine Mitte, keine Identität«, sagt er. Deshalb gebe es im deutschen Film keine Kontinuität. Der polnische, der russische, der englische Film – jeder habe seine typische Besonderheit, der deutsche nicht. »Die Polen sagen ganz selbstverständlich: Ja jestem Polak, ich bin Pole.« Ihm fällt es schwer, »ich bin Deutscher« zu sagen. Dabei hat er alles versucht, was deutsch sein kann: hat im Osten gelebt, hat im Westen gelebt, hat Filme zur deutschen Geschichte gemacht, bis hin zu den Kolonien in Afrika, war mit einer Schweizerin verheiratet.

So plötzlich wie der Regen kam, hört er auf. Sonne bricht durch. Wir können los. Egon Günther greift eine Lederjacke, auch sie sein ständiges Requisit. Ich hole die Hunde aus dem Auto. Ich weiß, daß er Hunde nicht mag. Wegen der Grenzhunde, die unten am See jahrelang mit dem Schleifring am Stahlseil nervtötende Geräusche gemacht haben, Tag und Nacht. Als Egon Günther und Helga Schütz 1962 hier einzogen, war der See für sie schon unerreichbar. Durch den Stacheldraht konnten sie ihn aber sehen. 1963 wurde eine Mauer in ihren Garten gebaut, genauer zwei Mauern, dazwischen eine Asphaltstraße für die Jeeps der Grenzer und die Laufleinen der Hunde.

Groß Glienicke war geteilt, in eine westliche Hälfte in West-Berlin und eine östliche. Dazwischen der See. Wir wohnten damals in der westlichen, Egon Günther und Helga Schütz in der östlichen. Wenn wir sie besuchten, mußten wir über zwei Stunden fahren, über Berlin und Potsdam. Immer kamen wir ohne die besondere Genehmigung, die wir für das Grenzgebiet hätten haben müssen. Wir parkten unser Auto irgendwo im Ort, stiegen um in Egon Günthers Auto. Der fuhr mit uns zur Seepromenade, sah nach links, sah nach rechts – kein Polizist, rein in die Garage. Einmal nahmen wir sogar ein graugetigertes Kätzchen aus Groß Glienicke mit. Die Mutter war einäugig, hatte vermutlich im Grenz-Stacheldraht ihr zweites Auge verloren. Wir schmuggelten das Katzenbaby in der Frühstückstasche unseres Jüngsten. Heute überlegt Egon Günther: »Vermutlich haben die immer sehr wohl gewußt, wenn uns jemand besucht hat.« Steht das nicht in seiner Stasi-Akte? Weiß er nicht. Hat er nicht eingesehen. Will er auch nicht einsehen.

Wir laufen durch den verwilderten Garten runter zum Asphaltstreifen. Auf dem kommt man bis zur Heilandskirche in Sacrow. »Erst jetzt kann man sehen, welche Riesenschneise sie für ihre Grenze in diese wunderbare Landschaft geschlagen haben.«

Ja, er leite noch eine Drehbuch-Werkstube an der Filmhochschule in München, und er gibt Regiekurse in der in Babelsberg, wo man ihn zum Professor geschlagen hat. Er würde gern einen Film über Arbeitslose machen. Aber wer will den schon... Auch sein Nietzsche-Filmdrehbuch will bisher niemand haben. Immer die Frage: Kommt es auch an? Bringt es Geld ein? Ist für ihn neue Art von Zensur. »Das Publikum will keine Probleme sehen. Deshalb ist »Rossini« so ein Erfolg – da ist keines ihrer Probleme drin.«

Die Hunde begrüßen einen dunkelgrauen Schäferhund in Begleitung einer Frau. Er bleibt bei Fuß, wie es sich für einen seiner Rasse ziemt. Egon Günther sagt: »Klingt vielleicht hochtrabend: Aber ich bin mir treu geblieben, habe nichts gemacht, wozu ich nicht stehe. Bin dabei nicht reich geworden.« Die Treue in Sachen Film hat ihm viel Ruhm, aber auch eine Menge Ärger eingebracht: Neben erfolgreichen Filmen wie »Der Dritte«, Thomas Manns »Lotte in Weimar« (immer mit dem Zusatz: mit Lilli Palmer), Zweigs »Erziehung vor Verdun« drehte er Filme, die die DDR kaum oder gar nicht zeigte, weil sie ihr nicht in den Kram paßten.

»Ich neige heute dazu, die DDR zu entdämonisieren.« Vielleicht weil die, die nichts über sie wissen, sie zu sehr dämonisieren. Vielleicht auch, weil im verschwundenen Land DDR einer wie er, Arbeiterkind, ohne Gymnasium hatte studieren können. Noch immer klingt die weiche, ein wenig singende Sprache aus dem Erzgebirge durch, wo er als Sohn eines Schlossers aufwuchs und selbst Schlosser wurde.

Egon Günther auf der alten Asphaltstraße,
die Groß Glienicke in Ost und West teilte

Studiert hat er dann in Leipzig, bei Ernst Bloch und Hans Mayer, die die DDR so bald rausekelte. Dennoch: »Vieles war ja wirklich schlimm in der DDR. Plötzlich warst du eine Unperson. Manche Beleidigungen saßen tief. Die Sache mit Thomas.« Sohn Thomas kam 17jährig ins Gefängnis, weil er in der Schule gegen den Einmarsch in die CSSR opponiert hatte. Nachdem Egon Günther die Petition gegen die Biermann-Ausbürgerung unterschrieben hatte, lief nichts mehr. Er ging nach München, bekam einen westdeutschen Paß, arbeitete nur noch für den Westen, blieb aber DDR-Bürger, hat die 125 Mark-Ost Miete fürs Haus immer weitergezahlt. »War manchmal hier, habe hier geschrieben.« Die DEFA verhalf ihm immer wieder zur Ausreiseverlängerung, mal für sechs Monate, mal für Jahre. Das mit den zwei Pässen war manchmal schwierig, wenn er zum Beispiel in der CSSR war, seinen DDR-Paß vorzeigte, die Grenzer ihn abtasteten, und er wußte, oben in der Jacke steckte der westdeutsche Paß, zur Einreise in die Bundesrepublik.

Groß Glienicke ist für ihn Heimat. »Mit dem Pferd habe ich jede Ecke erkundet. In das Haus bin ich vor 35 Jahren gezogen, da gibt es Verwurzelungen. Ich weiß gar nicht, ob ich je richtig weg war.« In dem Haus hat Claudia, die behinderte Tochter von ihm und Helga Schütz, gelebt, der er im Roman »Reitschule« ein Denkmal gesetzt hat. Helga Schütz hat so manches Drehbuch zu seinen Filmen geschrieben.

Links am Weg stehen hunderte von Campingwagen. Die waren immer da: westliche Camper, die hinter der Mauer gecampt hatten, ihren Schutz ganz gern behalten hätten. Davor ist die Erde kahl. »Vielleicht fegt hier der Wind besonders scharf um die Kurve. Oder sie haben hier besonders viel Unkraut-Ex versprüht.« Überall sonst setzt Natur sich durch, Birken, Kiefern, Robinien, Goldraute. Rechterhand wird eine voluminöse Villa gebaut. »Bauherr ist sicher einer aus dem Westen.« Die Nachbarhäuser seien inzwischen alle mit Leuten aus dem Westen bewohnt. Die seien aber nett. Man besuche sich gegenseitig.

Das Haus, in dem Egon Günther lebt, gehört ihm nicht. »Nach der Wende meldete sich zunächst niemand. Erst vor zwei Jahren kam ein Rechtsanwalt, Vertreter einer Erbengemeinschaft, trat großspurig auf: Hier muß ja viel gemacht werden.« Dann ein Jahr Schweigen. Bis sich ein Abgesandter der Jewish Claims Commission meldete, der ihm erzählte, das Haus habe 1929 eine Anna Abraham gebaut und darin gelebt, bis sie es 1942 für einen Spottpreis verkaufen mußte, eine

Woche später nach Theresienstadt gebracht wurde. Seitdem hat niemand mehr was von ihr gehört. Offenbar hat sie keine Erben. Egon Günther will das Haus von der Jüdischen Kommission kaufen.

Am Wegesrand steht ein Schild: »Ristorante Waldfrieden«. »War Stasi-Erholungsstätte.« Und ein Stück weiter: »Da hat Bodo Uhse gewohnt, mit seiner Alma. Weißt du, wer Bodo Uhse war?« Ich sage, ich weiß es. (Er war Schriftsteller, Kommunist, von den Nazis verfolgt, hoch geehrt in der DDR, gestorben 1963.)

Die Vereinigung, findet er, sei viel zu schnell gegangen. So furchtbar die Grenze auch war, die Menschen sahen in ihr immerhin einen Schutz vor Kriminalität, Drogen, Aids. »Durch sie wurde die DDR ihr angestammtes Land. Sie hatten sie 40 Jahre, da kann man nicht von heute auf morgen so tun, als hätte es sie nie gegeben. Wenn jetzt manche in sich eine Mauer aufbauen, dann nur, um sie allmählicher, auf normalere Weise loszuwerden.« Viele sind von der Demokratie enttäuscht. Egon Günther sei mal bei Katja Mann zu Besuch gewesen und die habe ihm erzählt: Der Thomas hat immer gesagt, ich bin für eine aufgeklärte Despotie. Nur damit könne man die Utopie von Gleichheit für alle durchsetzen.

Rechts vom Weg stehen normierte DDR-Datschen: »Von der Stasi. An der Grenze durfte nur Stasi Datschen haben.« Er zeigt zum See: »Da sind wieder die Schwäne. Während des Winters waren sie weg.« Wir verlassen die Asphaltstraße, der Boden ist aufgeweicht. Lehm heißt auf Wendisch Glin, weiß ich von Fontane, deshalb Glienicke, und an diesem regenreichen Tag klebt er einem an den Schuhen.

In der Eingangstür seines Hauses erwartet Egon Günther seine jetzige Lebensgefährtin. Sie ist hübsch, hochgewachsen und schlank. Und sehr jung.

Erschienen im März 1997

Andrej Hermlin

»Ich bin zu satt, bin zu zufrieden«

*Er ist PDS-Mitglied und Musiker. Er und seine Band spielen
Swing der dreißiger Jahre – auch auf dem Bonner Presseball.
Am kommenden Montag wird der Dichter Stephan Hermlin
auf dem Dorotheenstädtischen Friedhof in Berlin beerdigt.
Sein Sohn erinnert sich: »Trotz aller Angriffe hat mein
Vater auch viel Solidarität erfahren.«*

Das letzte Mal, daß ich Andrej gesehen habe, ist ziemlich lange her. Es war im Herbst 89 bei einer der zahllosen Diskussionen, die das Ende der DDR begleiteten. Davor war ich ihm manchmal bei seinen Eltern begegnet, dem Schriftsteller Stephan Hermlin und dessen Frau Irina. Als Kind kam er mir immer aufgeregt vor, hatte es immer eilig, sprach immer etwas zu schnell und mit seiner russischen Mutter nur russisch.

Er war sofort bereit, mit mir spazieren zu gehen. Wenige Tage nach unserm Spaziergang rief er mich an. Sein Vater sei gerade gestorben. »Ich habe ihn sehr lieb gehabt«, sagte er. Ein wenig tröste ihn, daß der Vater auf ein erfülltes Leben habe zurückblicken können und daß er so schnell, ohne langes Leiden, gestorben sei.

Natürlich hatten wir auch bei unserm Spaziergang über den Vater geredet. »Fußball hat er nie mit mir gespielt oder mir das Fahrrad repariert, trotzdem hatte ich als Kind ein sehr inniglisches Verhältnis zu ihm. Er hat mir oft was vorgelesen und Geschichten erzählt. Wir haben zusammen Musik gehört.«

Inzwischen ist das Kind 31, verheiratet, selbst Vater einer Tochter und erfolgreicher Jazz-Musiker. Vielleicht würde er es umgekehrt aufzählen: den Jazz-Musiker zuerst. Andrej Hermlin-Leder wohnt nicht weit von seinem Elternhaus, im Nordosten Berlins, in Wilhelmsruh, in einem der schicken neuen Häuser, die hier zwischen die alten Häuser gebaut wurden. Die Mischung, sagt er, gefalle ihm.

Er empfängt mich vorm Haus, ein großer, genau 1,91 Meter, junger Mann, allerdings nicht mehr so schmal, wie ich ihn in Erinnerung habe. Ja, er habe zu viel Gewicht, seufzt er, »immer nur im Auto oder am Telefon. Ich sollte viel häufiger so spazierengehen wie jetzt.« Vielleicht fehlt es ihm an Zeit, denn er ist nicht nur der Dirigent der Band, sondern auch ihr Manager.

Wir fahren mit dem Lift in seine Wohnung im obersten Stock. Er stellt mir seine Frau vor, Bettina, und die einjährige Laura, von der die russische Großmutter behauptet, das Kind würde sie mit seinen schönen blauen Augen einverständlich ansehen, sowie sie ihm klassische Musik vorspiele. Ehefrau Bettina ist nicht nur Sängerin der Band, sondern auch Musiklehrerin: »Die Jungen sind in sie verknallt und die Mädchen mögen sie«, sagt Andrej stolz. Sie wirkt zuhause mütterlich und häuslich, kaum wiederzuerkennen, wenn man sie vorher in Andrejs »Swing Dance Orchestra« gesehen hat, wo sie im tief dekolletierten, seitlich geschlitzten Samtkleid, angemessen geschminkt und sexy, Jazz-Standards aus den dreißiger Jahren singt.

Andrej sieht auch im Alltag so aus wie einer aus dieser Zeit: der Haarschnitt, der Anzug mit Weste, die Krawatte; passend dazu beim Spaziergehen ein langer dunkler Mantel und ein schwarzer Hut, keck auf den Hinterkopf geschoben. Andrej hat noch mehr Hüte, viele.

Andrej Hermlin: »Das Dilemma der Menschen in den neuen Bundesländern – sie fühlen sich im eigenen Haus nicht heimisch«

Und er fährt, ganz comme il faut, einen Oldtimer: »Chevrolet Master de luxe von 1939, ist Werbung für die Band drauf, in Art-Deco-Schrift.«

Zu Andrejs Band gehören Bettina und sieben Musiker, drei Bläser – Trompete, Klarinette, Saxophon – und Gitarre, Kontrabaß, Schlagzeug, am Klavier Andrej. »Wir spielen Swing, alles ganz originalgetreu, selbst die Mikrophone, die Pulte sind alt. Wir klingen und sehen aus wie eine amerikanische Swing-Band aus den späten 30er Jahren. Die Arrangements machen wir allerdings selbst. Wir spielen Sachen, die man kennt und auch eigene Titel, aber die im Stil dieser Zeit.« Die Band ist erfolgreich. Sie ernährt ihre Männer und ihre Frau, nicht nur mit Wasser und Brot.

So aufgeregt wie früher ist Andrej nicht mehr, aber er spricht noch immer so schnell, daß ich beim Zuhören kaum mitkomme. Ob er noch in der PDS sei, frage ich ihn. »Doch, doch. Ich bin im Februar 1990 eingetreten, als alle andern ausgetreten sind.« Im Herbst 89 wollte ihn sein Freund Christian, der Sohn von Jens Reich, überreden, beim Neuen Forum mitzumachen. »Ich war sehr dafür, daß es zugelassen wird, aber es vertrat politisch nicht ganz meine Linie. Mein Weg war mehr der von Gorbatschow. Und dann sah ich eine Demonstration von einfachen SED-Mitgliedern, nicht solche gewohnten SED-Veranstaltungen, sondern die Basis, die was ändern wollte, und ich sagte mir: Da muß ich hin.« Anfang Februar ging er zur Pankower Kreisleitung der SED/PDS: »Eine Frau empfing mich, Berge von Parteidokumenten vor sich von Leuten, die alle austreten wollten. Als ich zu der sagte, ich möchte bitte eintreten, starrte sie mich an, als käme ich vom Mars.«

Auf der ersten Gruppen-Versammlung erklärte er, warum er eintreten wolle: »Wegen Gregor Gysi, Gorbatschow und wegen meines Vaters.« Damals war er 25. Vermutlich hätte er in der PDS Karriere gemacht. Er kann reden. Stasi-Enttarnungen waren bei ihm nicht zu erwarten. Er wurde in den Landesvorstand der Berliner PDS gewählt, wurde fürs Abgeordnetenhaus nominiert. Doch dann zog er sich zurück. Die Musik war ihm wichtiger, war sie ihm schon immer. Er glaubt, sie sei ihm angeboren. Schon mit drei, vier Jahren hat er sich für Jazz interessiert. »Mein Vater hatte vielleicht vier oder fünf Jazz-Platten. Wenn er mal eine davon auflegte, dann hörten die Eltern schon oben mein Tapp, Tapp, Tapp. Ich kam die Treppe runter und setzte mich hingerissen neben den Lautsprecher. Klassische Musik höre ich von außen. Jazz ist wie ein Körperteil von mir. Wenn man mir das wegnehmen würde, würde ich vermutlich sterben. Als ich zwölf war, hat mir Hans-Joachim Friedrichs mal 15 Jazzplatten mitgebracht. Die habe ich heute noch.«

In der Schönholzer Heide sind an diesem kühlen Frühlingstag mehr Hunde als Menschen unterwegs. »Da hinten ist der Rodelberg«, zeigt Andrej, »da bin ich mal furchtbar mit einem Baum kollidiert. Wollte hier auch mal einen Drachen fliegen lassen. Habe ich aber nicht geschafft. Manche Sachen sind mir nie gelungen: zum Beispiel Schlittschuh-, Ski-, Rollschuhlaufen.«

Und dann erzählt er von einem Dialog mit dem Vater, da war er sechs: »Die DDR ist das beste Land der Welt.« Der Vater: »Warum?« - »Sozialismus ist doch besser als Kapitalismus.« Der Vater: »Kann man so sagen.« – »Und da ist die DDR am besten.« Der Vater zögerlich: »Na ja...« – »Also ist die DDR das beste Land der Welt.« Der Vater: »So kann man das nicht sagen.«

Während in andern Familien übers Essen, den Garten, Verwandtschaft geredet wurde, ging es bei Hermlins um Politik und Literatur. Wer denkt, ein Dreißigjähriger sei zu jung, um schon viel erzählen zu können, kennt Andrej Hermlin nicht. Schließlich hat er schon mit sechs Jahren Pablo Neruda, einen Freund seines Vaters, kennengelernt und das nicht etwa in Berlin, sondern sie haben ihn in Paris besucht, wo Neruda Chile als Botschafter vertrat. »Ich sehe sein Gesicht noch so deutlich vor mir, daß ich es malen könnte. Als der Putsch in Chile war, habe ich furchtbar geheult, da war ich acht. Habe genauso geheult, als Willy Brandt zurückgetreten ist. Da war ich in der 2. Klasse.«

Nie vergessen wird Andrej den großen Friedenstreff in Moskau, zu dem ihn sein Vater mitgenommen hatte. Da traf er auf Gregory Peck und Gromyko und Schewardnadse. »Wir frühstückten mit Frisch und Dürrenmatt. Auf dem Weg zur Abschlußveranstaltung trat Marcello Mastroianni mir auf den Fuß und sagte: Scusi. Hinter uns saß Sacharow, neben mir Claudia Cardinale.« Sie wohnten im »Kosmos«, das völlig vom KGB abgeschirmt war: »Norman Mailer wollten sie nicht reinlassen, weil er seinen Paß vergessen hatte.«

Obwohl gerade mal elf, hat Andrej die Biermann-Affäre sehr bewußt erlebt. »Ich hatte Angst vor einer Mathe-Arbeit, sagte deshalb, ich sei krank.« Vor der Haustür wunderte er sich über die vielen Autos, von Heyms, von Kunerts, von Wolfs. Seine Mutter benahm sich ungewöhnlich. »Meine typisch russische Mama, die immer so besorgt um mich war, wenn ich was hatte, sagte ungeduldig: Ja, ja, schon gut, geh nach oben.« Andrej hockte sich stattdessen in die Garderobe, und was er durch einen Vorhang beobachtete, schrieb er in ein Oktavheft: »Heym sitzt an der Schreibmaschine, Papa steht hinter ihm.« Und: »Christa Wolf geht in die Küche.« Seine Mutter hat später vorsichtshalber das Heft verbrannt. »Wäre gar nicht nötig gewesen, die Stasi hat jedes Wort mitgehört. Erst neulich hat jemand auf dem großen Sessel gesessen, und plötzlich machte es: plom, plom – da fielen zwei Wanzen aus dem Sessel.«

In der Schule sagte der, der das Sagen in der Klasse hatte, zu ihm: »Da hat sich dein Vater aber was geleistet!« Das sei so eine Mischung von Bewunderung und Empörung gewesen. Ein paar aus der 8. Klasse pöbelten ihn an: »Ihr Konterrevolutionäre! Haut doch ab!« Andrej: »Ich war immer ein bißchen Außenseiter, das habe ich auch ausgenutzt.«

In der vierten Klasse lautete ein Aufsatzthema: Von der Sowjetunion lernen heißt siegen lernen. Er schrieb: »Wir müssen lernen, was Stalin angerichtet hat, daß er Millionen Kommunisten umgebracht hat, daß das nie wieder passieren darf.« Es war das erste Mal, daß er eine Vier bekam. Wurde der Vater in die Schule zitiert? »Nein, das hätten sie nicht gewagt. Das hätte mein Vater sich verbeten.«

Damals ging er in eine Schule mit erweitertem Russisch-Unterricht. Später machte er auf der Ossietzky-Schule sein Abitur, jener Schule, über die wir Korrespondenten immer mal wieder berichteten, wegen ihrer erstaunlich aufmüpfigen Schüler, einer von ihnen Andrej.

Doch seine Leidenschaft galt der Musik. Seit seinem siebten Lebensjahr hatte er Klavierunterricht in der Musikschule, fand sich aber viel zu schlecht, um sich für ein Musikstudium zu bewerben. Das besorgte jedoch hinter seinem Rücken ein Freund. »Ich hatte mir aus Moskau eine tschechische Klarinette mitgebracht. Bei der Aufnahmeprüfung spielte ich was drauf vor. Fragte der Prüfer: Wie lange spielen Sie denn schon? Na, ein Jahr. Können Sie noch ein Instrument? Ja, Klavier. Dann spielen sie doch darauf was vor. Und dann brachte er mich zum Chef der Jazz-Abteilung, zu einem Herrn Wonneberg. Der war ein Swing-Fan und war selig, daß einer mit 18 nicht Rock oder Pop, sondern nur Swing, Swing, Swing im Kopf hatte.« Doch bei der Prüfung fiel er durch. »Ich ging ein paar Wochen später noch mal zu Wonneberg, fragte ihn, ob es Sinn habe, es in einem halben Jahr noch mal zu versuchen. Der wunderte sich, daß kein Beschwerdebrief vom Vater gekommen war. Das hätte mein Vater nie gemacht. Hätte ich mir auch schwer verbeten. Ich konnte mit in den Westen fahren, hatte satte Privilegien. Aber alles andere wollte ich allein machen.«

Nach einem halben Jahr bestand er die Prüfung, mußte jedoch vorm Studium anderthalb Jahre Armee absolvieren, eine Armee, in der man, wie er gehört hatte, den Sohn des Dirigenten Kurt Sanderling als Judenschwein beschimpft hatte. Andrej war Ähnliches bereits in der Schule passiert, als Kinder ihn mal während der Wehrerziehung Jude gerufen hatten. Da hatte der zuständige Funktionär gesagt, auch er sei Jude. »Ich fragte: Wußte ich ja gar nicht, daß du Jude bist? Da sagte der: Immer wenn ich saufe und hinterher das Kotzen kriege, dann bin ich Jude.« Andrej wurde aber sonst eher als »Russenpiepel« angepöbelt, seiner russischen Mutter wegen.

Er bleibt stehen, sieht sich um: »Hier hat sich überhaupt nichts verändert. Dieselben breiten Alleen, derselbe Weg, den ich früher oft mit meiner Mutter gegangen bin, dieselben Mauerreste, von denen ich immer noch nicht weiß, wovon sie Reste sind.«

Übergangslos fängt er wieder mit seiner Band an: »Die habe ich schon während meines Musikstudiums gegründet.« Seit Sommer 88 treten sie regelmäßig auf. »Wir hatten einen Auftritt durch die Musikhochschule, da sahen uns andere: Kommt mal zu uns! Eins gab das nächste. In der Musik ging es in der DDR relativ freizügig zu.« Damals waren sie eine Amateurband, zwei Monate nach der Wende wurden sie Profis.

»Unser tollster Auftritt war der beim Staatsempfang zum 40. Jahrestag der DDR, Oktober 89. Viele haben gesagt: Kannst du nicht machen. Aber ich wußte, warum. Ich wollte eine Rede halten, habe ich auch gehalten. In einem der Säle, wenn auch nicht in dem, in dem Honecker saß, sagte ich in etwa: ›Bevor wir hier mit dem Swing anfangen, möchte ich ein paar Worte zu Ihnen sagen. Sie sehen vor der Tür die Demonstranten. Dies ist heute kein Tag zum Feiern. Wir sind heute hier zusammen, aber morgen müssen wir dafür sorgen, daß sich was ändert.‹« Ein Drittel klatschte Beifall, der Rest verließ den Saal.

»Heute sind wir gut im Geschäft. Wir treten vor allem in Berlin auf, waren aber auch schon mal beim Bundespresseball in Bonn. Wir spielen in verräucherten Jazzclubs und im Operncafé. Was wir spielen, klingt wie die Big Bands, wie Benny Goodman, wie Glenn Miller oder Tommy Dorsey.«

Das Gerede von der Ost-West-Trennung geht ihm auf den Geist: »Das ist eine Scheindiskussion, künstlich gezüchtet, um von den wirklichen Problemen abzulenken. Ich kann das nicht mehr hören: Die Westler würden hier alles aufkaufen, die Ostler können angeblich nicht arbeiten. Natürlich: Es gibt klassische Konflikte. Die einen ziehen die andern über den Tisch, aber die lassen sich eben auch ziehen.«

Das Dilemma der Menschen in den neuen Bundesländern sei: Sie fühlen sich im eigenen Haus nicht heimisch. »Eine Lehrer-Kollegin von Bettina sagt: Ich wohne seit vielen, vielen Jahren in der Schönhauser Allee, fühle mich in der Straße aber nicht mehr zuhause.«

Alles in allem sei er noch nie im Leben so unpolitisch gewesen wie jetzt. »Ich bin zu zufrieden, zu satt. Würde der Andrej von 1987 den Andrej von 1997 sehen, er würde ihm nicht gefallen. Das System macht die Menschen mit allen möglichen Dingen zufrieden, sind genug Überdruckventile da, um Dampf abzulassen. Der Sinn des Lebens verflüchtigt sich, bleibt nur das Kind, die Band. Wie habe ich mich in Staatsbürgerkunde manchmal mit Lehrern angelegt! Jetzt muß ich sagen: Manches war richtig.«

Die Angriffe des Literaturkritikers Corino gegen seinen Vater findet er ungeheuerlich: »Weil ich es besser weiß, das ist klar. Aber es ist nichts Neues für mich. Ich kenne frühere Angriffe von SED-Leuten, weil er Dinge gesagt hat, die andere nicht gesagt haben. Und Angriffe vom Westen, weil er die DDR nicht verlassen hat. Mich stört, daß vor allem die ihn angreifen, deren gefährlichste Entscheidung im Leben vermutlich war, bei Rot über die Straße zu gehen. Mein Vater hat aber auch sehr viel Solidarität erfahren.«

Vielleicht ist auch das ein Trost bei der Trauer dieses Sohnes um seinen Vater.

erschienen: 18. April 1997

Meine Birke, mein Bach, meine Wiese

Im Osten Deutschlands gehört Eva Strittmatter weiter zu den meistgelesenen Autoren – wie auch ihr Mann Erwin Strittmatter. Die 67jährige Dichterin ist bis heute in Schulzenhof geblieben – obwohl sie sich grault, so allein

Die Gegend um Schulzenhof könnte nicht märkischer sein, holprige Sandwege durch Kiefernwälder, Dörfer mit einfachen Bauernhäusern, Wiesen mit Holunder am Rand und manchmal mit einem Bach. Der Strittmatter'sche Hof liegt an so einer Wiese, die wohl meistbedichtete der Mark. »Meine Birke, mein Bach, meine Wiese./ Was mir nicht gehört, ist mir näher als das, /Was ich wirklich besitze«, schreibt Eva Strittmatter und bekennt, sehr märkisch: »Die karge Schönheit des Sandes gehört mir/gehörte mir schon von Anfang an.«

Hier lebt sie, drei Jahre nach dem Tod ihres Mannes, obwohl er der Zugehfrau prophezeit hatte: »Wenn ich tot bin, ist meine Frau gleich hier weg. Die jrault sich so.« – »Ich graule mich wirklich.« Sie lacht. Trotzdem blieb sie hier, mit zwei Island-Pferden, einem schwarzen Kater und dem Dalmatiner Arab, die Hunderasse der Strittmatters seit 20 Jahren, nicht erst seit sie Mode durch den Disney-Film wurde. Ich sitze auf demselben Stuhl wie immer, am Holztisch, mit Blick auf den Garten.

Ostberliner Verwandte hatten mir vor vielen Jahren ehrfürchtig das Haus von weitem gezeigt, weiß getüncht, Fensterläden und Tür rot. Auf der Weide grasten Pferde. Wir streichelten sie, in der Hoffnung, es seien Pferde aus Strittmatters Büchern. Es war eine Art Wallfahrt. Erwin Strittmatter, einer der meistgelesenen Autoren der DDR, hatte nicht nur Romane geschrieben, meist liebevolle Schilderungen kleiner Leute, er hatte in seinen literarischen Miniaturen dieses kleine Schulzenhof berühmt gemacht. Und auch die Lyrikerin Eva Strittmatter ist ohne Schulzenhof kaum denkbar. Es prägt manchen Vers in ihren acht Lyrikbänden und ist Entstehungsort der drei Bände »Briefe aus Schulzenhof«, Briefe, in denen sie Freunde und Leser teilhaben ließ am Strittmatter-Leben in Schulzenhof.

Aus der Nähe sah ich die Strittmatters erst auf dem letzten DDR-Schriftsteller-Kongreß, doch selbst da blieben sie unerreichbar. Mit westlichen Journalisten hatten sie nichts am Hut. Inzwischen habe ich viele Strittmatter-Bücher mit liebevollen Widmungen, Bücher, die meist schnell vergriffen waren, »Bückware«, für treue Kunden unter dem Ladentisch reserviert. »Aus einem ähnlichen Leben«, schrieb mir etwa Eva Strittmatter in eines ihrer Bücher, weil wir uns beide neben berühmten Ehemännern abstrampeln mußten.

Wir trinken Kaffee. Und reden über »Der Schöne«, Eva Strittmatters jüngstes Buch, ein Zyklus von Gedichten. Im letzten Jahr hatte sie mir die Druckfahnen zugeschickt, und kleinmütig hatte ich beim Lesen überlegt, ob es nicht peinlich sei, so offen unerwiderte Liebe zu bekennen, die Liebe einer alternden Frau von über 60 zu einem jungen Mann, der sie nicht will. Das Buch ist ein Erfolg. Viele, die Ähnliches erlebt hatten, schrieben ihr, viele mit »Beichten wahnsinnigster Leidenschaften«. Sie antwortete mit einem Rundbrief, in dem die Sätze stehen: »Ich weiß wohl, daß ich einen Tabubruch begangen habe und habe damit gerechnet, daß nicht alle Leser mit mir gehen werden. Das wird mich nicht abhalten davon, weiter Tabus zu brechen.«

Lew Kopelew rief sie mitten in der Nacht an, um ihr zu gratulieren. Kopelew, der sie zur Dichterin erklärt hat. Das war 1965, am Strand von Suchumi, wo sie ihm ihre ersten Gedichte vorgetragen hatte. Als der renommierte Ehemann wenige Tage später in Tbilissi aus dem »Schulzenhofer Kramkalender« las, entschied Kopelew: »Eva liest auch.«

Wir laufen durch den Garten, in dem es grünt und blüht, wie es sich für den Wonnemonat Mai ziemt. Die Pferde sehen hinter uns her. So schön es in Schulzenhof ist, Eva Strittmatter fühlt sich oft überfordert. Die Gebäude müßten gestrichen werden, ein Stall soll zu einem Archiv umgebaut werden. Doch sie sehnt sich erstmal nach Ruhe für das nächste Buch. Darin soll zu lesen sein, wie das damals war, im November 1976, auf der Tagung des Schriftstellerverbandes, nach Biermanns Ausweisung. »Die Partei wollte damals von Erwin eine positive Stellungnahme. Er hat sie verweigert. Ich lag mit Grippe und über 40 Grad Fieber im Bett. Wurde trotzdem nach Berlin zitiert. Man brauchte den Namen Strittmatter.« Sie sollte im Schrifstellerverband verlesen, was das Politbüro formuliert hatte.

Wenige Tage vorher hatte sie endlich erreicht, daß einer der Söhne vom Armeedienst zurückgestellt wurde, weil er unter Depressionen litt. »Ich hatte Angst, man könnte diese Entscheidung rückgängig machen.« Was vermutlich nur verstehen kann, wer in der DDR gelebt hat. Also las sie den von Honecker abgesegneten Text, allerdings mit der Ankündigung: »Ich lese euch jetzt einen Text vor, von dem wohl keiner von euch annimmt, daß das ein Gedicht von mir ist.«

Neulich hat sie bei einer Lesung in Leipzig Wolf Biermann getroffen, den sie nie vorher gesehen hatte. Nach der Veranstaltung redeten sie eine halbe Stunde miteinander.

Wir laufen den Hügel zum Waldfriedhof hoch. In der Kurve blüht eine kleine Schlehdorn-Hecke. »Das war mal ein Riesengebüsch. Aber die Schulzenhofer haben sie abgeholzt, weil sie ihnen zu gefährlich für die Autofahrer schien, was meinen Mann furchtbar geärgert hat.« Sie ärgert sich eher über einen Hügel: »Das war mein Lieblingsausblick, da wuchsen Grasnelken, Laubkraut, Hundskamille und Skabiosen, Schafgarbe, Natternhaupt und Taubnessel.« Dann kaufte ein Westber-

Eva Strittmatter am Grab ihres Mannes.
Auf dem Stein »Worte aus dem Werk meiner Gefährtin«

liner Pfarrer die Scheune daneben, baute sie aus und pachtete den Hügel, auf dem er Trockenrasen aussäte. »Jetzt wachsen da Mohnblumen und Kornblumen, wie in einem Blumengarten.«

Der Friedhof ist winzig, fast gemütlich. Er umfaßt kaum mehr als zwanzig Gräber, die alten von Efeu überwuchert. Wir setzen uns auf die grüne Bank mit Blick auf den Grabhügel von Erwin Strittmatter, den sie von ihrem Arbeitszimmer aus sehen kann.

Grab und Grabstein von Erwin Strittmatter sind, wie er es im dritten Band seiner Roman-Trilogie »Der Laden« festgelegt hatte und wie es auf einer Bronzeplatte neben dem Grab nachzulesen ist: »Ich weiß, daß ich unter einer der großen Tannen, die auf dem Hügel stehen, liegen werde. Ich kenne meinen Grabstein. Er liegt noch im Walde. Ich habe ihn meinen Söhnen gezeigt. Ich weiß, was auf meinem Grabstein stehen wird: Löscht meine Worte aus und seht: der Nebel geht über die Wiesen... Worte aus dem Werk meiner Gefährtin.«

Er wollte nicht mit den Füßen nach Osten liegen, von wegen der Auferstehung, wie alle anderen, sondern andersherum: »Damit ich sehen kann, wer kommt und geht.« Dazu brauchte seine Frau eine Sondergenehmigung. Matthes Strittmatter, der Sohn, war drei Wochen vor dem Vater gestorben. Auch er liegt hier begraben. Matthes, den der Vater in seinen Büchern beschrieb, etwa wie er ihm eine Hagebutte schenkt, mit ihm reitet oder Pilze mit ihm sucht.

Strittmatter hatte bestimmt, daß bei der Beerdigung an seinem Grab nicht gesprochen wird. Der einzige, der sich nicht daran hielt, war der Tierarzt aus Alt-Ruppin. Er warf ein Hufeisen ins Grab des Pferdenarren Strittmatter und sagte: »Im Namen der Pferde.« – »Wenn die Jahreszeit danach ist, sollen die Vögel singen«, hatte sich Strittmatter gewünscht. »Wenn sie nicht danach ist, soll Chopin gespielt werden.« Es war Januar. Es wurde Chopin gespielt, von einer Kassette. Eva Strittmatter saß auf der Bank. Nur einmal stand sie spontan auf, um Hermann Kant zu umarmen. »Er wirkte wie ein Ausgestoßener. Und ich kenne nur ein Laster, das ist Undankbarkeit. Kant hat das Nachwort zu meinem ersten Gedichtband geschrieben. Wir sind seit 1959 befreundet.«

Auch das will sie in ihrem nächsten Buch literarisch verarbeiten. »Ich schreibe jetzt eher in mich hinein, nicht nach außen. Wieviel Lebensschuld noch abzutragen ist, menschlich und literarisch. Die Kraftprobe, zu schreiben bis an die Grenzen. Aufrichtig zu sein, aber das allein ist kein literarischer Wert. Aufrichtigkeit, Lebenswirklichkeit, Ästhetik. Ohne Schönheit keine Wahrheit.« Den Titel hat sie schon: »Im Garten der Amseln, allein«. Im Nachwort zu »Vor der Verwandlung«, den letzten Tagebuchnotizen, die erst nach dem Tod ihres Mannes veröffentlicht wurden, hatte sie geschrieben: »Nach seinem Tod fing eine Amsel an, unser Haus zu belagern... Die Amsel war sein Vogel, er liebte sie über alle anderen Vögel. Wir sagten: die Vateramsel ist da.«

Irgendwann später will sie über ihre Kindheit in Neuruppin schreiben, wo sie als Eva Braun aufwuchs. Als die Eltern sie so tauften, 1930, ahnten sie nicht, daß eine Namensvetterin als Frau Hitler enden würde. Eine Weile litt sie unter dem Namen. Als er bei der Immatrikulierung in der Aula der Humboldt-Universität aufgerufen wurde, gafften sie alle an, als sie nach vorn lief. Sie studierte Germanistik und Romanistik, heiratete 20jährig einen Kommilitonen, gebar ein Jahr später ihren Sohn Ilja, ließ sich scheiden.

Im Schriftstellerverband, in dem sie wissenschaftliche Mitarbeiterin war, lernte sie Strittmatter kennen, der gerade sein erstes Buch »Der Ochsenkutscher« veröffentlicht hatte. Da war sie 22, er 40. Sie heirateten. »Strittmatter wollte keine Kinder mehr, fühlte sich schuldig gegenüber den Söhnen aus den zwei Ehen, die er schon hinter sich hatte.« Seine häufigen Heiraten kommentiert er später so: »Man heiratet so lange, bis es stimmt.« Doch offenbar gehören zu einer Ehe, die stimmt, doch Kinder. Zu Ilja gesellten sich noch Erwin, Matthes und Jakob.

In den »Briefen aus Schulzenhof« klagte Eva Strittmatter manchmal über das, was ihr Ehemann, Söhne, Haus, Hof und Garten abforderten, wie sehr sie sich manchmal wegsehnte. Jetzt, da kein Ehemann, kein Sohn sie mehr in Schulzenhof festhält, bleibt sie. Eines ihrer Gedichte beginnt: »Mein letzter Freund wird der Rosenstrauch sein, der vor meinem Fenster steht.«

In einem ihrer Bücher schreibt sie: »Ich mache keinen Anspruch, daß allen Leuten meine Gedichte gefallen sollen.« Vielleicht eine Antwort auf Kritiker, die nichts mit ihrer Lyrik anfangen können. Voll Stolz erzählt sie, daß Paul Dessau Gedichte von ihr vertont hat, daß in einem evangelischen Gesangbuch ihr Gedicht »Brot« als Lied enthalten ist. Und daß Reclam in einem Buch zum 200. Geburtstag von Schubert einen Essay von ihr nachdruckte.

Anfang der achtziger Jahre schrieb sie in einem der »Briefe aus Schulzenhof«, daß Erwin Strittmatter und sie nie das Land DDR verlassen würden, weil es zu ihnen gehört und sie zu ihm. Das Buch erschien erst 1995. Es wäre leicht gewesen, Sätze wie diesen herauszunehmen. Sie tat es nicht. Dabei hätten die Strittmatters sich nach der Wende unschwer zu Opfern der DDR erklären können, wie es viele andere taten. Schikaniert wurden sie schließlich ebenfalls, vor allem wegen »Ole Bienkopp« und Band drei der Roman-Trilogie »Wundertäter«. Das hat sie nicht davon abgehalten, gegen die neuen Verhältnisse zu wettern. So schrieb sie 1991: »Die Westdeutschen haben die DDR verschlungen, Stadt und Land, keine Arbeit, keine Perspektive.« Und daß es hassenswert sei, mit welcher Anmaßung die weißen Herren aus dem Westen den blöden Negern im Osten vorschreiben, was sie zu denken, zu sagen, zu tun haben.

Inzwischen klingt sie versöhnlicher. »Wenn man älter wird, werden die Dimensionen des eigenen Lebens wichtiger. Der Tod des Sohnes und des Mannes. Meine tiefste Urangst ist, daß einem der anderen Söhne was passieren könnte. Jakob fährt jetzt vier Wochen durch Portugal. Da bin ich erst ruhig, wenn er wieder hier ist.« Und daß die Welt so offen ist, gefällt ihr. »Die, die uns jetzt regieren, sind ja auch nicht gerade Intellektuelle, aber sie haben bessere Umgangsformen, als unsere sie hatten.« Natürlich sei da auch Negatives: »Die Arbeitslosigkeit. Aber die paar Leute bei uns in Schulzenhof, die haben Arbeit, fahren ein Ende weg, aber haben Arbeit gefunden. Und den Rentnern geht es besser als früher.« Plötzlich lächelt sie: »Doch, es ist gut so, wie es ist. Wir waren sehr abstinent westlichen Journalisten gegenüber. Stände die Mauer noch, wären wir beide uns nie begegnet.«

Erschienen im Mai 1997

Wolfram Hülsemann

Was gut war, bleibt nicht immer gut

Er war Stadtjugendpfarrer in Ost-Berlin und für die westlichen Korrespondenten ein begehrter Gesprächspartner. Die Stasi notierte alles und war nicht gut auf ihn zu sprechen. Superintendent Wolfram Hülsemann wurde auch nach der Wende seiner Kirche nicht untreu.

Als ich ihn kennenlernte, war Wolfram Hülsemann Stadtjugendpfarrer in Ost-Berlin, einer von den berühmten DDR-Pfarrern also. Doch anders als seine Pfarrer-Kollegen Gauck, Reiche, Eggert, Eppelmann, Krüger – und wie sie alle heißen, die heute in der prosaischen Politik tätig sind – dient Hülsemann weiter seiner Kirche. Allerdings amtiert der 54-Jährige nicht mehr als Jugendpfarrer, sondern als Superintendent, in Königs Wusterhausen, südöstlich von Berlin.

Daß so viele Pfarrer nach der Wende in die Politik wechselten, war gar nicht so abwegig. Gerade sie waren ja schon in der DDR politisch engagiert, boten Räume zum Einüben von Diskutieren und Demokratie, zogen auch Menschen an, die nicht des Glaubens wegen in die Kirchen strömten. Eher scheint es ungewöhnlich, daß Wolfram Hülsemann Pfarrer geblieben ist. Immerhin vertrat er zu DDR-Zeiten ziemlich aufmüpfige Jugendliche. Für westliche Korrespondenten war er deshalb ein begehrter Gesprächspartner. Auch ich saß ihm oft in seinem Büro an der Schönhauser Allee gegenüber, um mir die Hintergründe jugendlicher Rebellionen erklären zu lassen. Wenn Hülsemann nicht da war, erklärte sie mir seine Mitarbeiterin, Marianne Birthler, später Brandenburgs Bildungsministerin. Und ich erinnere mich an den 7. Oktober 1989, den 40. Geburtstag der DDR, an die große Demo, die in der Gethsemanekirche endete. Als Kirchenbesucher die Kirche verlassen wollten, wurden sie von Polizisten daran gehindert. Erst Hülsemann erreichte, daß sie gehen durften.

Und heute? In der Superintendentur, gleich gegenüber dem Lieblingsschloß des Soldatenkönigs, trifft er sich regelmäßig mit seinen Mitarbeitern, wobei nicht nur über die kirchlichen Aufgaben in den Gemeinden geredet wird, sondern auch über persönliche Probleme: »Die einen haben keine feste Anstellung, die andern bangen um ihre.

Und auch: Wie soll es mit der Kirche weitergehen?« Ich erzähle, daß ich im Radio zufällig seine Predigt gehört und sofort den Hülsemann von früher wiedererkannt habe. Seinen Jesus finde er heute bei gewaltfreien Aktionen gegen Bombenabwürfe in der Wittstocker Heide, hat er in seiner Rundfunk-Predigt gesagt, oder in der Pankower Suppenküche bei Obdachlosen. Doch wen erreicht er schon mit seinen Predigten? Selbst bei vom Rundfunk übertragenen Predigten weiß man es nicht. Allerdings war da seine Kirche wenigstens voll. Zu den Gottesdiensten in den beiden Dörfern, in denen er normalerweise predigt, kommen kaum mehr als drei bis fünf Leute. Die Gemeinden sind arm. Für die Restaurierung sämtlicher Gebäude hat Hülsemann jährlich ganze 150.000 Mark. »Von der wunderschönen alten Teupitzer Feldsteinkirche bricht der Giebel ab. Sie zu restaurieren, würde allein fast 800.000 Mark kosten.« Er wünscht sich Kirchenbauvereine und daß Kirchen anderweitig genutzt werden, zum Beispiel für nichtchristliche Trauerfeiern. Und Jugendweihen? »Da habe ich meine Schwierigkeiten. Das war zu DDR-Zeiten eine ziemlich militante Unternehmung.«

Selten predigt er in Königs Wusterhausen, einer Kleinstadt mit Fußgängerzone. Das neue Einkaufszentrum liegt außerhalb der Stadt: »Der Tempel von heute. Könnte eine Menge Religiöses aufzählen: Die Leute machen sich fein, gucken im Portemonnaie nach, wieviel sie ablassen wollen, freuen sich, finden Unterhaltung – eben wie früher im Tempel.«

Hülsemanns Kirchenkreis reicht von Eichwalde bei Berlin bis runter zum Spreewald. Das Auto bringt uns durch märkische Gegend, mit Mischwald, der manchmal den Blick freigibt auf einen See, wie in Zeesen, eines von Hülsemanns Dörfern, eher Wochenendgebiet für Berliner. Im Gutsschloß hat Gustav Gründgens gelebt. Hülsemanns zweites Dorf: Schenkendorf. Hier wohnte im Gutsschloß der Verleger Rudolf Mosse. Die Mosse-Familie stiftete der Kirche Glocken, benannt nach ihren Kindern. Glocke Gerhard ruft noch heute zu Hülsemanns Gottesdienst in die schlichte Dorfkirche aus grauem Feldstein, einem typisch märkischen Bau. Er findet es schwer, an die Menschen im Dorf heranzukommen: »Diskutieren muß geübt sein. Der dörfliche Mensch fragt nicht. Ich möchte helfen, daß er sein eigenes Mundwerk entdeckt, seine eigenen Wünsche artikuliert.« Um sie besser zu verstehen, besucht er kommunale Versammlungen. »Interessiert mich alles.«

In Münchehofe zeigt er mir ein malerisches Pfarrhaus mit Garten, das Haus einer Kollegin. »In so einem Pfarrhaus in Thüringen habe ich meine ersten Jahre verlebt. Mein Vater war Pfarrer. Als ich sieben war, wurde er versetzt, für mich die Vertreibung aus dem Paradies. Seitdem bin ich unstet und flüchtig.« Wir laufen um die neoromanische Kirche herum. Sie ist weiß getüncht und auch sonst in gutem Zustand.

Im Grunde sei die DDR schuld, daß er Pfarrer geworden ist. »Wenn die Genossen mich als Pfarrerssohn nicht so schikaniert hätten, wäre ich Lehrer geworden und wohl auch Parteigenosse.« Der Vater war Anhänger der den Nazis nahestehenden Deutschen Christen: »Das hat er nach 1945 nie aufgearbeitet. Manche sagen: Ich sei immer nur der Gegenentwurf zu meinem Vater.« Er beschreibt den 40. Geburtstag des Vaters: »Ein langer Tisch, gutbürgerlich gedeckt, zwei Sorten Weingläser, zwei Gabeln und Messer neben jedem Teller. Dann kamen Oberforstmeister a.D., General a.D., Oberstleutnant a.D., Fabrikbesitzer a.D. Die waren sich einig: Dies kommunistische Pack kann sich nicht lange halten.« Morgens sah Sohn Wolfram heimlich die Post

*Wolfram Hülsemann studierte Theologie,
weil ihn die Genossen als Pfarrerssohn schikanierten*

durch, lauter Kirchen-Austrittserklärungen. Nein, nicht nur einer kommunistischen Karriere wegen seien Leute ausgetreten. »Das ist mir zu einfach. Das SED-Regime hat die Entfremdung von der Kirche nur beschleunigt. Begonnen hatte sie in den Jahrhunderten zuvor. Durch die Aufklärung verlor die Kirche die Intellektuellen, durch die Industrialisierung die Arbeiter. 1945 hatten die Menschen den Krieg hinter sich, wußten von der Hölle der Shoa.«

Er studierte Theologie. Nach der ersten Pfarrstelle in einem Dorf am Rande des Kyffhäuser ging er für sechs Jahre nach Altenburg, arbeitete schon hier mit Jugendlichen. »Der Pollenflug der 68er aus dem Westen wehte uns um die Nase.« Nächste Station, für fast zehn Jahre, war Schmalkalden, wo die Hülsemanns ein Kind adoptieren wollten. Über die Adoption entschied die Jugendhilfe Schmalkalden, und die war nicht gut auf ihn zu sprechen – wegen seiner Jugendarbeit. Es gab nur Absagen. Schmalkaldener Kollegen solidarisierten sich: »Wir gehen nur zur nächsten Wahl, wenn Hülsemann ein Kind adoptieren darf.« Es klappte. Hülsemanns adoptierten ein Mädchen.

So was steht in der Stasi-Akte, auch daß er an dem Haus, wo früher die Synagoge stand, eine Gedenktafel anbringen wollte, was nicht erlaubt wurde. Die Akte enthält ein Protokoll über eine seiner Grabreden: »Er redete wenig mit Bibelworten, hat mehr über uns Genossen geredet als über den Toten, und daß man nicht so viel arbeiten soll.« Es wurde geprüft, ob solche Aussagen staatsfeindlich sind.

Schon in seiner Zeit als Berliner Stadtjugendpfarrer haben Jugendliche jüdische Friedhöfe verwüstet oder Fremde grundlos verprügelt. Hülsemann warnte davor, sie als Neonazis in ihrer Rolle zu fixieren. Inzwischen stecken sie Asylbewerberheime an und prügeln Menschen krankenhausreif oder tot. Natürlich müssen sie dafür bestraft werden, sagt er. »Wenn wir aber sagen: Sie gehören zur rechtsradikalen Szene, geben wir ihnen das Gefühl einer Beheimatung, was wir dann sehr schwer wieder aus ihnen rauskriegen.« Wenn er von Jugendlichen erzählt, hört er sich an, als ob er am liebsten Jugendpfarrer geblieben wäre: »Sie veranstalten lebensgefährliche Autorennen. Wenn man sie ermahnt, zucken sie mit den Achseln: Na und? Dann war's das eben – was erwartet uns denn schon...«

Ein anderes Thema, das ihn umtreibt, ist die unsägliche, von der DDR propagierte, Trennung zwischen Atheisten und Christen: »Sie ist nur langsam zu überwinden, ohne Vereinnahmung, mit viel Geduld und Gesprächen. Das ist für uns Christen der angemessene Weg.« Als er hörte, die Königs Wusterhausener Gesamtschule soll in Herder-Schule umgetauft werden, sagte er der Schulleiterin: Johann Gottfried Herder war auch Superintendent. Und daß er gern mitarbeiten würde. »Könnte in der Einladung nicht stehen: Herder-Schule in Zusammenarbeit mit dem evangelischen Kirchenkreis?« Zuerst erschrockene Abwehr, schließlich die Zusage. Hülsemann ist sehr für Verständigung, allerdings nicht um jeden Preis: »Nicht um trantütig zu werden oder um nicht weh zu tun.«

Überall werde zu sehr am Alten festgehalten, klagt er. Als ich ihm erzähle, daß mein Sohn, Kreiskantor in Gifhorn, neulich bei einem Konzert Gospels auf der Orgel gespielt habe und ältere Besucher das offenbar als ziemlich anstößig in der Kirche empfanden, wiederholt er das Wort ANSTÖSSIG: »Das eigentlich sollte Kirche doch: Anstöße geben...« Auch Politiker, findet er, verfahren zu sehr nach alten Strickmustern. »Nur weil mal was gut war, bleibt es nicht gut.« – »Jetzt reden Sie wie Pfarrer Lorenzen aus Fontanes STECHLIN«, sage ich und zitiere: »Was mal gut war, soll weiter ein Gutes sein. Das ist aber unmöglich... Was mal Fortschritt war, ist längst Rückschritt geworden.« – »Muß ich unbedingt meinen Leuten erzählen«, Wolfram Hülsemann lacht.

Ende des Jahres wird der 54-Jährige seine Arbeit verlieren. »Wie kann ich da klagen, angesichts von 4,5 Millionen Arbeitslosen?« Sein Kirchenkreis wird in einen anderen integriert, noch ist nicht entschieden, in welchen. Hülsemann sieht seine letzte Aufgabe für den Kreis darin, dafür zu sorgen, daß er im Kreis Neukölln (früher Westberlin) aufgeht, mit dem er durch einen Korridor verbunden ist, sozusagen die Ost-West-Vereinigung im Kleinen: »Wenn es alle wollen, werden sie sehen: Es geht. Wenn mir das mit Neukölln gelingt, dann – ja dann lächle ich.«

Erschienen im Juni 1997

Ihre große Liebe ist der Film

Im Osten war sie ein Star und erspielte sich den Nationalpreis. Aber heute will sie nicht mehr zurückblicken. Dennoch: Wir hatten wirklich was vor. Jutta Hoffmann, Schauspielerin, machte das Sächsische salonfähig.

Das westdeutsche Fernsehen hatte kurz vorher »Junge Frau von 1914« ausgestrahlt, mit Jutta Hoffmann in der Hauptrolle. Ich besuchte sie in ihrem Haus in Berlin-Kaulsdorf. Das war im Herbst 1971. Sie drehte gerade »Der Dritte«, mit meiner Lieblingsszene: Jutta Hoffmann tanzt durchs Zimmer und singt »Avanti Popolo«. »An dieser Stelle sind Frauen im Kino aufgesprungen, haben mit ausgestrecktem Finger auf die Leinwand gezeigt und gesagt: Mensch, das bin ja icke!« Ein Westberliner Freund wünschte sich damals mit sehnsüchtigem Glanz in den Augen: »Einmal mit Jutta Hoffmann im Spreewald Aal grün essen...«

Heute lebt sie in Hamburg-Othmarschen: »Das ist wie das Kaulsdorf von Hamburg, ein bißchen wie im Dorf. Hätte ich mal die Geldbörse vergessen, der Fleischer würde mir die Steaks trotzdem geben.« Ich nehme an, auch ein Fleischer aus der Hamburger Innenstadt würde das tun. Weil er sie als Massage-Chefin im »Tatort« gesehen hat. Oder als Schwägerin Edith aus dem Osten in »Motzki«. Filme wie »Bandits«, in dem sie Keybord in einer Knast-Weiberband spielt, gucken sich Fleischer wahrscheinlich weniger an.

»Die Hoffmann«, die sie in der DDR war, ist sie im Westen aber wohl doch nicht geworden, überlege ich laut. »Die Hoffmann«, das war im Osten auch was ganz anderes«, sagt sie. Da spielte sie in Theater, Fernsehen und Filmen und die griffen, ähnlich wie manche Bücher, Probleme auf, die Zeitungen aussparten. »Die Hoffmann«, in der erkannten sich Zuschauerinnen wieder.

»Als ich 83 in den Westen kam, habe ich in München immerhin gleich die »Yerma« von Lorca gespielt, bin 84 Schauspielerin des Jahres gewesen. Wenn ich hier »die Hoffmann« werden wollte, müßte ich in jede Talk-Show rennen, eine Kommissarin nach der andern spielen...«

Wir sitzen am Küchentisch, in der großen Wohnung im Obergeschoß eines roten Klinkerhauses, nachdem Nico – ihr Ehemann, der Schauspieler und Regisseur Nikolaus Haenel – sich ins ausgebaute Dachgeschoß zurückgezogen hat. Sie sieht mich an, herausfordernd und ein bißchen belustigt, daß da eine mit ihr spazieren gehen will und glaubt, dabei was aus ihr rauszubekommen, was sie nicht sagen will. »Mach es nicht so privat«, fordert sie. »Na ja, aber die Kinder..« – »Muß das sein?« Ich finde, es muß. Da ist Tochter Katharina aus erster Ehe mit dem DDR-Regisseur Hermann Zschoche. Damals, bei meinem Besuch in Kaulsdorf, kam die Tochter, gerade zehnjährig, von einer Betriebsbesichtigung mit der Klasse nach Hause, und folgender Dialog entspann sich zwischen Mutter und Tochter: »Na, wie war's?« – »Wie immer... Ich habe gefragt, wieviel Frauen da arbeiten.« – »Und wieviel sind es?« – »Weiß ich nicht mehr.« – »Warum hast du dann gefragt?« – »Weil das immer gut ankommt.«

Heute ist die Tochter 35, lebt in Hamburg und hat selbst zwei Töchter, die eine träumerisch versponnen, die andere mit beiden Beinen

Zart und kämpferisch – Jutta Hoffmann an der Elbe in Hamburg

fest auf der Erde. Als sei das, was Jutta Hoffmann in sich zu vereinen scheint: das träumerisch Zarte und das selbstbewußt Kämpferische, auf die beiden Enkeltöchter verteilt. Sohn Valentin, 17, lebt noch zu Hause und geht auf die internationale Schule in Hamburg.

»So, nun ist aber gut, nun komm endlich zum Wesentlichen!« Und das Wesentliche ist bei ihr allemal die Schauspielerei. Die Eigentumswohnung (»Alles meins, habe ich gekauft!«) mit Blick auf die Kräne des Hafens, die Gemälde an den Wänden, die Klamotten für öffentliche Auftritte – alles nur schmückendes Beiwerk. Vor 26 Jahren hatte ich geschrieben, egal, was sie gerade macht, auch wenn sie mit mir spreche, alles sei womöglich Schauspielerei, Privatleben gebe es gar nicht für sie. Das hat sie damals geärgert. Es sei ganz anders, ihr gelebtes Leben sei vielmehr wichtig für ihr Spiel: »Lebenserfahrungen sind ein wichtiger Fundus für einen Schauspieler.« Bei der Edith in »Motzki« hat sie überlegt, wie würde ihre Mutter in Merseburg das sagen. Für die Vergewaltigungsszene im »Puntila« (letztes Jahr im Berliner Ensemble) erinnerte sie sich an das, was sie als Kind gehört hat: wie eine entfernte Verwandte in Jüterbog von Russen vergewaltigt worden war. »Ich denke viel nach, auch darüber, wie ich unterrichte.«

Seit 1992 ist sie Professorin für darstellende Kunst an der Hamburger Hochschule für Musik und Theater: »Bei meinen Schülern gucke ich, wo der Kern vom Talent sitzt, wo ist das Besondere. Dann versuche ich, ihnen beizubringen, darüber nachzudenken: Was ist das? Der Text, die Geschichte. Wir lernen das miteinander. Ich weiß das ja auch nicht. Lehren ist sehr schwierig.« Hat sie Schüler aus den neuen Bundesländern? »Ja.« – »Gibt es da Unterschiede?« – »Nee.« Bei Fragen zu Ost-West wird die sonst Redselige einsilbig. 1992 hat sie in einem Interview noch gesagt: »In der DDR, im Theater, weiß ich, wer im Zuschauerraum sitzt, weil ich das Leben dieser Leute eine Zeitlang geteilt habe.« Und heute? »Darüber denke ich nicht mehr nach.«

Es ist ein heißer Sommertag. Jutta trägt ein luftiges dunkelgraues Sommerkleid, streicht sich während des Redens oft den langen Pony aus der hohen Stirn, der sofort zurückfällt. Hin und wieder zündet sie sich eine dünne Zigarette an. Wir laufen runter zur Elbe, über viele Treppen, zu deren Seiten hohes Gras wächst. Es ist viel los am Fluß, Spaziergänger, Leute mit Kindern und/oder Hunden, eine Menge Radfahrer.

Wie ist das mit den Schauspielschülern damals und heute? »Ich war mit Sicherheit enthusiastischer als manche jetzt. Ohne die DDR verklären zu wollen: Wir hatten ja wirklich was vor, Marlies. Wir wollten eine Kultur oder eine Kunst machen, die ein echtes Abbild der Wirklichkeit ist, ohne die Konflikte und Widersprüche zu verschweigen.« Deshalb wurden manche Filme mit ihr erst nach der Wende gezeigt, wie »Versteck«, »Geschlossene Gesellschaft«. »Und ›Karla‹, der ist 92 auf der Berlinale gelaufen.«

Ihren DDR-Paß hat sie all die Jahre behalten, ihn erst neulich gegen einen »deutschen«, wie sie das nennt, umgetauscht. »Weil ich keine Lust hatte, mich zu einer Entscheidung zwingen zu lassen. Ich habe gedacht: Die Bundesrepublik, der Kapitalismus, der Westen – das ist für mich nicht so'ne Alternative. Ich bin ganz zögerlich nach München gegangen.«

Die erste Arbeit im Westen, als Grenzgängerin, war 1978 Tschechows »Platonow« in der Westberliner Volksbühne. Da lernte sie ihren jetzigen Mann kennen: »Wir haben uns verliebt, das Baby gemacht und darum gebeten, daß wir heiraten dürfen in Ost-Berlin. Nico ist Österreicher.« Günter Gaus hat ihr geholfen beim Brief an Honecker: »Und Honecker hat mit Kreisky geredet, und dann haben sie das erlaubt, allerdings erst 14 Tage nachdem Valentin geboren war.«

Daß sie damals zwischen Ost und West pendeln durfte, hatte mit der Biermann-Ausweisung zu tun. »Die andern waren schon alle weg: Manfred Krug, Müller-Stahl, die Domröse. Die Oberen konnten sich nicht entscheiden, ob sie mir Zuckerbrot geben sollten oder mich auch vertreiben. Vielleicht war da eine Diskrepanz zwischen Stasi und Kulturministerium. Ich habe meine Akte nicht eingesehn, mache ich auch nicht.«

Plötzlich war sie allein, hatte keine Lust, mit Leuten zusammenzuarbeiten, die sie schnitten, wie bei der Tournee des Berliner Ensembles nach Rumänien: »Da saß ich immer allein im Bus, in den Restaurants allein am Tisch. Sie wußten nicht genau: Sollen sie nach wie vor freundschaftlich mit mir umgehen oder sollen sie nicht doch ein bißchen vorsichtig sein.«

Im Restaurant »Zur Elbkate« trinken wir einen Kaffee. Jutta Hoffmann sagt der Kellnerin leutselig, wie gut ihr deren T-Shirt gefalle. Was sie an Hamburg liebt? »Hamburg liebe ich, (kleine Pause) weil es nicht so weit weg ist von Berlin.« Sie lacht wie nach einem guten Witz.

»An Hamburg liebe ich den blauen Himmel mit Wolken. Das Helle an Hamburg liebe ich, das Grüne, das Reiche. Hamburg ist eine schöne Stadt.« Dabei ist sie so gar nicht hamburgisch. Manche halten sie wohl für sächsisch, obwohl sie aus Halle stammt. Trotzdem hat sie in »Lotte in Weimar« wunderbar gesächselt. Der Dialekt war ihr wichtig. Auch bei der Edith im »Motzki«: »Manche sagen, im ›Motzki‹ habe ich das Sächsische salonfähig gemacht, sind mir dankbar dafür, daß da Sprache als Ausdruck einer sozialen Wurzel kapiert wird und man sich nicht darüber lustig macht. Natürlich ist die Sprache schon künstlerisch behandelt, verstehst du?« –

»Soll ich erzählen, wie alles anfing? Es fängt damit an, 1946, in Ammendorf, einem Dorf bei Halle, ich war fünf Jahre alt, oben in einem dreistöckigen Mietshaus, da war eine Eingangstür mit Glas. Es hat gebimmelt. Ich hin, habe die Gardine von dem Glas weggezogen, und da war mir gegenüber ein sehr schönes, blondgelocktes, bärtiges Männerantlitz, ein Kriegskamerad von meinem Vater, der sagte: Euer Papa kommt bald nach Hause, er ist noch in Frankreich. Und was war dieser Mann?« – »Schauspieler?« – »Na richtig, Marlies!«

Das Thalia-Theater in Halle, wo Heinz Rosenthal, so hieß der Mann, spielte, wurde ihr Zuhause: »Meine Eltern waren lange mit ihm befreundet. Meine Mutter war Hausfrau, war mit 14 Verkäuferin geworden und eigentlich ohne Schulbildung.« Beim Vater war es ähnlich, später war er Lohnbuchhalter in den Buna-Werken, hat mit 50 noch Computertechnik studiert: »Also solche Leute und das Boheme-Leben in Halle! Rosenthal war mit zwei Frauen liiert. Meine Schwester und ich pendelten immer von einer Freundin zur andern.« Die Schwester wurde Lehrerin. Und Jutta? »Meine Mutter erzählt, ich hätte vorm Spiegel gestanden, wenn ich aus dem Theater kam und hab gesagt: Das will ich auch. Die Leute sollen über mich lachen und weinen. Das will ich.«

Mit 14 kam sie zur Laienspielgruppe in den Buna-Werken in Schkopau (manche erinnern sich sicher: »Plaste und Elaste aus Schkopau«). Eines Tages kam das DDR-Fernsehen ins Werk und Jutta in der ersten Reihe: »Blond, mit Pferdeschwanz, blau-weiß gebatikter Rock, weiße Bluse, Gürtel, Sandalen, stand ich da.« Und schon wurde sie gefragt, ob sie in einer Sendung ein Mädchen sein wolle, das Pfennige sammelt für Hochzeitsschuhe. »Habe ich gesagt: Kann ich machen.« Da war sie 16 und offenbar so gut, daß sie Assistentin von

Fernsehmoderator Brandenstedt wurde. »Ich war dann die liebliche Assistentin Jutta. Und in der Schule waren sie sehr kulant, weil: Das ist Unser Fernsehstar. Beim letzten Auftritt hat Herr Brandenstedt gesagt: unsere liebliche Jutta verläßt uns jetzt, geht Schauspielerei studieren. ›Bravo!‹ haben die Leute gerufen.«

Von der Filmhochschule Babelsberg wurde sie wieder wegentdeckt. Das Maxim Gorki-Theater suchte für ein Stück eine Schauspielerin, Ersatz für eine, die ein Baby erwartete. Sie hatte eigentlich nicht viel Lust, das Stück war ihr zu altmodisch. »Ich dachte immer, die Figuren müssen was mit mir zu tun haben. Dann kapieren das die Leute da unten.«

Das Maxim Gorki-Theater nahm sie. »Ich habe probiert, alle fanden mich prima. Es wurde vom Fernsehen übertragen, und ich habe meinen Eltern ein Telegramm geschickt: ›Achtung, Dienstag 20.15, Fernsehen einschalten.‹ Fast hätten sie vergeblich eingeschaltet, denn kurz vorm Auftritt kriegt sie Panik, rennt weg. »Hab mir gesagt: Ich kann das nicht. Die Inspizientin hinter mir her, mich am Schlaffittchen gepackt, rauf auf die Bühne und ich habe gespielt.« Sie muß so gut gewesen sein, daß man sie engagierte: »Ich war Elevin, habe ich neulich in meinen alten Sozialversicherungs-Ausweisen gefunden: Für 450 Mark im Monat habe ich da drei Jahre gerackert.«

Der Erfolg kam schnell: »Über Nacht, mit einem Fontane-Fernsehspiel ›Irrungen und Wirrungen‹. Ich weiß gar nicht, ob Katharina da schon geboren war. Da standen wir auf der Treppe, zur ersten Probe. Ich hatte dünne Flanell-Skihosen und so 'n ollen Pullover an, das hat mich überhaupt nicht interessiert. Und die fragten: Und wer spielt nun die Hauptrolle? Und da habe ich gesagt: Ich.« Dieses zierliche Persönchen, mit Audrey Hepburn wurde sie verglichen, ich finde, das stimmt nicht, dazu hat sie zuviel Mutwillen, weiß zu sehr, was sie will. Energisch packt sie zu. Aber dann, dann kommen die quälenden Selbstzweifel: »Ich war ja damals ein Niemand, eine Anfängerin, und ich war ganz unglücklich, daß der Regisseur überhaupt nicht mit mir gearbeitet hat. In der Berliner Wohnung im Prenzlauer Berg, ein Zimmer, Küche, Klo draußen, habe ich vor dem alten Kachelofen meinen Text geübt. Ich habe gespielt, so gut ich es eben konnte.« Und am andern Morgen stand im Neuen Deutschland: Ein Stern ist geboren.

1972 hat sie den Nationalpreis bekommen. »Ich fand es gerecht. Wie Shirley MacLaine sagt: Ich hab ihn verdient.« Selbstbewußt war sie und ist sie geblieben, aber auch Selbstzweifel quälen sie bis heute: »Bei Bandits zum Beispiel, bin ich jeden Tag hingegangen, das war sehr kompliziert: Wie macht man den vierten Mann in 'ner Band? Wollen mal sehn, ob wir heute die Sekunde erwischen, wo die Leute die Luft anhalten. Auch beim Tatort mit Bella Blok, bin ich jeden Tag hin.«

Trotzdem sieht es so aus, als ob sie heute nicht mehr ihren Fähigkeiten entsprechend gefordert wird. »Es gibt ja keine Geschichten über uns. Wir kommen im Fernsehen nicht vor. Du kommst nicht vor, und ich komme nicht vor. Kino und Fernsehen sind eine Industrie, und die geht nach eingebildeten Bedürfnissen. Mit den ernsteren, älteren Leuten sind die Konflikte auf dem Tisch. Bei jungen Leuten sagt man: Na ja, die hat 'ne Laune, das wächst sich aus. Wenn wir auf den Tisch hauen, dann hauen wir auf den Tisch. Das wollen ein paar Leute nicht sehen und glauben, auch die andern wollen es nicht.«

Die Rolle im Tatort, die war nach ihrem Geschmack: »Da spiele ich eine Frau, die unausgesprochen ausdrückt: Wenn die Großen sich einen Teil vom Kuchen nehmen, warum die Kleinen nicht?« Auch wenn die Frau es nicht ausspricht, glaubt Jutta Hoffmann zu wissen, wie es bei den Leuten ankommt: »Die Großen bauen sich Paläste und schieben sich Diäten in den Hintern, und ich soll da knapsen, ich soll da ehrlich sein und meine Steuern richtig bezahlen? Ich bin doch nicht beknackt! Das ist das Subversive, was ich da versuche, zu spielen. Gut ist es, wenn es so eine Konsequenz hat.« Ihr gefallen Figuren, die hoch spielen, und wenn sie verlieren, es zugeben und die Konsequenzen ziehen. Der Widerspruch in einer Figur ist ihr wichtig: »Der stolze Mensch ist auch feige, der geizige Mensch ist auch großzügig, der traurige auch lustig.«

Sie sagt, daß sie glaubt, Motzki sei aus politischen Gründen abgesetzt worden. »Plötzlich ist es wie in der DDR. Es waren schon die Ateliers gemietet, die Kohle ausgemacht, sechs Folgen geschrieben, und das Ding wird abgesagt, weil die sagen: Wir müssen erst die andern sechs Folgen lesen. Wie in der DDR. Und plötzlich denkt man: Ach so, so ist das.«

Sie hat viel Theater gespielt, in Berlin, München, Salzburg, Hamburg. Ich sehe sie am liebsten im Film. Und Film ist Jutta Hoffmanns eigentliche Liebe: »Das war schon in der DDR so. Ich hätte dem Theater sofort Ade gesagt, wenn ich das mit Egon (Günther) hätte kontinuierlich machen können, zu dem hatte ich als Filmregisseur das größte Vertrauen. Bei ihm war klar, ich bin das Medium, durch das der seine Sachen transportieren läßt. Ich habe kapiert, was der erzählen will, was der für wichtig hält und ich habe das gern erfühlt, erfaßt und abgebildet.« Und Fernsehen? »Ist auch spannend, habe ich alles gern, Theater auch, aber Kino am liebsten.«

Warum hat sie nie Regie geführt wie viele andere Schauspieler? »Gute Frage. Das ist noch ein anderer Beruf als die Schauspielerei, ich finde es sehr schwierig, aber wenn es sich ergibt und Valentin das Haus verläßt – da braucht man ja vielleicht noch mehr Kraft und Konzentration... vielleicht... mal sehn...«

Doch nun fährt die Familie erstmal in Urlaub, nein, nicht in die Toscana und nicht nach Ibiza, sondern, ganz wie zu DDR-Zeiten, nach Hiddensee.

Erschienen im August 1997

Christoph Hein

Nur die Masken erlauben Freiheit

An Christoph Hein wurde stets seine DDR-Ferne hervorgehoben. Seine Romanfiguren sind kühl und distanziert. Der Schriftsteller selbst gibt sich liebenswürdig, ein wenig scheu und redet nicht gern über sich.

Wie das so ist mit den Dichtern, zunächst kennt man sie durch ihre Werke. Begegnet man dann einem von ihnen, vergleicht man ihn automatisch mit dem Bild, das man sich von ihm gemacht hat. Von Christoph Hein hatte ich »Der fremde Freund« (im Westen »Drachenblut«) gelesen, in dem eine erfolgreiche Frau mittleren Alters so kühl agiert, daß es mich fröstelte und »Horns Ende«, in dem ein engagierter Genosse von opportunistischen Funktionären in den Tod getrieben wird. Im Theater hatte ich mir »Cromwell« angesehen, das Stück vom Revolutionär, der zum Tyrann wird, und »Die wahre Geschichte des Ah Q«, eine Mär vom Scheitern revolutionärer Utopie in Fernost. Danach hatte ich mir den Autor kühl, distanziert und ein bißchen zynisch vorgestellt. Tatsächlich ist er ganz anders.

In den Sommermonaten ist er schwer zu erreichen, weil – da lebt Christoph Hein nicht in Berlin, sondern auf dem Lande, in einem Haus ohne Telefon. Nur Freunde kennen die Nummer von Nachbar Horst. Die Autobahn in Richtung Stettin ist noch anno DDR, außer an den reichlichen Baustellen voller Staus. Meine Vorfreude auf die Heins und die vorpommersche Landschaft ist diesmal leicht gedämpft. Ich weiß, Christoph redet nicht gern über sich, auch nicht über das, was er gerade schreibt.

Vielleicht, denke ich mir, schreibt er im Augenblick gar nicht. Schließlich wollen das Gras gemäht, der Wein angebunden und dessen Blätter geschnitten sein, damit die Trauben Sonne kriegen. Außerdem kommt gerade ein neues Buch von ihm in die Läden. »Von allem Anfang an« heißt es und beschreibt das Leben in der DDR der fünfziger Jahre, von einem Dreizehnjährigen betrachtet.

Nein, es sei nicht autobiographisch, sagt er, als wir auf der überdachten Terrasse beim Tee sitzen, während ein Gewitterregen niedergeht, nicht autobiographischer als »Napoleonspiel«, der Roman, in dem ein Rechtsanwalt aus lauter Langeweile einen Menschen umbringt. Ich sehe zu ihm rüber. Ich weiß, wie er nach einem Scherz aussieht, auf den ich reingefallen bin. Aber jetzt – kein amüsiertes Grinsen, keine fröhlich zusammengekniffenen Augen. Es ist ihm ernst. Eigentlich sei bei ihm alles Biographie, sagt er, nur sei die Wahrheit stets maskiert: »Mit den Masken des Spiels, die mehr Freiheit erlauben. Auch mehr Freiheit zur Wahrheit.«

Noch zu DDR-Zeit wurde er gebeten, über Skinheads zu schreiben. »War ja schon damals ein Problem: sinnlose Gewalt, wenn auch im Vergleich zu heute eher Ausnahme. Das Phänomen hätte mich sehr interessiert.« Doch das Ganze war ihm so fremd, daß er die Arbeit aufgab. Irgendwie muß es schon mit ihm zu tun haben. Wenn seine Figuren kühl und distanziert scheinen, dann sind das nur die schon erwähnten Masken, hinter denen er sich versteckt. In natura ist Christoph liebenswürdig, ein wenig scheu und ein wirklich guter Freund für seine Freunde.

Im Sommer lebt Christoph Hein auf dem Land in einem Haus ohne Telephon

Kennengelernt hatte ich die Heins in den Achtzigern durch eine gemeinsame Freundin, Janina aus Warschau. Sie vermutete, wir würden uns gut verstehen und gab Christoph die Adresse von meinem Ostberliner Büro. Eines Tages erschien er und erzählte, ihre Katze habe Junge und ob ich nicht eines davon haben möchte. Heute ist ein rotgelber Kater namens Wassjok Heins Begleiter.

Das Haus von Christoph und Christiane sieht aus wie alle Neubauernhäuser in Vorpommern. Heute ist Arbeitszimmer, was früher Stall war, der Heuboden ist zum größten und schönsten Raum umgebaut. Viel haben sie selbst gemacht, sogar das Dach hat der Dichter selbst gedeckt. »Anders ging es in der DDR gar nicht.«

Es hört auf zu regnen. Wir steigen in Gummistiefel und laufen mit den Hunden einen Weg entlang, auf dem wir leicht bis nach Polen laufen könnten. Die weite Sicht über das hügelige Land wird nur unterbrochen von Inseln mit Bäumen, Pfühle genannt, die sich manchmal zu kleinen Seen entwickeln. Aus den Wolken sendet die Sonne Strahlen, wie Kinder sie malen. Rechterhand wächst Raps.

Fühlt er sich hier zuhause? »Nein, eigentlich nicht.« Vielleicht war sein Leben zu wechselhaft, um sich irgendwo richtig zugehörig zu fühlen. Er war noch ein Baby, als die Familie von Schlesien nach Thüringen flüchtete, eine Familie mit schlesischen Traditionen, die den Verlust der Heimat schwer verschmerzte. »Nichts prägt so sehr wie Verlust. Wo wir hinkamen, gehörten wir nicht dazu. Wir waren Flüchtlinge. Und Habenichtse.« Im sächsischen Bad Düben wuchs er auf, als drittes von sechs Kindern einer Pfarrersfamilie. Mit zwölf las er Schiller und Shakespeare aus seines Vaters Bücherschrank und fing an zu schreiben. »Drei, vier Stücke im Jahr, das schaffe ich heute nicht mehr«, lacht er. Mit 14 brachte ihn sein Vater auf eine Westberliner Schule, vor dem Mauerbau. Die Eltern wollten den Kindern eine anständige Erziehung geben, mit Griechisch und Latein. Viele Arzt- und Pfarrerssöhne besuchten damals Westberliner Schulen. »Es galt als Weggang für immer. War ja illegales Verlassen der DDR.« Am Tag des Mauerbaus ist er 17 und in der DDR.

Als Sohn von Flüchtlingen gehörte er nicht dazu, als Pfarrerssohn in der atheistischen DDR noch weniger, auf der Westberliner Schule als Ostdeutscher war er weiter Außenseiter. Nun darf er in der DDR, weil er ein Westberliner Gymnasium besucht hat, nicht auf die Oberschule, macht sein Abitur an der Abendschule. Er darf nicht studieren, arbeitet als Kellner, Journalist, Montagearbeiter. Mit 22 heiratet er Christiane, die damals noch studierte. (Heute macht sie Dokumentarfilme und Hörfunk-Features.) Die Söhne Georg und Jakob werden geboren. (Georg ist inzwischen Assistent an der Humboldt-Universität, Sektion Mathematik. Jakob studiert in Amerika Medizin.)

Christoph ist eine Weile unbezahlter Assistent bei Besson an der Volksbühne, studiert dann doch noch, wird bezahlter Dramaturg bei Besson. In dieser Zeit schreibt er Stücke, von denen wenige aufgeführt werden dürfen, Filme, die nie in Kinos gelangen, Bücher, von denen einige erst nach Jahren gedruckt werden. Auf dem Schriftsteller-Kongreß 1987 hält er eine Rede gegen die Zensur, die er mir für die ZEIT am gleichen Abend auf einem Parkplatz übergibt.

Bei der großen Demonstration am 4. November 89 plädiert er für einen Sozialismus, der dieses Wort nicht zur Karikatur macht. Im Dezember 89 sagt er in einer Laudatio auf Max Frisch: »Ich hoffe, daß in meinem Land eine ganz andere, eine wirklich menschenwürdige Gesellschaft entsteht.«

Wollte er endlich mal dazugehören? »Als Jugendlicher habe ich wahrscheinlich solche Sehnsucht gehabt: dazuzugehören. Aber 89? Alle Veränderungen kamen zu spät. Trotzdem gibt es das doch: Hoffnung gegen alle Vernunft. Auch wenn man in einem Segelboot sitzt und weiß, es geht unter, legt man nicht einfach die Hände in den Schoß, man schöpft wenigstens Wasser.«

Weil er mit der DDR seine Schwierigkeiten gehabt hatte, wurde er im Nachhinein als deren hellsichtiger und mutiger Kritiker gelobt. Es paßt zu ihm, daß er seine Distanz zum System eher mit seiner Herkunft aus einem Pfarrhaus erklärt, als sie zu eigenem Verdienst hochzustilisieren. 1945 sei er noch ein Kind gewesen, konnte schon deshalb die Anfänge der DDR nicht mit der Sympathie begleiten wie etwa Franz Fühmann oder Christa Wolf, in deren Biographien es viel radikalere Brüche gegeben habe als in seiner.

Doch selbst er, dessen DDR-Ferne gelobt wird, bleibt nicht davor verschont, daß andere ihm Weggegangene als Vorbilder vorhalten (auch solche, die in ihrer DDR-Zeit stramme SED-Genossen waren oder gar IMs). Er blieb, und zu dem Thema zitiert er einen wunderschönen englischen Spruch: »You can take a boy out of the country, but you can't take the country out of the boy.«

»Man sagte sich, wenn es zu schlimm kommt – für die Kinder, für die Arbeit, dann stelle ich eben einen Ausreiseantrag. Das war in jedem von uns. Jetzt ist diese Möglichkeit weg. Aber die andere Seite kann auch nicht mehr sagen: ›Geh doch nach drüben!‹«

Unmittelbar nach der Wende prophezeit er, das Zusammenwachsen werde so lange dauern wie die Zeit der Trennung. »Heute denke ich, es dauert länger. Ende 1990 verbesserten sich die Leute noch, wenn sie das Wort DDR gebrauchten und sagten: Ostdeutschland, neue Bundesländer. Heute spricht man viel deutlicher von DDR, lächelt vielleicht. Das Desinteresse der Westdeutschen hat zugenommen. Das Interesse der Ostdeutschen am Westen, 89/90 geradezu lächerlich groß, ist einem totalen Desinteresse gewichen.«

Ein reicher Bräutigam habe eine ärmliche Braut geheiratet, so hat er es mal beschrieben. »Inzwischen kramt die Braut ihr Zeug aus dem Mülleimer wieder raus, stellt es aufs Vertiko und preist es an. Vielleicht hilft es ja bei der Vereinigung, wenn der Osten ein bißchen mehr Selbstbewußtsein entwickelt.«

Wir laufen an Weizenfeldern entlang. »Die Bauern hoffen auf Niederschläge, dann gibt es Gelder von der EU. Sie wissen sonst nicht, wohin damit, gibt es ja aus Polen und Rußland viel billiger.« An den Rändern der Felder blühen Kornblumen, Mohn und Kamille. In der Nähe fließt die Randow, nach der Christoph Hein sein letztes Stück benannt hat, in dem es um Immobilien-Streitereien zwischen westlichen Geschäftemachern und Stasi-Seilschaften geht.

Auch in diese Gegend kamen nach 1990 Westdeutsche und forderten Land und Häuser zurück. »Aber hier wohnen unheimlich viele aus Hinterpommern, die sind nur so weit westwärts gegangen, wie sie vertrieben wurden und jetzt sagen die: Ich habe da drüben hinter der Oder Land, ich habe einen See, mir gehört ein halber Fluß, auf einmal fängt das an zu rumoren.« Sie sehen nicht ein, warum nicht auch sie ehemaligen Besitz zurückfordern sollen.

In der Umbruchszeit mischte sich Christoph ein in die Tagespolitik. Inzwischen verbringt er wieder mehr Zeit am Computer. »Ich fange erst an zu schreiben, wenn ich viel über eine Sache weiß. Erstmal denke ich darüber nach, schreibe mal was auf, eine Bemerkung, manchmal nur einen halben Satz. Die Recherche, das ist dann schon sehr zielgerichtet.«

Er nahm Lehraufträge wahr, in Essen, in Lexington/Kentucky, in Tokio, Shanghai, Peking. Dabei bezweifelt er, daß man Schreiben lehren könne: »Schreiben lernt man in den ersten drei Schulklassen. Meinen Blick auf die Dinge kann ich nicht weitergeben.«

Als wir zurück im Garten sind, kommt Nachbar Horst vorbei. Er züchtet Haflinger, hat Enten, Hühner, eine Ziege und zwei Schäferhunde. Er fragt die Heins, ob er sich die Stühle und Tische ausleihen kann, die sie für ihr alljährliches Sommerfest für Freunde angeschafft haben. »Na klar, du weißt ja, sie stehn in der Scheune.« – »Für Omas 95. Geburtstag. Wenn das Wetter hält.«

Am Ende sitzen wir wieder auf der Terrasse und essen von Christoph gebackenes Brot. Er zeigt auf zwei riesige stachlige Pflanzen vor der Terrasse: »Die halten wir, um Tequila draus zu machen.« – »Wirklich?« – »Nein«, hilft mir Christiane, »das sind doch Disteln. Tequila macht man aus Kakteen.« Christoph grinst und seine Augen sind fröhlich zusammengekniffen.

Erschienen im August 1997

Wilhelm II. war immerhin Kaiser

Zart und gebrechlich ist Sebastian Haffner, der 90 Jahre alt wird. Nur noch selten empfängt er Besucher. Der bedeutende Publizist über Gott und die Welt: Ist diese so langweilig oder sind es die Zeitungen?

Es mag vermessen sein, einen Artikel über Sebastian Haffner mit UNTERWEGS zu betiteln. Unterwegs sind wir nämlich kaum, gerade mal vom Arbeitszimmer zum Wohnzimmer. Der fast neunzigjährige Sebastian Haffner ist zart und fragil. Das Laufen fällt ihm schwer.

Freilich hätte ich auch früher kaum von ihm verlangt, mit mir spazieren zu gehen. Als ich vor Jahren seine Frau und Freunde von ihr durch brandenburgische Gegenden führte, war klar, daß Sebastian Haffner zuhause blieb. Einer wie er kam auch in jüngeren Jahren, bei bester Gesundheit, nie auf die Idee, etwa um den Grunewaldsee zu gehen, oder gar zu joggen. Sportlich wollte er nie sein, und mit Natur hatte er wenig im Sinn. Umso mehr überraschte es mich, wie er kürzlich auf einen Artikel reagierte, in dem verkündet worden war, daß Brandenburg zur Wüste verdorren werde, wenn wir weitermachen wie bisher. »Die vielen schönen grünen Bäume!« seufzte er. »Jetzt wo ich nicht mehr herumfahren kann, lese ich über Brandenburger Orte, die ich gern besucht hätte, und über Lokale, wo ich wunderbar frischen Fisch aus dem nahen Fluß essen könnte.« Erst jetzt fällt ihm wieder ein, daß er als Kind regelmäßig jede Woche spazieren gegangen ist, mit seinem Vater, der preußischer Schulreformer im Berliner Provinzschulkollegium war: »Bei den Spaziergängen hat er mir viel erklärt, sogar die Relativitätstheorie.« Damals sei er oft in Brandenburg gewesen, auch mit der Schulklasse. »Sanssouci natürlich und Königs Wusterhausen. An der Bahnstation sind wir ausgestiegen und in den nahen Wald gewandert. In Brandenburg ist ja überall Wald.«

Zu der Zeit hieß er noch Raimund Pretzel, in Berlin geboren, 1907. Er war acht bzw. zehn Jahre jünger als seine beiden Geschwister: »Meine Mutter wollte mich eigentlich nicht mehr. Sie hat mir mal gesagt: ›Der Dr. Wollenberg hätte mir schon geholfen.‹ Mein Vater hat sich für mich eingesetzt, und dafür bin ich ihm dankbar.« Erzogen habe ihn freilich die Großmutter, die bei ihnen lebte.»Hat sich mit mir ans Fenster gestellt und mir die Menschen erklärt: ›Siehst du da den Kutscher? Ein guter Kutscher schlägt sein Pferd nicht mit der Peitsche, er läßt die Peitsche höchstens mal durch die Luft knallen.‹«

Wir machen uns auf den für Sebastian Haffner mühsamen Weg vom Sessel im Arbeitszimmer, wo er von Zeitungsstapeln und Fotos der Urenkel umgeben ist, hinüber ins Wohnzimmer, zum Sessel aus blauem Samt. Auf dem Tisch warten Diabetiker-Eis auf den Hausherrn, Tee und Kuchen auf mich. Hier wie überall in der Wohnung Bücher, die vom Boden bis zur Decke reichen. Mein Blick jedoch geht immer wieder begehrlich zu der bronzenen Hundefigur auf einem Schränkchen, einer Dogge, wie Bismarck sie gehabt hat. Nur deshalb darf sie vermutlich hier stehen. Sebastian Haffner hat für Hunde nichts übrig, was ich jedem anderen schwer verübeln würde. Ihm nicht. Ich war sein Fan, als er schon in den frühen Sechzigern für Entspannung zwischen Ost und West plädierte. Durch seine Bücher lernte ich mehr über deutsche Geschichte als durch amtliche Historiker. Manchmal ärgerte ich mich allerdings auch über ihn. Etwa als er schon Mitte der Achtziger über Gorbatschow urteilte:»Das ist der schlechteste Politiker, den ich kenne.« Er schert sich eben nie um gängige Meinungen. Er denkt selbst.

Dabei ist er unter den Prominenten, die ich kenne, einer der bescheidensten und von altmodischer Liebenswürdigkeit. Vor der Wende waren er und seine Frau, die Journalistin Christa Rotzoll, bei einer Westberliner Bekannten eingeladen:»Die Gastgeberin hatte mich neben Christa Wolf gesetzt. Während meine Frau sich mit dem Mann von Christa Wolf glänzend unterhielt, saßen wir beide schweigend nebeneinander. Offenbar hatten wir beide zu viel Ehrfurcht.«

Schade, denn Haffner kann wunderbar zuhören, und er erzählt gern, häufig aus seiner Kindheit, so von der Sommerfrische, die die Pretzels bei einer befreundeten Familie im hinterpommerschen Luisenbad verbrachten, auf einem kleinen Gut:»Habe ich sehr genossen, die Tiere, vor allem die Pferde. Bei der Ernte habe ich hoch oben auf dem vollgeladenen Wagen gesessen.« In seiner STERN-Zeit hat ihm eine Leserin Fotos aus dem alten Luisenbad geschickt:»Das ist jetzt Polen. Fast hätte ich den STERN gebeten, eine Reise-Reportage übers heutige Luisenbad machen zu dürfen. Habe ich dann aber doch nicht. Ich war nie Reise-Reporter. Immer nur Politik, Geschichte.«

Das ist nicht ganz korrekt. Angefangen hatte er als Romancier. Sein erster Roman wurde sogar in Fortsetzungen in einer Hamburger Zeitung veröffentlicht. Es war, wie es sich für einen 19jährigen gehört, ein Liebesroman. Als er den zweiten Liebesroman schrieb, bereits eine Dreiecksgeschichte, war er Referendar am Rheinsberger Amtsgericht. Außerdem schrieb er Unpolitisches für die »Berliner Illustrierte«, die »Neue Modewelt« und die »Vossische Zeitung«, für deren letzte Ausgabe 1934: »Das Leben der Fußgänger«.

Hitler änderte sein Leben radikal. Weil er eine jüdische Freundin hat, emigriert er mit ihr 1938 nach England. Sie heiraten. »Weil ich dachte, ich könne nie was in Englisch schreiben, hatte ich mir eine Leica gekauft und noch in Berlin fotografieren und entwickeln geübt.« Er wollte Pressefotograf werden. Stattdessen schreibt er für eine deutsche Emigranten-Zeitung und verfaßt ein Buch: »Germany – Jekyll und Hyde«, eine Analyse Hitler-Deutschlands (erst 1996 in Deutschland veröffentlicht). Wie er heute dazu steht? »Ist mir ein bißchen peinlich, weil ich die Deutschen damals zu gut dargestellt habe.« Für die damalige Zeit, Ende der dreißiger Jahre, war es gradezu hellsichtig. Vieles findet sich darin, was Haffner in späteren Büchern wieder aufgreift.

Um Verwandte in Deutschland nicht zu gefährden, schreibt er es unter dem Pseudonym, unter dem ihn heute jeder kennt: Sebastian Haffner, Sebastian nach seinem Lieblingskomponisten Bach, Haffner nach einer Mozart-Symphonie. »Es wurde nicht viel verkauft, erregte aber Aufsehen.« Die entscheidendste Folge war, daß ihn David Astor bat, bei dessen renommierter Wochenzeitung OBSERVER mitzuarbeiten. Beim OBSERVER schrieben damals kaum Ausländer, einer von ihnen war Isaac Deutscher, »mit dem ich oft gestritten habe, er war rußlandfreundlich, ich deutschlandfreundlich.«

Er entschloß sich, wirklich englisches Englisch schreiben zu lernen. Und schaffte es innerhalb von 14 Tagen – mithilfe seiner Kinder. Die Tochter ist heute Malerin in Berlin. Der Sohn lehrt Mathematik am College der Londoner Universität. »Wenn er mich besucht, lasse ich mich von ihm in der Geschichte des Universums unterweisen.« Haffner findet es schade, daß er sich früher nicht für Naturwissenschaften interessiert habe: »Stattdessen für internationale Politik, wo doch nach dem 1. Weltkrieg die große Zeit schon vorbei war.«

Er blieb lange beim Observer, berichtete nach Kriegsende aus Deutschland. Zuerst machte er nur Stippvisiten, fühlte sich noch ganz als Brite, obwohl erst seit 1947 britischer Staatsbürger. Später blieb er als Deutschland-Korrespondent. »Uns als Besatzungsmacht ging es wirklich gut hier. Wir hatten mehr zu essen als die Menschen in England. Damals habe ich die späteren Berliner Freunde kennengelernt, zum Beispiel Sabina Lietzmann, spätere Amerika-Korrespondentin der FAZ, durch die ich meine zweite Frau kennengelernt habe. Deutscher Staatsbürger wollte ich erst 1972 wieder werden, um Willy Brandt wählen zu können.«

Im FAZ-Fragebogen bezeichnete er es als größtes Unglück, wenn seine Frau vor ihm sterben würde. Dieses Unglück traf ihn vor anderthalb Jahren. Christa stürzte, ihr Mann war zu schwach, ihr zu helfen. Die Berliner Feuerwehr kam erst nach dem zweiten Anruf, als ihr nicht mehr zu helfen war.

An den Fragebogen erinnert er sich gut, weil er es sich bis heute übelnimmt, auf die Frage, welche politischen Gestalten er am meisten verachte, nicht Ebert und Noske geschrieben zu haben: »Die haben die Revolution verraten, sind schuld an der Ermordung von Liebknecht und Luxemburg, ohne sie wäre Hitler nicht an die Macht gekommen. Wenigstens habe ich nicht wie die meisten andern Hitler und Stalin geschrieben, sondern Schönredner, Angeber, Dummköpfe.« Und er habe sich als Humanist vorgestellt, mit Horaz und Thukydides. Und als Kenner der preußischen Geschichte, der als Reform am meisten den Verzicht der Hohenzollernkönige auf die Religionshoheit bewundert, dessen Romanheld Dubslav von Stechlin von Fontane ist und dessen Held der Wirklichkeit Bismarck – neben Churchill, über den er ein Buch geschrieben hat, lange Zeit sein Lieblingsbuch. »Inzwischen ist es mein Buch über Hitler«, sagt er und meint »Anmerkungen zu Hitler«, ein Bestseller wie »Preußen ohne Legende«. Sein letztes Buch »Von Bismarck bis Hitler« erschien 1987: »Darin habe ich behauptet, die Deutsche Vereinigung werden wir nicht mehr erleben. Meine größte Blamage. Dafür habe ich im Vorwort für die französische Ausgabe, drei Tage nach der Vereinigung, im Oktober 90, geschrieben, daß die Bundesrepublik die DDR ruiniert und daß es mich nicht wundern würde, wenn die DDR die Bundesrepublik mit in den Ruin zieht.«

Christa Rotzoll war eher in der schönen Literatur zuhause, und sie war gierig auf Klatsch, mit dem ich allerdings nur selten dienen konnte. Haffner fragte mich nach der DDR aus. Er kannte sie kaum aus eigener Anschauung. Einmal, erinnert er sich, sei er beim Ständigen Vertreter Hans-Otto Bräutigam in Ost-Berlin eingeladen gewesen: »Da habe ich Gysi kennengelernt, der war damals vor der Wende ja noch nichts Bekanntes. War mir sympathisch.«

Christas Name steht noch immer auf dem gründlichen Haustür-Schild: »Dr. Pretzel/ Prof. Haffner/Rotzoll«. Die Stadt Berlin hat Haffner in den achtziger Jahren den Ehrenprofessor verliehen. »Der Bürgermeister hat eine schöne Rede gehalten, ich eine dumme: wie schwer es in der Jugend gewesen sei, den *Dr.* zu erwerben und wie leicht jetzt den *Prof.*«

Seit Christas Tod sieht er nicht mehr fern. »Dabei habe ich früher viel fürs Fernsehen gemacht, war häufig bei Höfer im Frühschoppen, habe sogar Filme geschrieben, einen über Bismarck. Und einen über die Marne-Schlacht, ein richtiger Film mit Schauspielern. Hans-Christian Blech war wunderbar. Ich habe mich wie Shakespeare gefühlt: Die Figur, die er spielte, hatte ich geschaffen! Einmal war ich selbst eine Art Schauspieler, mit schöner Perücke, spielte einen englischen Korrespondenten, der den Alten Fritz interviewt.«

Heute holt er sich seine Informationen aus Zeitungen: »Habe sie schnell durch. Finde wenig Interessantes. Und frage mich: Ist das so, weil die Zeitungen langweilig sind oder weil die Welt so langweilig ist?« Er sei nicht mehr neugierig, sagt er, um sich gleich darauf zu fragen, wie lange Kohl sich wohl noch halten wird. »Nur wer kommt danach? Schäuble – ich weiß nicht, ein Kanzler im Rollstuhl... Allerdings, Roosevelt saß auch im Rollstuhl. Aber der lebte sehr zurückgezogen. Das geht heute nicht mehr. Stoiber wäre nicht schlecht, aber das wäre das erste Mal, daß ein Bayer Kanzler wird. Vermutlich wird ohnehin die SPD die nächste Wahl gewinnen. Ehrlich gesagt, es interessiert mich nicht sehr...« Erstaunlich ist, wie viel er bei seinem angeblich so spärlichen Interesse liest. Er ist immer über alles informiert, egal ob es um Deutsche in Chile geht oder um Russen: »Ein aussterbendes Volk, haben eine Million Sterbeüberschuß. Es wandern immer mehr Asiaten nach.«

Die Massentrauer um Diana war ihm unheimlich. Und mit wenig Sympathie beobachtet er das Bröckeln der englischen Monarchie. In

England sei er begeisterter Monarchist gewesen, habe sich eigens wegen der Krönung der Queen einen kleinen Fernseher gekauft: »Und dann haben wir unsere englischen Nachbarn eingeladen, die damals noch keinen Fernseher hatten, und ich war sehr stolz auf unsere junge Queen.« 1918 als kleiner Junge war er traurig gewesen, als der deutsche Kaiser abgedankt hatte: »Wilhelm II. war kein besonders guter Kaiser, aber er war immerhin ein Kaiser.«

Wie denn heute seiner Meinung nach ein Staat aussehen sollte. »Was ist denn heute der Staat?« – »Die Parteien?« – »Das ist eben falsch. Es muß was über den Parteien geben, wie bei der englischen Monarchie, die Königin, die sich nicht einmischt in Parteienpolitik, die über den Dingen steht. Gut, wir haben Präsidenten, die meisten waren ganz gut, aber das ist eben was anderes als ein Monarch.«

Manchmal begleitet mich mein Sohn Jakob zu ihm, ein Journalist in seinen Anfängen. Haffner redet mit ihm wie mit seinesgleichen, etwa über das jüngste Buch des englischen Historikers Hobsbawn, das ich ohne Haffners Anregung vermutlich nie gelesen hätte und das mir gefiel, nicht zuletzt der wunderbar einfachen Sprache wegen. Das genau, das Einfache und Präzise, habe er in England gelernt: »Die Amerikaner haben leider von den deutschen Emigranten die Weitschweifigkeit, die vielen Fußnoten übernommen, von den deutschen Wissenschaftlern, die nach Amerika auswanderten. Da verdienten sie besser als anderswo. In England mußte man sich den Engländern anpassen.«

Wir reden über Gott und die Welt. Ja, auch über Gott. Er sei nicht religiös, sagt Haffner: »Nehmen Sie das Glaubensbekenntnis. Der erste Teil, daß da ein Gott ist, was Übermenschliches also – darüber kann man reden. Der zweite Teil... völliger Blödsinn und der dritte Teil: Propaganda für die katholische Kirche.« Früher habe er manchmal gedacht, Gott sei auf seiner Seite: »Deshalb habe ich nichts gemacht, was gegen ihn wäre, nichts Böses. Er hat mir auch tatsächlich zweimal geholfen, als ich ganz am Ende war. Das erste Mal in England, da hatte ich meinen Job bei der deutschen Emigrantenzeitung gekündigt, weil ich mich über sie geärgert hatte, und stand völlig ohne Geld, aber mit Familie da. Und als gerade die Hungersnot bei uns ausbrechen wollte, kam das Angebot vom OBSERVER.« Das zweite Mal hatte er, wieder weil er sich geärgert hatte, bei der WELT und CHRIST UND WELT gekündigt. »Hatte ich wieder nichts. Und da bot mir der STERN eine regelmäßige Kolumne an.«

Wir reden über Vegetarier. Haffner versteht sie: »Wir verzehren schließlich unsere Brüder und Schwestern.« Er hätte gern ein reines Gewissen in dieser Hinsicht: »Habe es aber in 89 Jahren nicht geschafft.« Und wir reden über den Euro: »Die heutige Generation kennt es nicht, wenn Geld wertlos wird. Mein Vater hat zweimal ein kleines Vermögen verloren, einmal nach dem ersten Weltkrieg, Staatsanleihen. Der Staat hatte den Krieg verloren. Alles war weg. Vor dem zweiten Krieg kaufte er deshalb Pfandbriefe. Die waren nach dem Krieg nichts mehr wert. Die Häuser waren zerbombt. Mein Vater war inzwischen gestorben. Ich habe mir ein bißchen was zusammengekratzt, das möchte ich gern vererben.«

Das Telefon klingelt, ein Studienrat aus Zwickau. Haffner sagt ihm, er werde ihm morgen die Bücher mit Widmung und mit einem Brief zurückschicken. »Der Mann sagt, ich sei für ihn der größte lebende Deutsche. Das mag ich nicht, solche Überschätzungen. Aber ich habe mir überlegt: Wer ist eigentlich der größte lebende Deutsche? Fällt Ihnen jemand ein? Kohl? Er hat eine Menge geleistet, gut, aber der größte lebende Deutsche? Früher hätte ich gesagt: Thomas Mann. Manche hätten zu einer bestimmten Zeit vermutlich gesagt: Hitler. Der war nicht groß. Doch, groß im Bösen. Es gibt ja die Theorie, daß Wahnsinn groß mache, und daß er wahnsinnig war. Schubert hat in der Jugend ganz nett komponiert, aber nichts Besonderes. Hatte sich dann mit Syphilis angesteckt, wurde wahnsinnig – und genial. Oder Nietzsche...«

Haffners Lieblingsschriftsteller ist seit seinem 14. Lebensjahr bis heute Thomas Mann, mit der Einschränkung: »Die frühen Erzählungen von ihm, vor den Buddenbrocks, taugen nicht viel. Am besten ist der ›Josef‹. Allerdings die Landschaftsbeschreibungen sind ein bißchen langatmig. Interessiert doch nicht jeder Baum, der am Wege steht.« Er zeigt aufs Bücherregal rechts von sich. Er weiß genau, wo was steht: »Geben Sie mir doch bitte da links ›Die Standarte‹ von Lernet-Holenia runter.« Er blättert darin und beschließt: »Ja, das werde ich noch mal lesen...«

Erschienen im September 1997
Sebastian Haffner ist inzwischen verstorben

Wo eine Hand die andere wäscht

Politikerin wollte sie nicht werden, aber um das
Recht ging es ihr immer. Eine Westberliner Anwältin versucht,
die ostdeutsche Mentalität zu verstehen

Als das Ende der deutschen Teilung noch bejubelt wurde, die D-Mark in den Osten kam und westliche Baumärkte leergekauft wurden, Leipziger nach Mallorca düsten und westdeutsche Geschäftsleute in Rudeln die neuen Märkte auskundschafteten, reagierte meine Freundin Adelheid zwar auch begeistert, doch eher juristisch. Schon, als sich an den Grenzen Ost und West weinend vor Freude in den Armen lagen, triumphierte sie: »Jetzt kriegen die im Osten endlich den Rechtsstaat!« Für die Rechtsanwältin Adelheid Koritz-Dohrmann war dies die alles entscheidende Veränderung.

Heute haben die Koritzens, wie viele Westberliner, ein Häuschen jenseits der früheren Grenze. Sie könnten es sogar von Berlin aus mit dem Boot erreichen, immer die Havel runter bis zum Streganzer See. Hier, im märkischen Prieros, will ich mit Adelheid reden, nicht in ihrer einschüchternden Anwaltskanzlei im Berliner Westend. Das Grundstück ist so geräumig, daß wir es für einen Spaziergang nicht verlassen müssen. Adelheid in Schwarz mit wenig Weiß. Sie liebt Schwarz, schwarz wie ihr Talar, den sie im Gerichtssaal trägt. Meine Hunde toben übers Gelände, Adelheids Möpse beobachten sie aus sicherer Entfernung. Ich denke: Das hätte ich auch gern, so ein kleines Haus an einem märkischen See. Wenn Berliner träumen, träumen sie so was.

Durch den Kanal, rechts neben dem Grundstück, donnert ein Motorboot: »Für die wurde der Kanal verbreitert, für die Genossen mit ihren dicken Booten, damit sie vom Nachbarsee zu diesem freie Fahrt haben. Dafür haben sie 1985 dies Grundstück verkleinert, rigoros siebzehn Grenzsteine verrückt – was überall auf der Welt strengstens verboten ist. Niemand ist jetzt interessiert, den alten Zustand wiederherzustellen.«

Bei einem früheren Besuch, gemeinsam mit einer Freundin aus Potsdam, hatte Adelheid uns das mit dem Kanal zu erklären versucht, aber wir konnten beide nicht recht verstehen, wie man sich bei einem so großen Grundstück über so eine winzige Verkleinerung aufregen kann. Adelheid wiederum verstand nicht, daß wir nicht kapierten, worum es ging: um das Recht.

Die ehemalige Besitzerin hatte, obwohl ebenfalls Juristin, die Grenzverschiebung nicht verhindern können. Sie war die Witwe von Max Lingner. Ein Messingschild am Tor verrät: »Hier arbeitete der Maler und Zeichner MAX LINGNER (1888 – 1959) nach seiner Rückkehr aus der französischen Emigration«. Von Lingner stammt das Wandbild an der Fassade des Hauses der Ministerien, heute Sitz des Bundesfinanzministeriums. Das Grundstück in Prieros konnte er 1955 für seine junge Frau kaufen, nachdem er den Nationalpreis erhalten hatte, der mit 50.000 Mark dotiert war. Adelheid will einen Freundeskreis Max Lingner gründen, der sich um die Hinterlassenschaft des Künstlers kümmert, dessen Bilder »bei den Nazis verboten waren, in der DDR selten zu sehen, weil Lingner nicht staatskonform, und jetzt kaum, weil er Kommunist war.« Sie zeigt über den See: »Da drüben war der Landsitz von Pieck, mit dem war Lingner befreundet.«

Es erscheint Adelheids Ehemann, Dr. Andor Koritz, mit einem Tablett und serviert uns Champagner. Seit vorigem Jahr ist er Anwalt wie seine Frau, nach 34 Dienstjahren beim Berliner Senat. Heute kümmert er sich allerdings nur um den Zander, den wir später essen werden. Freunde werden immer verwöhnt. Auch die neuen, die nach 1989 dazugekommen sind, vor allem Juristinnen aus Ostberlin. Bereits Ende 1989 hatte Adelheid sie im Namen des Westberliner Juristinnenbundes eingeladen, damit man einander und das Recht des jeweils anderen kennenlerne. »Damals kamen alle ohne Auto, weil sie sich nicht trauten, in West-Berlin Auto zu fahren.«

Sie trafen sich regelmäßig. »Die Ostberlinerinnen mußten ja in kürzester Zeit ungeheuer viel lernen. Ich habe gleich gesagt: Beschränkt euch nicht aufs westdeutsche, guckt euch das europäische Recht an.« Westjuristinnen haben also Ostjuristinnen Nachhilfe in West-Recht gegeben? Das Wort »Nachhilfe« gefällt ihr nicht: »Wir haben Darstellungen des westdeutschen Rechts gegeben. Das Gute war: Wir waren ja in vergleichbarer Situation, vergleichbare Ausbildung, vergleichbare Durchsetzungsproblematik in der Gesellschaft, fast alle verheiratet, Mütter und berufstätig. Es sind Freundschaften entstanden, die bis auf den heutigen Tag tragfähig geblieben sind.«

Auch die Neuen sind inzwischen in den Verteiler für Adelheids berühmte Jahresrückblicke aufgenommen, wo sie denn auch gleich erwähnt wurden: »...und die vielen guten Freundesstunden in Prieros – Krebse à la nage, Sancerre, Zander à la Andor, Blumenzwiebeln und Wühlmäuse, nagender Holzbock, Igel, Dahlien und Kartoffeln, selbstgefundene brandenburgische Pilze, Bötchen fahren; schöner brandenburgischer Sommer.«

Diese märkische Idylle wird indessen zuweilen gestört. Da war die Sache mit den Birken: »Eine fiel um, einfach so, alt und morsch, gottlob weit vom Haus entfernt.« Sieben andere alte, morsche standen dagegen sehr nah am Haus. Adelheid beantragte bei der Gemeinde, sie fällen zu dürfen. »Fünf Männer, inklusive Naturschutzbeauftragten, begutachteten das Ganze und entschieden, daß sie nicht gefällt werden dürfen.« Nachbarn wunderten sich: Warum fällen Sie sie nicht einfach, ohne zu fragen, wie alle hier? Doch Adelheid besteht auf den

Anwältin Adelheid Koritz-Dohrmann mit ihren Möpsen: Wir haben 1945 mühsam gelernt, unsere Rechte gegenüber staatlichen Institutionen durchzusetzen. Im Osten hatte man diese Möglichkeit nicht.«

Rechtsweg, »nur das rettet auf Dauer den Rechtsstaat.« Sie legte Widerspruch ein. Und hörte nichts mehr. »Erst als der Sturm Sonja Ostern 1996 zwei Birken brach, die aufs Dach krachten, rief die Frau, die unsern Widerspruch hätte bearbeiten sollen, aufgeregt an: Es täte ihr schrecklich leid, natürlich dürften wir jetzt sofort alle morschen Birken fällen. Und sie versprach, falls wir mal bauen wollten, bei einer Baugenehmigung zu helfen. ›Aber das ist doch gar nicht in Ihrer Kompetenz?‹ – ›Na, Sie wissen doch: Eine Hand wäscht die andere.‹«

Ostdeutsche hätten eben eine andere Mentalität als wir: »Wir haben nach 1945 mühsam gelernt, unsere Rechte gegenüber staatlichen Institutionen durchzusetzen. Im Osten hatte man diese Möglichkeit nicht, umschiffte mit Tricks geschickt staatliche Regelungen.«

Ich habe Adelheid 1972 kennengelernt, als sie mich bat, über ein vierjähriges Mädchen zu schreiben, das nach einer Mandeloperation die Klinik als Schwerstbehinderte verließ. Adelheid vertrat die Eltern in der Klage gegen den Arzt. Sie arbeitete damals in der sozialen Rechtsberatung für Minderbemittelte vom Bezirksamt Spandau. Ein Jahr danach traf ich sie wieder, als sie in den ersten selbstgewählten Bundesvorstand der ASF (Arbeitsgemeinschaft sozialdemokratischer Frauen) gewählt worden war. »Ich hatte aber nie den Ehrgeiz, Politikerin zu werden, hatte immer nur punktuelle Interessen. Immerhin – bei unserm Kampf um die Reform des Familienrechts gegen eine katholische Übermacht habe ich demokratische Demut gelernt.«

Heute ist sie im Vorstand des Landesfrauenrates Berlin, der über vierzig Frauenorganisationen vertritt. Sie ist im Richterwahlausschuß, wo für sie die Zeit der Neuzulassungen von Ost-Juristen besonders spannend war. Und sie ist Mitherausgeberin einer juristischen Zeitschrift. Im vorigen Jahr ist ihr das Bundesverdienstkreuz 1. Klasse verliehen worden. Wenn sie darüber redet, wird sie ungewohnt pathetisch: »Ich habe es aus den Händen der lange vertrauten Weggefährtin im Kampf um die Menschenrechte, Dr. Peschel-Gutzeit (Berliner Justizsenatorin) bekommen.«

1935 in Berlin geboren, hat sie fast immer hier gelebt: »Zuerst im Papierkorb der Säuglingsfürsorge Tempelhof.« Die Mutter war dort Cheffürsorgerin. »Im Krieg evakuiert. Und immer war es kalt. Nur die Heiligabende waren warm, 1944 in Schlesien, am zweiten Feiertag, mußten wir vor der anrückenden Front fliehen.« Die Mutter wurde Krankenschwester in Karlsbad. »45 sind wir aus dem Versteck, in dem

Tschechen uns verborgen hatten, mit einem Handkarren und einem Kinderwagen, mit meiner zweijährigen Schwester drin, in vier Wochen 300 Kilometer nach Berlin gelaufen. Unterwegs haben uns russische Soldaten Brot gegeben, anständige Menschen ein Nachtlager und ein bißchen von dem, was sie hatten. An einem Juniabend sind wir aufs Brandenburger Tor zugehumpelt, rundrum nur Trümmer.« Zunächst lebten sie in einer Ruine voller Ratten, in der nur Küche, Flur und Toilette nicht zerbombt waren. In der Schule gefror die Tinte in den Fässern.

Schon damals wußte sie, sie würde Jura studieren. »Ich wollte das System knacken lernen, mit dem Macht ausgeübt wird. Ich war im RIAS-Schulfunk-Parlament, zusammen mit der heutigen Präsidentin des Bundesverfassungsgerichts, Jutta Limbach, mit der ich bis heute befreundet bin.« 1959 das erste Staatsexamen an der FU Berlin, dann nach Hamburg ans Europa-Kolleg: »Eine Institution, die europäische Studenten für die Europa-Integration vorzubereiten versuchte. Da habe ich Andor kennengelernt. Er war Tutor.« 1961 geheiratet. Im Jahr nach dem Mauerbau nach Berlin, »was damals nur Verrückte, Liebende und Idealisten taten. Drückeberger, Konkursifexe, Wehrdienstverweigerer und ideologische Interpreten der Westberlin-Identität kamen erst später.« 1963 das zweite Staatsexamen, die Zulassung als Anwältin. 1966 Geburt der Tochter. 1974 schließlich das Notariat. Viel Arbeit. Auch mir hat sie manches Mal juristisch beigestanden, meist bei Problemen wegen unseres behinderten Sohnes. Nach der Wende viele Scheidungen von Frauen, deren Männer mit Ostfrauen durchgebrannt waren.

Selbst ein paar schwere Operationen während der letzten Jahre hielten sie nur kurzzeitig von ihrem Schreibtisch fern. Für Prieros bleibt wenig Zeit, und leider ist es da auch nicht mehr so friedlich wie früher. »Im Sommer waren Freunde hier, auch die Justizsenatorin. Als ich sie zum Auto brachte, sahen wir, daß sich eine Gruppe Skinheads an ihrem Mercedes zu schaffen machte. Die sahen so bedrohlich aus, daß ich Andor holte und einen großgewachsenen Gast mit einem Boxer. Der vertrieb sie kläffend. Später hörten wir sie »Heil Hitler!« grölen.«

Im vorigen Jahr ist zweimal eingebrochen worden, »leider auch Unersetzliches aus dem Nachlaß von Max Lingner.« Ein Laster ist auf das Grundstück gefahren und Vitrine, Mahagoni-Schiffsstühle, sogar ein nagelneuer festmontierter Geschirrspüler sind aufgeladen worden.

»Wir wollen ja den Chor der Vermaulten im Lande nicht verstärken, aber es wäre uns schon lieb, wenn unsere Obrigkeiten die Straftäter suchen ließen, ohne darauf zu warten, daß sie sich von allein melden. Wir haben in Brandenburg sehr teilnahmsvolle Polizeibeamte kennengelernt, aber von kriminalpolizeilichen Techniken verstanden sie so viel wie unsereiner vom Seiltanzen.« Die Nachbarn haben nichts gehört. »Manche sagen vielleicht: Ein Haus, in dem Wessis wohnen... schadet ihnen gar nichts.«

Zum Zander à la Andor kommt Tochter Nikola mit deren Tochter Nike (6 Monate). Adelheid füttert das Enkelkind mit Möhrenbrei.

Überflüssige Anmerkung: Tochter und Schwiegersohn sind Juristen.

Erschienen im November 1997
Adelheid Koritz-Dohrmann ist inzwischen verstorben

Helga Schütz

Die eigene Wahrheit finden

Sie schrieb Drehbücher für viele DEFA-Filme, verfaßte Texte für Dokumentarspiele und hatte Erfolg als Schriftstellerin in Ost und West. Für Helga Schütz ist wichtig, was zwischen den Zeilen steht

Es ist ungemütlich windig und regnerisch grau. November eben. Eigentlich kein Wetter für Spaziergänge im Park Sanssouci. Die Blätter fallen. Früher hat Helga Schütz sie zusammenharken müssen. Als sie in der ABF (der Arbeiter- und Bauern-Fakultät) das Abitur nachholte, arbeitete sie während der Semesterferien hier. Bevor sie Schriftstellerin wurde, war sie Gärtnerin.

Als wir uns vor vielen Jahren kennenlernten, schrieb sie bereits, hatte einen Sohn und eine Tochter. Ihre Tochter war schwerbehindert wie mein Sohn. Schon deshalb war sie mir von Anfang an schwesterlich vertraut, eine wortlose Übereinkunft, die blieb, auch nachdem die Tochter gestorben war.

Ihr Haar, zum Knoten hochgesteckt oder als langer Zopf über dem Rücken, ist üppig wie vor 25 Jahren, nur hat sich in Helgas Blond inzwischen etwas Weiß gemischt. Sonst hat sie sich kaum verändert, egal was ihr passiert. Leicht wurde ihr das Leben nicht gemacht, weder privat noch beruflich. Einige Filme, die sie für ihren damaligen Mann, den Regisseur Egon Günther, geschrieben hatte, kamen selten oder gar nicht in Kinos. Doch auch Erfolge haben sie nicht hochmütig werden lassen. Immerhin hat sie Preise bekommen. Ihre Bücher sind in sechs Sprachen übersetzt. Sie war Stadtschreiberin in Mainz, Stipendiatin in der Villa Massimo in Rom, hatte einen Lehrauftrag in Ohio, ist Professorin für Dramaturgie an der Babelsberger Filmhochschule. Ob in der DDR oder im gegenwärtigen Deutschland, ob Niederlagen oder Erfolge – Helga bleibt unverändert, zuverlässig, ruhig, sanft und freundlich.

Schulklassen überholen uns lärmend auf dem Weg vom Schloß zu den Weinbergen. »Dreihundert Hektar. Rokoko und Natur. Ich erinnere mich meiner Schmerzen in den Fingerspitzen, meiner Entscheidung für Vergißmeinnicht und gegen Franzosenkraut, für die Sonnenbraut und gegen die Vogelmiere...« So beschreibt Helga ihre Zeit in Sanssouci in »Erziehung zum Chorgesang«.

Wer ihre Bücher liest, mag vermuten, daß er ihr Leben aufgeschlagen vor sich habe. Doch das stimmt nicht: »Wenn mir einer schreibt: ›Sie beschreiben eine Brücke, die es da aber gar nicht gibt‹, ist mir das nicht lieb. Ich möchte nicht, daß die Leute denken, meine Arbeiten seien dokumentarisch.« Sie vermeidet es, einen Ort, über den sie schreibt, vorher zu besuchen: »Um Bilder, die ich habe, nicht kaputtzumachen durch die Realität. Wenn da ein Apfelbaum steht, ich aber lieber einen Birnbaum hätte, weil er brandenburgischer ist, dann beschreibe ich einen Birnbaum.«

Gewiß, vieles, was sie schreibt, sei Erinnerung, aber nicht Realität, »sondern ein poetischer Raum, in dem ich mich auskenne.« Das verdanke sie ihrer Kindheit, sagt sie. Sie sei nie erzogen worden. »Ich habe Kinder beneidet, die sagten: Das hat mir mein Vater verboten. Auch Verbote sind ja Zuwendung. Mir wurde höchstens gesagt: Hol Brot! Bring den Mülleimer runter!« Heute weiß sie, daß das nur gut für sie war: »Dadurch hatte ich Freiräume, Zeit für Phantasie.« Sie läßt auch ihrem Leser diesen Raum: »Was zwischen den Zeilen steht, hat er zur Verfügung. Ich steige nicht gern in die Figuren ein, beschreibe selten, wie sie aussehen. Sie haben übrigens selten ein intellektuelles Profil. Ich schreibe über die sogenannten einfachen Leute. Das andere interessiert mich nicht.« Nicht immer verläßt sie sich dabei auf ihre Phantasie. Als sie über ihre Dresdner Großmutter schreiben will, Arbeiterin in einer Zigarettenfabrik, sieht sie sich in der Fabrik die alten Maschinen an, an der diese gearbeitet hat.

Wir laufen an riesigen Bergen von Laub vorbei: »Romantiker sagen, es sei so schön, wenn die Blätter fallen. Ist ja auch schön. Aber die Blätter verschwinden leider nicht von selbst. Ich weiß, wie mühselig die Harkerei ist.« Als sie ihre Lehre im Dresdner Großen Garten anfing, war sie erst 13. Vom ersten Lehrlingsgehalt kaufte sie sich ein Fahrrad, Marke Simson/Suhl. Fast 50 Jahre ist sie damit gefahren: »Neulich ist es mir in Babelsberg geklaut worden.«

Die ersten Kinderjahre hatte sie bei den Großeltern in einem schlesischen Dorf zugebracht. »Meine Mutter war damals in Leipzig in Stellung, mein Vater in Kiel auf der Howaldt-Werft.« Später holten die Eltern sie nach Dresden. Sie reimte kleine Gedichte über eine Katze, beobachtete durch ein selbstgebasteltes Fernrohr Sterne, malte Pilze.

Bald nach der Lehre wollte sie weg aus der zerbombten Stadt. Mit ihrer Freundin Inge setzte sie sich vor eine Karte von Potsdam. »Mit den Farben Grün, Blau, Gelb. Grün die Parks, blau das Wasser, gelb die Häuser. Da müssen wir hin, haben wir gesagt. Da ist es schön.«

Sie bestanden die Aufnahmeprüfung für die ABF. Sanssouci war für sie wie ein Märchen: »Ich stand da mit Kulleraugen: Guck mal, ein Schwan!« Danach fuhren sie mit der S-Bahn nach Westberlin. »Wir haben uns Kleider aus Kräuselkrepp gekauft, Inge ein blaues, ich ein weißes mit grünen Blättern. Ans Geldwechseln, Ostgeld in Westgeld, kann ich mich überhaupt nicht mehr erinnern, habe ich wohl total verdrängt.«

Wir laufen durch einen der berühmten, dicht berankten Laubengänge, deren ovale Durchblicke als Rahmen für Porträts beliebt sind. Auch jetzt fotografieren sich polnische Schüler gegenseitig. Helga bleibt stehen. »Genau wie wir damals, wir vier aus dem Zimmer vom ABF-Internat.« Sie sei übrigens im naturwissenschaftlichen

Helga Schütz im Park von Sanssouci. Hier arbeitete sie einst als Gärtnerin. Nicht im Traum dachte sie daran, einmal Bücher zu schreiben

Zweig gewesen: »Ich dachte, Bücher kann ich allein lesen, wollte richtig was lernen.«

Zehn Mark kostete das Bett, die Mensa rund 20 Mark bei 180 Mark Monats-Stipendium und dem Zubrot aus Sanssouci, 1,28 Mark pro Stunde Facharbeiterlohn, manchmal mühsam verdient: »Heckenschneiden von Hand mit der schweren Schere. Rhododendronblüten abknipsen war leichter, und dabei konnte man sein Kofferradio im Gebüsch verstecken.«

Die ABF schickte sie nach Westberlin, Flugblätter verteilen, »Werbung für KPD oder irgendwas Linkes. War vor einer Wahl. Wir haben in den Häusern geklingelt. Einer hat uns Likör angeboten. Ein anderer hat gefragt, wie man denn in der DDR so als Musiker leben kann.« Helga amüsiert es heute, wie naiv sie damals für den Kommunismus geworben hat, sogar den westdeutschen Urgroßvater: »Aber der wollte Adenauer wählen.« Nach ABF-Abitur studierte sie an der Filmhochschule Babelsberg: »Ich stellte mir vor, da kann ich ins Theater und ins Kino gehen und Bücher lesen.« Nicht im Traum kam sie auf die Idee, je selbst Bücher zu schreiben: »Ich dachte, so was ist angeboren, wie das Talent zum Klavierspielen.«

Obwohl die Statuen an einem Rondell schon in hohen, schmalen Holztürmen stecken, Schutz gegen Winter-Unbill, weiß Helga, sie stellen den Raub der Sabinerinnen dar. Sie tut mir den Gefallen, Bäume am Weg lateinisch vorzustellen: »Fagus Silvatica – Waldbuche, Tilia – Linde, Querquus = Eiche.« Wagen mit Riesenstaubsaugern fahren an uns vorbei: »So was hatten wir nicht. Die laufen den ganzen Tag mit diesen Maschinen rum, und abends müssen sie ins Fitneß-Studio. Da packt man doch lieber mit zwei Armen zu und wirft es auf den Wagen!«

Unterhalb der Weinberge am Rand des Teiches versucht eine Katze, Goldfische zu angeln. Sonja fällt uns ein, eine aus Helgas Katzen-Nachwuchs, die ich in den 70ern von Ost nach West geschmuggelt habe. Kürzlich habe sie mein konspiratives Telegramm gefunden, erzählt Helga: »Alle gut angekommen«, Betonung auf Alle: inklusive Kätzchen.

Der Kater, den Helga nach der Wende von mir bekam, blieb eines Tages weg, vermutlich überfahren von einem der Baufahrzeuge. Im Wäldchen hinter ihrem Babelsberger Garten: »Nach der Wende wurde es verkauft und bebaut. Es gab eine Bürgerbefragung. Man konnte sich auf dem DEFA-Gelände das Modell ansehen. Da waren lauter winzige Häuschen zu sehen und sehr viele Bäume. Doch die Häuser wurden immer größer. Erst haben sie dünne Birken gefällt, dann dicke Eichen, blieben nur noch einzelne Kiefern.« Was gar nicht zu Helga paßt: Manchmal habe sie sich fast in die Säge geworfen. Sie glaubte, damit einige Bäume gerettet zu haben. »Die meisten sind inzwischen gefällt. Kam so mählich, weil ein Kran aufgestellt werden mußte, weil eine Durchfahrt nötig war. Meine Nachbarn zur Linken, auch Wessis, zeigen: Es geht auch anders. Die haben ihr Haus nach den Bäumen konzipiert.«

Anwohner fragten, wie tief denn das Grundwasser für die Tiefgaragen der neuen Stadtvillen abgesenkt werde. »Es sei nicht vorgesehen, so was bei der Bürgerbefragung zu dokumentieren, hieß es da. Daß meine Bäume seitdem kränkeln, sei natürliches Altern. Schließlich seien sie fünf Jahre älter als zu der Zeit, als um sie herum abgeholzt wurde.« All das Aufregen nütze eben nichts. Wer hat schuld, wenn einer pleite geht, seine Leute entlassen muß? »Bei Korruption, Mafia kannst du Schuldige finden. In den meisten normalen Fällen gibt es keine Schuldigen. Es ist das System...«

Helga Schütz zieht sich oft zurück in ihr Haus in Babelsberg, sucht Ruhe und Zeit zum Schreiben. Sie wohnt im Parterre, oben Sohn Rochus, Arzt im Potsdamer Krankenhaus. Er war schon geboren, als seine Mutter noch im Internat der Filmhochschule lebte. »Da haben wir doch alle Kinder gekriegt«, sagte eine Kommilitonin, die sie neulich traf. »Wir halfen uns gegenseitig, vererbten Kleidung, Laufgitter, Kinderwagen. Dauernd standen Töpfe mit Windeln auf dem Herd.«

Als Studentin hospitierte sie im Leunawerk, »um zu erfahren, wie Arbeiter leben. Aber anstatt zu schreiben, was ich beobachtet hatte, bin ich ins Archiv gestiegen und habe was geschrieben über die Arbeitskämpfe bei Leuna 1923.« Erst nach dem Studium fing sie an, für sich selbst zu schreiben, dachte aber immer noch nicht an Veröffentlichung. »Claudia war noch klein. Ich schrieb zuhause, damit ich meine kranke Tochter betreuen konnte. Sie hat mir Einsichten in die Dinge des Lebens gegeben. Ohne ihre ungewöhnlichen Eigenschaften hätte ich keine Zeile geschrieben.« Bücher von Johannes Bobrowski machten ihr klar, was Literatur ist: »Nicht wie andere schreiben, sondern die eigene Wahrheit finden. Davor habe ich geschrieben, wie ich dachte, daß es gewollt wird, habe meine Pflicht erfüllt.«

Es ist Zeit. Helga muß zur Filmhochschule. Ihre Studenten erwarten sie. Wir verlassen den Park durch das Tor am Obelisken, nahe dem Haus, in dem über einem Kino das ABF-Internat war: »Konnte man alles mithören, was unten im Film gesprochen wurde.« Inzwischen wurde das Haus renoviert und beherbergt unter anderem eine Rechtsanwalts-Kanzlei.

Ja, sie schreibe ein neues Buch. »Es hat nichts zu tun mit dem, was im Augenblick geschieht. Die Umtriebigkeit der Gegenwart läßt eher zurückblicken.« *Erschienen im Dezember 1997*

Demokratie macht Mühe, bevor sie Spaß macht

Der Pfarrer aus Wittenberg war schon zu Zeiten der DDR ein Bürgerrechtler, und er ist es immer noch. Friedrich Schorlemmer predigt in Luthers Kirche. Ist er eigentlich fromm?

Leise rieselt der Schnee in der Lutherstadt Wittenberg. Wie gemacht für einen Spaziergang in der Adventszeit mit Friedrich Schorlemmer. Doch erstmal soll ich mich aufwärmen. Auf Schorlemmers Schreibtisch in der Evangelischen Akademie steht ein Adventsstrauß, davor das Foto eines Babys: seine Enkeltochter Hannah. Mit h vorn und h am Ende. Ein schöner Name, finden wir beide.

Fotos, Sprüche, Bilder sind verschwenderisch im Raum verteilt. Manches, wie Fotos von Demos aus der Umbruchzeit, erinnern an Stationen aus Schorlemmers Leben.

Wir trinken Tee.

»Leider geht auch ein anderer Termin nicht«, diktiert Schorlemmer in seinen Recorder: »Ich kann nicht zu viele auswärtige Termine neben meiner Arbeit annehmen.« Seine Brille ist leicht getönt. Zu hellgrauem Hemd und Pullover trägt er eine schwarze Lederjacke.

Nach der Wende hätte er Minister werden können oder Bischof, doch er will Pfarrer bleiben. »Und Radfahrer, Bahnfahrer, Fußgänger, Einkäufer.« Er grinst und fährt sich mit der Hand durchs krause Haar. Nein, er sei auch nicht der Direktor der Akademie, sondern nur ihr theologischer Studienleiter. Als solcher veranstaltet er Tagungen mit Themen wie »Wieviel Wahrheit braucht Demokratie?«, »Dostojewski und seine Folgen« oder »Gott und was sonst gut ist«.

Er setzt seine Baskenmütze auf, zieht die Winterjacke an, und wir ziehen los, überqueren eine autoreiche Straße, Bahnschienen und sind auf den Elbwiesen. Links die neue große Brücke, rechts der alte Hafen, hinter uns die Silhouette von Wittenberg. Vor fast zehn Jahren waren wir beide schon mal an ebendieser Stelle, als ich über die verschmutzte Elbe schreiben wollte. »Heute ist sie sauber, und wir essen wieder Elbfische.« Die Pläne, sie auszubaggern, machen ihn wütend: »Wollt ihr das, was ihr dem Rhein angetan habt, nun auch noch der

Elbe antun? Diese Landschaft hier ist so unendlich viel mehr wert als all die Euroschiffe, die dann bis Prag düsen könnten.«

Ob er nicht als Politiker bei solchen Problemen mehr bewirken könnte, frage ich ihn. »Nein. Ich war ja im Wittenberger Stadtparlament, sogar Fraktionschef der SPD.« Er hat das Amt aufgegeben. »Für den Anfang, ja, da bin ich nötig gewesen. Weil ich wußte, wie man eine Gruppe zusammenbringt, leitet und strukturiert. Aber als Pfarrer kann ich nicht Politiker sein. Wenn ein Gegner gemein wird, müßte ich – wie sagt man: einen Keil auf den Klotz hauen. Und dann dieses Geschiebe hinter den Kulissen, oder der Populismus, dieser Versuch, die Lufthoheit über den Stammtischen zu erringen! Oder als Bürgermeister Bier anstechen! Ich trinke gern Bier und steche es auch gern an. Aber dabei käme ich mir blöd vor.«

Am Ende hätte er sogar Wittenberg verlassen und nach Bonn übersiedeln müssen. Schon seiner Freunde wegen will er aber in Wittenberg bleiben: »Die holen mich immer wieder auf den Boden zurück. Manchmal, wenn ich nach längerer Zeit von irgendwo zurückkomme, sagen sie: Du bist schon in 'ner andern Welt. Dann fühle ich mich einsam.«

Ende der achtziger Jahre habe ich Friedrichs Freunde häufig bei ihm zuhause getroffen. Er hatte sie meinetwegen eingeladen. Sie sollten mir die Stimmung der Menschen in ihren Betrieben schildern. Da kannten wir uns schon eine Weile, spätestens seit 1983, als er im Lutherjahr im Lutherhof ein Schwert zu einem Pflug umschmieden ließ, seine Antwort auf jene, die Jugendlichen deren Aufnäher mit dem Bibelwort »Schwerter zu Pflugscharen« von den Jacken gerissen hatten. Damals war er Dozent am Predigerseminar und Prediger an jener Schloßkirche, an deren Tür einst Luther seine Thesen geschlagen haben soll. Prediger an dieser Kirche ist er bis heute geblieben. Das prägt. Aufmüpfig waren seine »Wittenberger Thesen« zum Hallenser Kirchentag 1988, eher beschwichtigend das Lutherwort, das er am 4. November 89 auf dem Alex zitierte: »Lasset die Geister aufeinanderplatzen, aber die Fäuste haltet still!«

Nach der deutschen Vereinigung sahen wir uns seltener. Als Prominenter aus dem Osten machte er sich zum Mund der Ossis (»aber nicht zu ihrem Vormund!«), war so oft im Fernsehen, in den Zeitungen, bei Podiumsdiskussionen, daß ich es für vergeblich hielt, mich bei ihm zu melden. Erfreulicherweise rief er mich immer wieder mal an: »Wir haben so lange nichts voneinander gehört...« So saß ich 1993 brav in der Frankfurter Paulskirche, als ihm der Friedenspreis des Deutschen Buchhandels verliehen wurde, und so stapfe ich jetzt mit ihm über die Wiesen. Und Friedrich Schorlemmer redet.

In unserer Tralala-Gesellschaft sei kaum noch was echt, sagt er. Ich frage ihn nach seinen Symptomen für das Tralala: »Daß Harald Schmidt den Preis für deutsche Sprache gekriegt hat, fünf Preise in letzter Zeit, das ist für mich Tralala. Daß alles perfekt sein muß, sogar die Weihnachtsbäume, nicht wie die Natur sie wachsen läßt. ›Tochter Zion‹ kann perfekt gesungen werden, wenn es nicht von innen kommt, berührt es nicht. Weihnachten ist nur noch eine Geschenkparade, ein jeweils standesgemäßer Güteraustausch. Die Adventszeit ist keine Zeit der Einkehr und Ruhe mehr.« Und dann alle Jahre wieder der Ärger der Pfarrer: »Die Menschen kommen nur in die Kirche, um Weihnachtsgefühle zu kriegen.«

Wenn ihm alles zuviel wird, radelt Pfarrer Schorlemmer an die Elbe: »Ich sehe die weiten Wiesen. Und es geht mir wieder gut.«

Dabei gebe es ja durchaus eine Weihnachtssehnsucht. »Wenn der Kinderchor singt, der Flötenkreis spielt – das ist es! Die Leute merken, das muß keine CD-Qualität haben. Die Kinder sind es, die Flötenspieler: Das ist unsere Tochter da und da der Sohn vom Nachbarn.«

Dieses Selbsttun zusammen mit andern, dazu will Schorlemmer motivieren. »Wenn ich bei einer Veranstaltung mit 300 Leuten, wie neulich in Neubrandenburg, zwei dazu bringe, irgendwo mitzumachen, dann bin ich schon zufrieden. An Demokratie kann man nicht nur lutschen, sondern man muß daran kauen. Sie macht Mühe, bevor sie Spaß macht.«

Wo er auftaucht, hat er sein Publikum. Manche wollen vielleicht nur mal sehn, ob er so ist, wie die Medien ihn vorstellen. »Neulich hat mir einer gesagt: Herr Schorlemmer, heute haben Sie den Heiligenschein verloren. Da habe ich gesagt: Na wunderbar!« Heiligenscheine will er nicht, setzt hinzu, daß die, die andere ihm aufsetzen, ihm nichts anhaben können: »Dazu sind meine Fähigkeiten zum Selbstzweifel zu protestantisch ausgewuchert, bloß – das habe ich schon meinen Vikaren immer gesagt: Selbstzweifel gehören nicht auf die Kanzel.«

Manche sagen, er rede zu viel. »Ja, natürlich. Wenn ich den Kern der Dinge noch nicht begriffen habe, versuche ich mich ihm durch Reden zu nähern. Ich bin in diesem klassischen Sinne ein Sprechdenker.« Oft enthalten richtige Fragen schon die Antworten: »Was für eine Verkehrspolitik wollen wir? Wollen wir Mecklenburg mit Autobahnen so erreichbar machen wie Nordrhein-Westfalen? Dann ist es kein Mecklenburg mehr. Dafür müssen wir aber in Kauf nehmen, daß wir langsamer durch Mecklenburg kommen. Und wir müssen uns fragen: Wie können Menschen dort so leben, daß gleichzeitig die Natur für Kinder und Kindeskinder erhalten bleibt? Darf man alles den Arbeitsplätzen unterordnen? Das darf ich nur fragen als einer, der gleichzeitig fragt: Wie teile ich vorhandene Arbeit auf alle auf, so daß alle das Gefühl haben, daß sie gebraucht werden?«

Ob er eigentlich fromm sei, möchte ich wissen. »Wenn fromm heißt, morgens, mittags und abends an Gott denken, ihm alles zutrauen, alles von ihm erbitten, bin ich nicht fromm. Aber ohne bestimmte Lieder, bestimmte Stellen in der Bibel kann ich nicht sein. Ich möchte am 1. Advent singen: ›Wie soll ich dich empfangen‹. Ich will den Psalm für den Tag hören. In der Bibel ist so viel zu entdecken und weiterzugeben. Das ist mein Beruf. Jeden Tag etwas für jeden, vielbedeutend, nicht vieldeutig.« Er empört sich über Kollegen, die moderne Übersetzungen der Weihnachtsgeschichte vortragen: »Diese Knallköppe, anstatt die Geschichte, so wie sie ist, zu lesen: ›die war schwanger‹ und nicht ›die erwartete 'n Kind‹, nicht: ›alle Hotelplätze waren besetzt‹, sondern ›denn sie hatten sonst keinen Raum‹.«

Friedrich, der Literatur-Liebhaber. Den der Tod von Kopelew mehr getroffen hat als der des eigenen Vaters. Kopelew war für ihn nicht nur ein großer Schriftsteller, sondern ein Freund. Wie Aleksandr Askoldow, Regisseur des Films »Die Kommissarin«, über den Friedrichs Tochter Uta eine Seminararbeit geschrieben hat. Sie hat Theaterwissenschaften studiert, »in Krakau und Paris, ist eine richtige Europäerin, kann polnisch und französisch. Und sucht einen Job.« Sohn Martin ist Gärtner in der Landschaftsgestaltung.

Friedrich Schorlemmer sitzt in der Jury für den Tucholskypreis. In diesem Jahr bekam ihn der Schweizer Kurt Marti. Schorlemmer hielt die Laudatio. »Im Urlaub habe ich den ganzen Marti gelesen. Und Tucholsky. Je mehr ich las, umso deprimierter wurde ich. Du fragst dich, wer bist du eigentlich, daß du dich traust, selbst was zu veröffentlichen.«

Er schimpft auf den modischen Zynismus von Leuten, die alles nur mal ausprobieren, ohne dafür haftbar zu sein: »Sie sagen: Ich stell nur mal die These auf... Ich will einfach mal provozieren... Die sollen gefälligst aufs Klo gehn und da provozieren, diese Feiglinge der guten Formulierung!«

Wenn ihm alles zu viel wird, fährt er mit dem Rad hierher an die Elbe: »Und dann pfeife ich oder singe oder bin einfach still, höre die Vögel, sehe die weiten Wiesen, und es geht mir wieder gut.«

An der Elbe, weiter nördlich, in Werben in der Altmark, ist er aufgewachsen. Als er 1944 geboren wurde, war der Vater, ebenfalls Pfarrer, in Kriegsgefangenschaft, kam 1946 zurück. »Und dann kamen die nächsten Kinder. Mit Gottvertrauen haben meine Eltern gezeugt und nicht gewußt, wie sie uns ernähren sollen. Zum Schluß waren wir sechs. Aber weißt du, ist das nicht toll? Fünf Geschwister? Ich war der Erste. Wenn wir nichts mehr zu essen hatten, sagte mein Vater, geh mal in den Taubenschlag, und ich habe den Tauben den Kopf abgerissen und sie gerupft und ausgenommen und Mutter hat sie gebraten. Ich mußte Enten schlachten. Ich habe mit Vater zusammen die Scheißgrube ausgenommen, um unsern Spargel zu düngen. Ich mußte nicht nur melken, ich mußte auch noch buttern, stundenlang. Wir hatten immer Tiere: Hunde, Schafe, Ziegen. Sogar eine Eule habe ich großgezogen und so gezähmt, daß sie sich auf Pfiff auf meine Schulter setzte. Ich bin abends losgezogen mit 'nem Käscher und habe für sie Sperlinge gefangen.«

In seiner Stasi-Akte hat er manches vermißt, was ihn interessiert hätte, etwa warum seine Frau nach ihrem Medizin-Studium keine Stellung gekriegt hat. 1968, zur Zeit des Prager Frühlings, hatten sie sich in Prag verlobt. Als im Oktober 1968 Hallenser sich bei einem offiziellen »Meeting« bei sowjetischen Soldaten für ihren Einmarsch in die CSSR bedanken sollten, fragte Friedrich sie stattdessen: Warum seid ihr hingegangen? Haben die Menschen sich über euch gefreut? Waren sie traurig, als ihr gegangen seid? Das, vermutet er, war der Grund für viele Schwierigkeiten, die seine Familie hatte. Nichts davon in der Akte.

»Was heute keiner mehr wahrhaben will: In der Schule war ich der einzige, der kein Blauhemd hatte, und mich wollten sie zwingen, das Ulbricht-Transparent zu tragen, die Schweinehunde. Von uns sechs Geschwistern hat nicht einer auf normalem Weg Abitur machen können. Ich lasse mir von keinem Pastorentöchterchen, das Biologie studiert hat und heute Ministerin ist, was über den Umgang mit Kommunisten erzählen.«

Langsam wird es dunkel. Friedrich möchte mit mir zu Wittenberger Freunden. »Wir haben uns alle verändert«, sagt Eva Löber, »Manche haben Häuser gebaut, manche sind weggezogen. Alle haben viel zu tun.« Eva in Ausschüssen vom Stadtparlament und in der Stiftung Cranach-Höfe, ihr Mann Lothar in Ausschüssen im inzwischen »verschlankten« Stickstoffwerk Piesteritz.

Friedrich wird plötzlich schweigsam, vielleicht denkt er schon über den Vortrag nach, den er noch ausarbeiten muß. Oder über das Vorwort zu dem Buch über Lucas Cranach.

Vielleicht ist er auch nur erschöpft.

Durch einen weißen Winterwald fahre ich nach Hause.

Erschienen im Dezember 1997

Gelernt, anders zu sein als andere

Wie Rumpelstilzchen fühlte sich die Schriftstellerin: Im Westen erfolgreich, in der DDR unbekannt. Ihr jüngstes Buch »Animal triste« erschien 1996 bei S. Fischer in Frankfurt am Main. Sich anzupassen ist nicht ihre Art – die Schriftstellerin blickt kritisch auf ihre ostdeutschen Landsleute.

Wir parken am Majakowskiring, nahe der Gegend, in der Monika Maron ihre Kindheit verbracht hat. »Da hat Wilhelm Pieck gewohnt.« Sie deutet auf eine Villa. In der hat Kind Monika dem Präsidenten an dessen Geburtstag Gedichte vorgetragen, selbstgebastelte, erste schriftstellerische Übungen. Ein Stück weiter wohnten die Ulbrichts, ganz in der der Nähe die Grotewohls.

Damals war die Gegend hier tabu, durfte nur mit Passierschein betreten werden, zumindest so lange, bis die Regierenden nach Wandlitz umgezogen waren.

Die Straßen wirken irgendwie unbelebt. Nur einmal begegnen wir einem einsamen Spaziergänger mit Schäferhund.

Es ist ein regnerischer Wintertag. Monika ganz in Schwarz, ihre Frisur ebenso unverändert wie die Geste, mit der sie den Pony aus der Stirn zwirbelt.

Ihre Herkunft ist ein bißchen kompliziert. 1941 geboren, unehelich, weil der Vater, Soldat in der deutschen Wehrmacht, die Mutter (wegen jüdischer Vorfahren) nicht heiraten durfte. Als er 1949 aus der Kriegsgefangenschaft kam, war Monikas Mutter mit Karl Maron liiert.

Ein Stiefvater, mit dem Monika nicht zurechtkam.

Karl Maron wird später Innenminister der DDR. Monika sitzt mit den Eltern oben auf der Tribüne, als unten das Volk vorbeizieht. Selbstverständlich engagiert sie sich in der FDJ, später in der SED.

Am meisten, meint sie heute, habe sie aber die Zeit in Neukölln geprägt, wo sie vorher ihre ersten zehn Lebensjahre verbracht hatte. Dort, in Westberlin, war sie der einzige Junge Pionier in der Klasse. »Da lernst du, daß du ganz allein anders sein kannst als alle andern. Vielleicht lernt man so, etwas alleine durchzustehen.«

Als sie mit der Mutter nach Ostberlin zieht, kann sie nicht verstehen, warum nicht alle so glücklich sind wie sie, Junge Pioniere zu sein und Kommunisten, gute Menschen also.
Ob sie ihren Stiefvater von Anfang an nicht gemocht habe, frage ich. »Ich habe mich lange um ihn bemüht; er hat mich nicht gemocht«, antwortet sie. »Ein Glück, stell dir vor, er hätte mich gemocht! Das wäre ja noch schlimmer geworden. Er war autoritär und ich demokratisch in einem Rudel von Frauen aufgewachsen.«

Das verführt sie zu einem kurzen Extempore: »Wenn Frauen gut sind, sind sie stärker als Männer. DDR-Frauen sind unbeschädigter in die Vereinigung gegangen als Männer. Die haben Kinder gekriegt, hatten soziale Kontakte untereinander. Männer brauchen Bestätigung von außen. Sind viel gebrochener.«

Die Zurückweisung hat sie ihrem Stiefvater nie verziehen. Als man sie vor zwei Jahren wegen ihrer Stasi-Kontakte in den siebziger Jahren angriff, sagte sie, diese Zusammenarbeit sei vielleicht auch die »schadenfrohe Besetzung des väterlichen Raums« gewesen. Auch ihr Buch »Stille Zeile 6« ist im Grunde eine Abrechnung mit ihm. Wie aufs Stichwort biegen wir in die Stille Straße ein. Nummer 6 ist unbebaut.

Monikas erster Roman hieß »Flugasche«, Thema Umweltsünden in Bitterfeld. Auf die war sie gestoßen, als sie Reporterin bei der in der DDR so beliebten »Wochenpost« war. Als Reporterin verkaufte sie Eis und Bockwurst auf dem Alex, spielte Kindergärtnerin oder Verkäuferin und schrieb darüber. Davor hatte sie Theaterwissenschaften studiert, bald jedoch gemerkt, daß Theater ihre Welt nicht ist: »Ich bin kein Kollektivarbeiter. Mir fällt in der Gruppe überhaupt nichts ein. Ich müßte immer sagen: Ich geh jetzt nach Hause, denk nach und komm dann wieder.«

»Flugasche« wurde in der DDR nicht gedruckt, aber im Westen, zuerst als Vorabdruck in der FAZ. Auch ihre nächsten beiden Bücher erschienen nur im Westen. Ein bißchen fühlte sie sich damals wie Rumpelstilzchen, im Westen erfolgreich, im Osten unerkannt.

Damals freundeten wir uns an. Ich redete gern mit ihr, lernte durch sie Leute kennen, denen ich sonst wohl kaum begegnet wäre. Sie lebte mit Sohn Jonas bei der Mutter in einer Villa. Später zog sie in eine Altbauwohnung und heiratete Wilhelm, dritter Ehemann aus vier Ehen. Mit einem war sie zweimal verheiratet. Manchmal las sie mir vor, was sie geschrieben hatte und erwartete ein intelligentes Urteil. Das war anstrengend. Als sie nach der Wende die Ostdeutschen für mich wie aus heiterem Himmel als übellaunige Duckmäuser beschimpfte, hatte ich Schwierigkeiten, sie zu verstehen. Vermutlich wollte ich vor allem deshalb mit ihr spazierengehen. »Man muß sich dem Leben stellen«, sagte sie.

Von weitem sehen wir Schloß Niederschönhausen, früher Gästehaus der DDR-Regierung, rechts davon ein geschmackloser Neubau: »Das war nach der Wende eine Gaststätte, mit alten Stasileuten und altem Stasischick.«

Im letzten Sommer, erzählt sie, sei sie mit ihrem Sohn Jonas auf Spurensuche in dem polnischen Dorf gewesen, aus dem ihre Großeltern mütterlicherseits stammen: Pawel aus einer orthodox jüdischen Familie und Josefa aus einer fromm baptistischen. Ein uraltes Ehepaar in dem Dorf erkannte die beiden auf einem vergilbten Foto wieder und bat Monika und Jonas in ihr Häuschen. »Und ich dachte: Wie leicht hätte in meinem Leben alles anders kommen können!«

Weil ihr Leben aufgeteilt ist in eine östliche und eine westliche Monika, teilen wir auch unsern Spaziergang. Pankow haben wir nun hinter uns, jetzt Schöneberg. Auf dem Weg reden wir über unsere Söhne und deren Freundinnen oder Frauen, über jetzige und frühere Männer und deren Freundinnen oder Frauen. In Schöneberg lebt Monika mit Konrad, einem Germanistik-Professor aus Bayern.

Ins östliche Berlin fährt sie selten, höchstens um ihre Mutter zu besuchen. »Es ist kein Vergnügen, in die Gesichter zu sehen.« Eine Ausnahme ist offenbar John aus Bristol in der Bar in den Hackeschen Höfen: »Der mixt wunderbare Cocktails.«

Ihre Zonophobie scheint sich nicht gelegt zu haben, in die sie ihre ostdeutschen Kollegen nachdrücklich einschließt. Unverblümt sagt sie ihnen, was sie von ihnen hält. »Es ist gemein von einem wie Stefan Heym, der so viel Geld hat, anderen vorzuwerfen, in den Grabbelkisten von Bilka und Hertie zu wühlen.« Auch Christa Wolf wird nicht verschont. »Wo war denn ihre Solidarität mir gegenüber zu DDR-Zeiten? Ich habe nicht gehört, daß sie irgendwo für mich das Wort ergriffen hätte.«

Was ihr von der DDR jahrelang versagt worden ist, bescherte ihr der Westen sofort, Anerkennung und Erfolg. »Wenn ich aus dem Osten wieder nach Hamburg fuhr und da stand das Schild Bundesrepublik Deutschland, fiel was von mir ab.« Sie kann bis heute nicht verstehen, warum die Ostdeutschen nicht ebenso glücklich sind wie sie, Westdeutsche geworden zu sein.

Wir setzen uns in ein italienisches Restaurant. Monika bestellt uns je einen Bellini (Prosecco mit Pfirsichmus). »Marlies«, sagt sie, »Ich bin die einzige, die die Ostdeutschen ernstnehmen wollte, und das hast auch du mir übelgenommen. Ich wollte nicht, daß sie diese albernen Figuren abgeben. Sie sind erwachsene Leute, die lernfähig sind und einsichtig sein können. Ich habe was gegen eure therapeutische Art der Behandlung. Man muß sie ernst nehmen und dazu gehört, daß man ihnen sagt: Ihr habt euch geduckt und geduckt und jetzt tut ihr so, als seid ihr die großen Zampanos!«

In Potsdam habe sie mal ihren Zonophobie-Text vorgelesen. »Und die waren ganz still, weil sie es verstanden haben. Wenn du ihn liest, wie ich ihn geschrieben habe, ist er nicht gemein. Soll ich ihn dir mal vorlesen?«

Irgendwann dachte auch sie: Die Ostdeutschen hätten es allein machen müssen: »Für ihr Selbstbewußtsein wäre es gut gewesen, und sie hätten gemerkt, durch welche Armut sie hätten waten müssen. Aber es ging nicht.« Die DDR-Abtreibungsregelung verteidigt sie bis heute und bis heute findet sie, daß das Prinzip Rückgabe von Westbesitz vor Entschädigung die falsche Entscheidung war: »Aber die Entschädigung war ihnen zu teuer. Und sie haben wohl nicht gewußt, wieviel Gift sie damit verbreiten.«

Inzwischen sind wir bei Risotto und Weißwein. Und ich frage, was ich bis jetzt rausgeschoben habe, weil es mir peinlich ist und weil ich von der ganzen Stasi-Hysterie nichts halte, ich frage Monika nach ihren Stasi-Kontakten, die sie ziemlich erfolgreich verteidigt hat.

Ein Abenteuer sei es für sie gewesen, hatte sie erklärt. Sie habe niemandem geschadet, habe im Gegenteil der Stasi Sachen gesagt, die andere sich nicht mal trauten, ihren Nachbarn zu sagen. Und sie sei neugierig gewesen, hatte mal raus gewollt. Sie habe dem Stasimann ihr Buch-Manuskript gegeben, hoffend, daß das hilft, es in der DDR zu veröffentlichen. »Ich hatte ja nur kurze Zeit Kontakt. Bei mir haben sie sich aber noch mal besonders aufgeregt, als es veröffentlicht wurde.« Und sie regt sich noch immer darüber auf, daß es ihr vorgeworfen wird. »Hast du gelesen, was Bärbel Bohley über mich geschrieben hat?« Nein, hatte ich nicht. Wir lassen das Thema.

1992 war sie von Hamburg wieder nach Berlin zurückgezogen. »Ich war gern in Hamburg. Habe es sehr genossen, in dieser schönen Stadt zu wohnen, in der die Menschen so freundlich sind. Anders als in Berlin. Hier muß ich mir immer sagen: Die meinen es nicht persönlich, die sind so.«

Unser Spaziergang endet in der großen Eigentumswohnung, mit Möbeln so elegant wie der Kronleuchter im Wohnzimmer. In einem Artikel, den ich Mitte der achtziger Jahre über Monika geschrieben habe, wunderte ich mich, warum sie nicht schon bei früheren Reisen im Westen geblieben war. Sie erschien mir so DDR-untypisch, ohne die sonst übliche Bescheidenheit und gleichbleibende Freundlichkeit, eher ein schillernder Paradiesvogel, mutwillig und aggressiv. Wenn sie einmal geht, prophezeite ich, wird sie sich wohlfühlen. Ihr werden die vielen Kneipen gefallen. Sie wird sich in einen westlichen Intellektuellen verlieben, schon weil sie so neugierig ist. Sie wird sich im Westen durchbeißen.

Erschienen im Januar 1998

Ick bin der Antizeitgeist

Ihr Herz hängt am Osten. Ihr Publikum hat Bettina Wegner aber »hier wie drüben«. Sie gilt als unmodern, die Jungen kommen trotzdem. Die Liedermacherin zeigt und weckt Emotionen – bei ihren traurigen Texten darf auch geweint werden

»Sind so kleine Hände...« Die Melodie geht mir nicht aus dem Kopf. Ich summe sie, höre auf, fange wieder an. Kein Wunder, ich bin auf dem Weg zu Bettina Wegner. Es ist ihr Lied. Früher war sie wütend, daß allen zu ihr immer nur dieses eine Lied einfiel. Schließlich ist es nur eines von vielen, die sie geschrieben und gesungen hat. Inzwischen weiß sie, was sie diesem Lied verdankt. Immerhin hat sie mit ihm Zuhörer in dem ihr fremden Westen gewonnen. Von den Tantiemen konnte sie sogar ein Haus kaufen, in Frohnau, einer Villengegend in Westberlin, wo sie seit 1983 lebt.

Ob ich nicht eine Tasse Kaffee will, fragt sie hoffnungsvoll. Sie haßt es, spazieren zu gehen, fügt sich aber seufzend, zieht einen dunklen Rock über die Leggings, schnürt die Schuhe, bindet einen roten Schal über den dunkelgrauen Pullover, zieht den grauen Mantel an.

Letzte Woche hatte sie keine Zeit für mich. Ihre Mutter lag im Krankenhaus. Tina bekochte den Vater, besuchte die Mutter, beide in Pankow, früher Ostberlin. Und dann mußte sie singen beim Sit-in der Obdachlosen im Bahnhof Zoo. Um deren Forderung zu unterstützen, im Bahnhof schlafen zu dürfen, wenn es draußen kalt ist.

Wir laufen durch stille Straßen. Als ich Tina kennenlernte, waren ihre Haare jungenhaft kurz. Sie lebte mit Ehemann Klaus Schlesinger und den Söhnen zur Untermiete bei einem Hals-Nasen-Ohren-Arzt in der Brunnenstraße, im proletarischen Teil Ostberlins. Dann zogen sie in die Leipziger Straße, wo westliche Diplomaten und höhere SED-Funktionäre wohnten, nahe der Sektorengrenze. Tina ließ die Haare wachsen, erst zu zwei mageren Zöpfen, später zur krausen Mähne, die sie heute am Hinterkopf zusammenbindet.

In den Westberliner Jahren hat die kleine, zarte Tina Jiu Jitsu trainiert. Sie könnte mich mühelos zu Boden strecken. Trotzdem weckt sie noch immer ein Gefühl in mir, wie ich es sonst nur kleinen Kindern und jungen Tieren gegenüber verspüre. Sie erscheint mir ebenso verletzlich. Als »vertrauensduselig« hat ihre Freundin Maja sie beschrieben, in ihren Berichten an die Stasi über sie.

Ich frage, ob sie inzwischen in Frohnau zuhause sei. »Wat Zuhause bedeutet hat, det is weg.« Sie sagt immer noch »hier« und »drüben«, wobei Frohnau »hier« ist und »drüben« der Osten. Nein, sie fand es unnötig, nach der Wende wieder in den Osten zurückzuziehen: »Seit die Grenzen weg sind, bin ick in 'ner halben Stunde im Prenzlauer Berg bei den Söhnen und in Pankow bei den Eltern.« Aber »bei uns« bedeutet für sie immer noch: im Osten. Da hatte sie mit 13, 14 schon auf der Bühne gestanden und gesungen. Sie lernte Bibliotheksfacharbeiterin, machte an der Abendschule Abitur, ging auf die Schauspielschule, bis sie verhaftet wurde, weil sie Flugblätter gegen den Einmarsch der Warschauer-Pakt-Truppen in die CSSR verteilt hatte. Worauf sie sich als Siebdruckerin »in der Produktion bewähren« mußte. Und schaffte es doch noch, ihr Sänger-Diplom am »Zentralen Studio für Unterhaltungsmusik« zu machen. Sie sang ihre Lieder und initi-

Als »vertrauensduselig« wurde Tina in den Akten der Stasi beschrieben. Eine Freundin lieferte die Berichte.

ierte Veranstaltungen im Haus der Jungen Talente, mit Lesungen illustrer Gäste wie Christa Wolf, Stefan Heym, Jurek Becker. 1968 war Sohn Benjamin geboren worden. 1970 hatte sie Klaus Schlesinger geheiratet, 1974 wurde Sohn Jakob geboren. 1982 wurde die Ehe geschieden.

»Ick war 36, als ick ausjebürgert wurde.« Sie wollte damals partout nicht weg. Nicht, als sie nach ihrer Unterschrift für Biermann in der DDR kaum noch auftreten durfte, als immer mehr ihrer Freunde gingen. Als sie 1980 ein auf drei Jahre befristetes Ausreisevisum bekam, nur noch im Westen sang, ihr Mann mit seinem Sohn aus erster Ehe nach Westberlin zog, blieb sie mit ihren beiden Söhnen im Osten wohnen. Man setzte sie unter Druck, das Visum sollte nicht verlängert werden. Sie blieb stur, es gebe genug Leute, die sie ernähren würden. Erst als ein Ermittlungsverfahren wegen Devisenvergehen gegen sie eingeleitet wurde, bekam sie Angst. Gregor Gysi prophezeite ihr damals Knast. »Knast wollte ick nich noch mal.« Den kannte sie schließlich von 1968, als sie die Flugblätter verteilt hatte. Sie war also bereit zu gehen, allerdings stellte sie Bedingungen: ein Kurzvisum für die Wohnungssuche, vor allem aber, daß sie weiter ihre Eltern in Ostberlin besuchen dürfe. Die Eltern, überzeugte Kommunisten, haben immer zu ihr gehalten. »Sie haben mir leid jetan, daß ick ihnen politisch so viel Kummer bereite, 1968 als ›staatsfeindlicher Hetzer‹. Sie haben gesagt: Was immer sie macht, sie ist unser Kind. Sie haben mich mein janzet Leben lang, egal in welcher Situation, mit Liebe behütet.«

»Wo ist denn der Park?« fragt sie ungeduldig, »Hier muß er doch irgendwo sein.« Sie scheint ihn selten zu benutzen. Wir finden ihn schließlich, laufen an steinernen Tischtennisplatten vorbei, die um diese Jahreszeit noch verwaist sind. Leer ist der Kinderspielplatz mit der bemalten Lokomotive, der Rutsche, dem Buddelkasten.

1989 in der DDR, sagt sie, das sei für sie nicht Revolution gewesen. »Ick denke, die haben det DDR-Volk einfach überstrapaziert, und so'n Satz: Die Mauer steht noch 100 Jahre, det hat auch den letzten Feigling dazu bewogen, endlich, wo nun alle liefen, auch mitzugehn. Man kann jemanden demütigen und quälen und irgendwann sagt er: So, nu nich mehr! Det war schön und det war traurig. Ick hätte mir jewünscht, det wär allet viel früher passiert. Ick hätte mir jewünscht, ick hätte dran teilhaben können. Det einzige, wat für mich persönlich, janz erleichternd war: Ick brauchte keine Schuld mehr zu fühlen, daß ick jemanden verlassen habe. Alle haben sich verlassen. Jeder kann reisen. Ich habe keine Schuld mehr. Det war 'ne große Erlösung«, 1992, sagt sie, war dann ihr Tiefpunkt. »Ick hab zu viel jetrunken. Mich hat allet nur deprimiert, det war allet so unabänderbar. Ick wollte nich mehr.« Ihr Kehlkopf streikte, dann der Magen: »Aber det war nich der Magen. Et hat sich einfach ein Organ nach 'm andern verabschiedet.« Bis sie schließlich vier Tage im Koma lag. »Und denn hat 'n Freund meine Hand jenommen und jefragt: Tina, willst du denn überhaupt noch?« Und da wollte sie wieder, hat seitdem wieder Spaß am Leben. Wenn ihr der mal endgültig abhanden kommt, weiß sie schon, wie sie gehen möchte: »In Paris im Hotel, ohne Paß vorm Fernseher.« Sie lacht. »Und die hier denken vielleicht, ick hab 'n neuen Mann und bin mit dem durchjebrannt. Ick möchte niemandem Mühe machen, nur dem Zimmermädchen, aber ick denke, in Paris habense det öfter, die sind schon trainiert.«

Bettina Wegner berlinert heftig, manche finden, zu heftig. »Die Eltern hat es jegrätzt, det wir berlinern und denn haben wir Idioten, Claudia und icke, uns daruff einjelassen, mit den Eltern zu vereinbaren, für jedes Wort, det wir berlinern, ein Pfennig vom Taschenjeld. Na, ick hab keen Taschenjeld mehr jekriegt.« Sie lacht. »Ick hab mir det nie ausjesucht, det ick berlinere, det is meine normale Sprache, mein Dialekt, weil ick bin hier jeboren. Ick kann uff Hochdeutsch umstellen, det is künstlich. Immerhin, der Berliner ist der einzige, der, wenn er will, denn kann er Hochdeutsch. Ick möchte mal 'n Sachsen hören, na, oder 'n Bayern... Ne Rolle, wie in der Schauspielschule, die mußte natürlich in Hochdeutsch sprechen, det is ja 'ne Kunstform. Meine Lieder auch.« Hochdeutsch sei auch eine Möglichkeit zur Distanz. »Ick hab bei der Gauck-Behörde die Bänder von meinem 68-Prozeß jefunden. Da sprech ick nur hochdeutsch. Ich habe mich in einer Lage befunden, die es ausschloß, meine Sprache zu sprechen.«

Auf dem Rückweg bleibt Tina an einem Zaun stehen, hinter dem sattgrüne Bambus-Sträucher wachsen. »Ick dachte, die gehn alle ein. Is sicher 'n genetisches Hollandmuster ...«

Vor ihrer Haustür steht Katzenstreu. Tina hat sechs Katzen: Willi, den Ältesten. Scheuch und Tochter Messias, Pitti und Gammel ab Dul, alle graugetigert, bis auf den schwarzen Kater Meiner. Ihre Katze in Ostberlin hieß Bleib da.

Jakob besucht seine Mutter, Tinas Jüngster, der mit den ehemals so kleinen Händen. 23 ist er jetzt und hat gerade die Bundeswehr hinter sich. Sie schreibt ihm eine Einkaufsliste, und er zieht los. Wir laufen durchs Haus. Im Schlafzimmer liegen um Tinas Bett auf dem Fußboden Rosen-Quarzsteine. Die sollen schädliche Strahlen abhalten. An der Wand hängen neben Fotos ihrer Kinder Bilder von Rosa Luxemburg und Karl Liebknecht.

Sie zeigt mir den Garten, das Beet mit dem üppigen Lavendel, die beiden Gingko-Bäume, den Rosenstrauch. Ein paar Krokusse blühen schon. Wir setzen uns ins Wohnzimmer. Tina kocht grünen Tee. »Mache alles für die Gesundheit.« Seit 1992 trinkt sie keinen Alkohol mehr. »Seitdem hab ick nur drei Rückfälle jehabt.« Das Rauchen will sie sich auch noch abgewöhnen.

Die Tage im Koma haben sie verändert, sagt sie. »Ick gloob nich an Gott, schon gar nich an die Kirche. Det is 'n reaktionärer Verein wie die DDR-Regierung. Aber ick würde heute nich mehr sagen, daß ick 100%iger Atheist bin.«

Eine der Katzen streicht um meine Beine. 87/88 ging durch die yellow press, sie und Lafontaine seien ein Paar. Schwer vorstellbar für mich, die beiden zusammen. Angefangen, erzählt sie, habe alles damit, daß er ihr nach SPD-Veranstaltungen, auf denen sie gesungen hatte, Avancen machte, auf die sie schroff reagierte. »Kannste dir ja vielleicht denken, det ick mit Politikern nischt am Hut hab.« Aber dann, beim Essen nach so einer Veranstaltung, hockte er sich neben sie und erzählte ihr, daß Tiflis die Partnerstadt von Saarbrücken sei. Die Heimat von Stalin, sagte sie und fragte ihn kiebig, ob er denn Stalins Lieblingslied kenne. »Und denn hat der det jesungen, uff georgisch. Und ick hab mitjesungen, uff deutsch. Und da hat et bei mir jeknallt, da hab ick mich verliebt.« Es war eine schöne Beziehung für sie, die trotz räumlicher Entfernung ein Jahr lang hielt.

Jakob ist vom Einkauf zurück, packt fluchend in der Küche aus. Tinas Publikum ist jung. »Neulich hat 'n junges Mädchen, höchstens 16, zu mir jesagt: Det war ja so schau, det Konzert, aber wenn ick morgen zur Schule geh, det kann ick nich sagen, det ick im Liedermacher-Konzert war.« Liedermacher sind für die Jungen unmodern. Sie kommen aber trotzdem. »Vielleicht weil sie bei mir Emotionen zeigen können. Det is ja nich Zeitgeist. Man is cool. Man sitzt zusammen, alle sind nett, alle sagen Beliebigkeiten und hohlet Zeug. Und einer meint was ernst, hat vielleicht Erinnerungen an janz schlimme Sachen und fängt an zu weinen. Im Osten ist dann jemand hinjehuckt und hat den in Arm jenommen und hat jesagt: Wat is denn? Hier wird jesagt: Nu wein ma nich! Keiner fragt: Warum weinst du?«

Dabei sei Weinen doch gesund: »Wat verbieten die uns hier jesunde, menschliche Verhaltensweisen! Weil det nich Zeitgeist is! Die lachen alle nur, die lachen ooch, wenn es ihnen beschissen jeht, die lachen ooch krampfig, wennse eigentlich wütend sein sollten. Det is diese lächelnde Jesellschaft.«

Sie sei eine Heulsuse, wird ihr vorgeworfen, weil viele ihrer Lieder traurig sind, Trauer über Verluste, von Liebe, von Freunden, von Heimat. »Die Verarbeitung, die über Literatur oder über Lieder oder über Jedichte läuft, ist Verarbeitung von Trauer. Wenn ick lustig bin, lebe ick einfach. Ick bin der Antizeitgeist. Ick habe nie begriffen, wat ick machen muß, um ›in‹ zu sein. Und ick hab mir ooch keene Mühe jegeben, det zu lernen. Det möcht ick nich.«

Ihre Konzerte sind gut besucht, in den alten wie in den neuen Bundesländern. Zu ihrem fünfzigsten Geburtstag vor ein paar Wochen sind drei CDs von ihr erschienen mit Liedern von 78 bis 92 (Buschfunk Berlin). Und ein Buch mit Liedern und Gedichten, »Im Niemandhaus hab ich ein Zimmer«. Auf einem Regal steht die Vergrößerung eines Schecks. »Det is der erste Thüringer Kleinkunstpreis. 1996 hab ick den in Meinungen jekriegt. Det war für mich sehr schön, weil ick von 80 an jedet Jahr im Mainzer Unterhaus jesungen habe, aber nie den Mainzer Kleinkunstpreis jekriegt habe. Den hat jeder jekriegt, nur ick nich. Und ick war so richtig traurig. Aber die Ostler haben mir den ersten Preis jejeben, den sie zu verjeben hatten. Und so mußte det ooch sein.«

Erschienen im März 1998

Drei CDs von ihr, mit Liedern von 78 bis 92, sind gerade erschienen. Und das Buch: »In Niemandshaus hab ich ein Zimmer« (Aufbau-Verlag, Berlin), Titel eines Liedes, das ihre Heimatlosigkeit besingt.

Herr und Mops

Das Preußische an ihm ist wichtig, und das Komische kann er.

Natürlich ist er nicht Dr. Jekyll und Mr. Hyde in einer Person. Doch mit einem Namen gibt er sich ebenfalls nicht zufrieden. Auf dem Kopf seines Briefes steht groß Loriot, unterschrieben hat er mit V. v. Bülow. Mich interessieren beide.

In dem kleinen preußischen Herrenhaus im bayrischen Ammerland empfängt mich Vicco v. Bülow. Untermalt ist der Empfang von Gebell, darunter unverkennbar dem eines Mopses. Möpse bellen nicht wie Hunde. »Möpse sind mit Hunden nicht zu vergleichen«, hat Loriot mal geschrieben. »Sie vereinigen die Vorzüge von Kindern, Katzen, Fröschen und Mäusen.« Der Mops heißt Paul und ist bereits der fünfte seiner Gattung im Hause Bülow, in dem es nicht nur Möpse gab, sondern auch Hunde: Neufundländer und Bobtail. Im Moment ist es ein freundlicher Mischling, den die jüngere Tochter Susanne bei den Eltern ließ, als sie nach Rom umsiedelte.

Möpse sind in Loriots Werk prominent vertreten. Das kam durch Romi, die seit über vierzig Jahren mit Vicco v. Bülow verheiratet ist. Im nahen Starnberg hatte sie einen mit 25 Möpsen besetzten Caravan entdeckt. Es war Liebe auf den ersten Blick, und Mops Henry wurde bald darauf Hausgenosse. (Für hundelose Haushalte soll erwähnt werden, daß es ein seltenes Glück ist, wenn beide Ehepartner sich für Hunde begeistern.)

Es ist stürmisch und kalt, ein Wetter, bei dem von Loriot gezeichnete Hunde »keinen Menschen vor die Tür jagen möchten«. Herrchen zieht den Trenchcoat an, die Hunde kommen an die Leine.

An den Wänden hängen Bilder von neun Generationen

Kennengelernt hatte ich Vicco v. Bülow Anfang der achtziger Jahre. Damals gab es die DDR noch, und ich arbeitete dort als Korrespondentin. Als solche war ich privilegiert und wurde an der Grenze nicht kontrolliert. Deshalb bat er mich, für sein Patenkind in Ostberlin ein Geschenk mitzunehmen.

Das nächste Mal sah ich ihn einige Jahre später, die DDR gab es immer noch. Im Dom von Brandenburg wurde eine Ausstellung seiner Werke eröffnet. Seit gut 50 Jahren war er zum ersten Mal wieder in seiner Geburtsstadt. »Der Dom war brechend voll. Kinder drückten mir Sträußchen in die Hand. Manche weinten. Ich rang um Fassung«, erinnert er sich. Er bedankte sich »beim lieben Gott und dessen Vorgesetzten in Berlin«.

1988, ein Jahr vor dem Fall der Mauer, traf ich ihn bei der Ostberliner Premiere seines Films »Ödipussi«. Es war nachmittags vier Uhr. Er begrüßte das Publikum mit der Bemerkung, daß er sich doch sehr darüber wundern müsse, wie voll das Kino sei. Er habe geglaubt, daß um diese Zeit alle mit dem Aufbau des Sozialismus beschäftigt seien.

Hinter den Zäunen bellen Hunde. Ein englischer Setter läßt sich schwanzwedelnd von Vicco v. Bülow streicheln. Ammerland liegt am Starnberger See. Immer mehr Münchner siedeln sich hier an. Postmoderne Häuser stehen neben bayrischen mit Holzbalkonen und farbigen Bemalungen.

Die deutsche Vereinigung, sagt er, sei eine unglaubliche Chance gewesen, die leider nicht genutzt worden sei. Man könne der Bundesrepublik wahrlich nicht vorwerfen, nicht genug Geld gegeben zu haben. »Aber Geld ist nicht alles.« Man müsse sich doch nur mal überlegen, wie es einer Bevölkerung geht, wenn die angeblichen Brüder und Schwestern ihr sagen, daß sie 40 Jahre lang alles falsch gemacht hätte. Für viele im Westen habe die DDR doch gar nicht exisiert. »Aber sie urteilen darüber, über Dinge, die sie nicht verstehen. Das verletzt die, über die da geurteilt wird.«

Ostdeutschland war die Heimat derer von Bülow. »Ein Landstrich, besiedelt von stets hilfsbereiten Menschen. Schon früher war der Osten ja der unsichere, ärmere Teil Deutschlands. Wenn jemand von irgendwo dorthin flüchtete, ist er dort aufgenommen worden.«

Seine Jugend verbrachte Vicco vornehmlich in Berlin, ein paar Jahre bei Groß- und Urgroßmutter Bülow, in einer Wohnung mit dunklen, schweren Tapeten und Vorhängen und Möbeln des 19. Jahrhunderts, das uns seiner Meinung nach bis heute präge. »Alles, was uns heute interessiert, ist aus dem 19. Jahrhundert. Wagner, Verdi, Puccini, Strauss, Brahms, Bruckner, der späte Beethoven. Der späte Goethe.« Wichtiger noch scheint ihm, daß man damals eins war mit der Musik, der Literatur, dem Theater, nicht so gespalten wie heute. »Wagner war zu seiner Zeit ein hochberühmter Mann. Sein Tristan war atonale Musik, war sehr neu, aber nicht unverständlich.«

Nach Bayern hat es ihn verschlagen, weil er einen Vertrag mit einer Münchner Illustrierten hatte. Jetzt fühlt er sich in Ammerland zuhause. Beim Nachbarn, dem letzten Bauern im Ort, kaufen die Bülows Eier. Er zeigt auf die Wiese neben dem Weg: »Hier baut er Mais an.« Nach ein paar Schritten sehen wir weit unter uns den Starnberger See. Er deutet nach links: »Bei klarem Wetter könnten wir die Alpen sehen. Geradeaus die Zugspitze.«

V. Bülow begrüßt Jährlinge auf einer Koppel, Vollblutpferde, im letzten Jahr kam sogar der Derbysieger von hier. Am Rand der Kastanienallee blühen Himmelschlüsselchen.

Anton versucht, seinem Herrn die Leine aus der Hand zu zerren. Es kommt zu einem Gerangel zwischen Herrn und Hund. Anton kann es für sich entscheiden. Stolz trägt er die Leine im Maul, sein Hinweis, daß er jetzt wieder nach Hause möchte. Anton hatte Tochter Susanne in einem Züricher Tierheim entdeckt, als sie noch in der Schweiz lebte. Ihre ältere Schwester Bettina lebt südlich von London, mit Mann und zwei Kindern. Loriots Nachkommen haben sich also, so gut es ging, über Europa verteilt, während Papa, resp. Opa, nicht viel vom Haus Europa hält. »Es bleiben doch Deutsche, Spanier, Franzosen. Europa ist wie eine erzwungene Familie, und wenn eine Familie so groß ist, kann man kaum erwarten, daß sie immer harmonisch zusammenlebt. Wie eine Erbengemeinschaft: Da ist die Familie im Nu zerstritten.« Europa sei eine schöne Vision, wie der Kommunismus, der nicht funktionierte, weil die Menschen nicht danach sind.

Es fängt an zu schneien. Loriot kann endlich ins Haus flüchten. In der Halle hängen Gemälde Bülow'scher Vorfahren, für die im Wohnraum kein Platz mehr war. Einen mag er besonders: seinen Ururururgroßvater. Er war General der Infanterie, Berater von Friedrich II. Er inspirierte ihn bei der Eröffnung seiner Ausstellung 1993 in Potsdam zu einer für Loriot typischen Festansprache. Jener Urahn nämlich habe »mit der bekannten Weitsicht Friedrizianischer Feldherren« vorausgesehen, daß zur Jahrtausendfeier Potsdams sein Urururenkel gern seine Werke ausstellen würde, dafür allerdings ein Museum nötig sei: »1769 stand das Gebäude und Friedrich wird seitdem der Große genannt. 224 Jahre träumte dann dieses Haus seiner eigentlichen Bestimmung entgegen. Nun ist es endlich soweit.«

Im Wohnzimmer setzt sich der Hausherr aufs Sofa neben mopsverzierte Kissen. Überall verteilt Glaskugeln und Porzellanhunde, die fast immer als Pärchen auftreten. Von den Wänden blicken Vorfahren. Manche der Bilder gehörten einer Tante im sächsischen Görlitz, die sie ihm Anfang der 60er Jahre vererbte. Er wollte sie nach Bayern holen. Die DDR hinderte ihn daran. Er wandte sich an Karl-Eduard von Schnitzler, der aus dem Westen nach Ost-Berlin gewechselt war und als Fernsehmoderator mit seinem »Schwarzen Kanal« zweifelhafte Berühmtheit erlangte. »Was ist denn das für ein Rechtsstaat«, beschwerte Bülow sich bei ihm, »der mir mein Eigentum verweigert?« Also ließ Schnitzler die Gemälde zu sich nach Hause schicken und transportierte sie in den Westen. Adel verpflichtet.

An den Fingern zählt er nach: »Meine Tochter ist Mutter der Enkel, ich der Vater der Tochter, mein Vater, Großvater, Urgroßvater...« Auf neun Generationen können seine Enkel zurückblicken. »Die Kette der Vorfahren beleuchtet, wie klein man ist da mittendrin. Das macht bescheiden.«

»Möpse sind mit Hunden nicht zu vergleichen«,
meint Vicco von Bülow alias Loriot

Eine unerwartete Eigenschaft bei einem, der inzwischen ein Klassiker der Komik ist, dessen Figuren jeder kennt, den Rentner Lindemann mit dem Lottogewinn, die Herren Dr. Klöbner und Müller-Lüdenscheid aus der Badewanne oder den Weinvertreter mit seinem: »Abgezapft und originalverkorkt von Pahlgruber & Söhne«.

Beigetragen zu seiner Bescheidenheit hat sicher auch der mühsame Beginn nach dem Studium an der Hamburger Landeskunstschule. Das Geld, das er mit seinen ersten Zeichnungen verdiente, reichte nicht hin und nicht her. In manchen Monaten verdiente er überhaupt nichts. Selbst die Hunde mit den Schlappohren und die Knollennasen-Männchen, bereits signiert mit »Loriot« (die französische Übersetzung des Bülow'schen Wappenvogels) blieben zunächst erfolglos. Rowohlt lehnte ein Buch mit ihnen ab. Erst der Diogenes-Verlag aus der Schweiz hatte den richtigen Riecher. Er druckte es und druckt sie noch heute.

Eine Karriere beginnt.

Das Fernsehen entdeckt ihn. Er ist Autor, Regisseur, Hauptdarsteller seiner Sketche. Er inszeniert Flotows »Martha«, entwirft Bühnenbild und Kostüme.

Irgendwann läßt man ihn sogar an sein Idol, Richard Wagner. Er ist so Wagner-besessen, daß er den FAZ-Fragebogen ausschließlich mit Wagner-Figuren, -Sängern, -Zitaten ausfüllt, bei der Frage nach dem Lieblingsmaler stur antwortet: »Wagner hat nicht gemalt.« Daß der Meister einem Vorfahren, dem Dirigenten Hans von Bülow, die Frau ausgespannt hatte: Cosima, mindert seine Wagner-Verehrung nicht.

Kürzlich war ich in der Berliner Oper. Es gab die vier Opern des »Ring der Nibelungen«. Loriot hat sie auf dreieinhalb Stunden gekürzt, mit Musikbeispielen und seinem Bericht vom Tathergang. Das Publikum jubelte, als Loriot auf die Bühne kam, ans Stehpult trat, seinen Text las, danach rechts wieder abging, in dunkelgrauem Maßanzug, schmal und gerade wie ein preußischer Offizier.

»Heute habe ich Ihnen eine Steinlaus mitgebracht«

Als er tatsächlich Offizier war, trug er natürlich Uniform, wie die meisten seiner Vorfahren. Einer von ihnen brachte es zum Reichskanzler. Das Preußische seiner Vorfahren ist ihm bis heute wichtig, besonders die aus der Mode gekommenen Tugenden wie Verläßlichkeit, Höflichkeit, Bescheidenheit, Toleranz. »Preußen hat vorgemacht, was Einwanderung bedeutet.« Oder Loyalität, die erst unter dem Kaiser zu Untertanengeist mutierte. »Aber das war nicht nur in Deutschland so. Victoria von England war Wilhelm II. sehr ähnlich, zum Beispiel in ihrem Auftreten in Indien.«

Preußen, das sind für ihn auch die Offiziere des 20. Juli 44. Und deshalb verletze ihn die Wehrmachtsausstellung und die Reaktion darauf. Daß es unter 19 Millionen deutschen Soldaten auch Kriminelle gab, ist ganz klar, aber alle kann man deshalb nicht zu Verbrechern stempeln. »Der Krieg an sich ist das Obszöne.«

Preußisch nennt er seinen Perfektionsfimmel, den er in seinem Beruf aber für unerläßlich hält. »Bei Komik muß jedes Detail stimmen. Bei der Tragödie kommt es nicht so genau drauf an.« Dieter Ertel, der ihn zum Südfunk Stuttgart und später zu Radio Bremen geholt hat, sorgte dafür, daß er seine Arbeit so machen konnte, wie er sie für richtig hielt. Wenn er Prominente imitierte, gelang ihm das so perfekt, daß etwa Bernhard Grzimek am Anfang einer seiner eigenen Sendungen sagte: »Das bin jetzt wirklich ich und nicht Loriot.« Dabei habe er bei Grzimek gar nicht viel machen müssen, »nur eine kleine Spitze auf die Nase, die Augen ein bißchen so... ein paar Falten auf der Stirn.« Und plötzlich sitzt mir auf dem Sofa in Ammerland Grzimek gegenüber und sagt: »Heute habe ich Ihnen eine Steinlaus mitgebracht...«

Könnte er heute Sketche noch so machen wie früher? »Ja, ich glaube schon. Nur das Tempo ist größer geworden. Die Zuschauer sind kaum noch in der Lage, Bilder aufzunehmen, weil alles so schnell ist. So wird über nichts informiert, nur ein Gefühl vermittelt. Es gibt keine verschiedenen Rhythmen mehr, egal ob Krimi, Komödie, Liebesfilm.« Daß seine Sketche heute noch erfolgreich sind, erklärt er so: »Weil das Leben sich nicht geändert hat.«

Mich interessiert, wie ihm gefällt, was heute Comedy genannt wird oder jemand wie Harald Schmidt. »Wenn man diese Art von Unterhaltung mag, ist es hervorragend, wie er das macht.« Mehr will er nicht sagen. Er frage mich ja auch nicht, wie ich bestimmte Kolleginnen fände.

Im vorigen Monat hat er den Festsaal im Westflügel der Brandenburger Domklausur eingeweiht. Im Namen der Deutschen Stiftung Denkmalschutz hat er um Spenden zur Rettung des Brandenburger Doms gebeten, um ihn wenigstens erstmal abzustützen. »Zwei Millionen gingen darauf ein, und da mußten Staat und Kommune reagieren und gaben den Rest.«

Seine eigene, die »Brandenburg-Stiftung Vicco v. Bülow«, unterstützt Menschen aus der Stadt Brandenburg, die in Not geraten sind. Honorare läßt er manchmal anstatt auf sein Konto auf diese Stiftung überweisen. »Da kann man leichter höhere Beträge verlangen als für sich selbst.« Ohne das Kapital anzugreifen, könne er jedes Jahr bereits 30.000 Mark verteilen. Da schreibt zum Beispiel eine Familie, daß die Kinder auf dem Boden schlafen müssen, weil sie sich keine Betten leisten können. Der Geschäftsführer der Stiftung sehe sich das an, und dann kriege die Familie Betten. »Westliche Investoren gehen meist nur in die neuen Bundesländer, um Geld zu machen, Steuern zu sparen, sie suchen nur ihren eigenen Vorteil. Da ist es wichtig, daß mal eindeutig etwas reingebracht wird, ohne etwas rausholen zu wollen. Das ist Dank an meine Geburtsstadt.«

Vicco v. Bülow wird dieses Jahr 75, Loriot 50 im nächsten Jahr. Beide wurden bereits so gründlich geehrt, daß es schwer werden dürfte, sich für diese Jubeltage neue Ehrungen auszudenken. Vermutlich würde den beiden selbst nichts Passendes mehr einfallen.

Erschienen im April 1998

Thomas Krüger

Der Bart ist ab

In der DDR war er ein Paradiesvogel. Jetzt will der Exsenator und SPD-Parlamentarier nur noch Vater sein

Wir sind im »Gugelhof« verabredet, am Kollwitzplatz, Berlin-Prenzlauer Berg. In einer Ecke reden zwei Männer über Geschäfte. Am Fenster kichern zwei junge Frauen. Am Nebentisch betätschelt ein älterer Mann eine sehr junge Frau und erklärt ihr, wie man mit Mietern umgehen muß. Als Thomas Krüger schließlich kommt, muß ich zwei Mal hinsehen, um ihn zu erkennen.

Seit DDR-Zeiten hatte ich ihn nicht wiedergesehen – abgesehen von dem Wahlplakat, das ihn weit über Berlin hinaus populär gemacht hat, weil er darauf unbekleidet zu besichtigen war. Anstelle eines Feigenblattes hatte er allerdings einen gewissen Teil seines Körpers mit den Händen verdeckt. Weshalb Heiner Müller zu ihm sagte: »Typisch SPD! An der entscheidenden Stelle macht sie einen Kompromiß.«

Im Vergleich zu früher wirkt er heute elegant: schwarze Hose, hellgrau gemusterte Weste zu graugestreiftem Jackett und weißem Hemd. Vor allem: Sein Bart ist ab, der üppige, schwarze Bart, abrasiert 1995, als er mit einer Bundestagsgruppe Kuba besuchte. Weil da so viele mit Bart rumliefen. Weil Bart da so was wie das Erkennungszeichen für Kommunisten war. Da mußte er ab. »Für westliche Linke war Fidel Castro ja mal so was wie eine Ikone. Mich hat in Kuba viel an DDR erinnert.« Und in der kannte er sich aus, in die wurde er 1959 hineingeboren, als Pfarrerssohn in Thüringen und erlebte sie bis zu ihrem Ende.

Das Aufsehen durch sein Wahlplakat verhalf ihm nicht zu dem Direktmandat bei der Bundestagswahl 1994. In den Bundestag gelangte er, weil er einen sicheren Listenplatz hatte. Von dem will er sich nun verabschieden. Statt um große Politik will er sich lieber um seinen wenige Monate alten Sohn kümmern. Er heißt Joshua, zusätzlich Sergej, Dante, Chaim. »Die Namen sind Programm«, sagt Krüger, und ich überlege, ob das verrückt ist oder ganz normal – jedenfalls für Thomas Krüger.

Wir spazieren um den Kollwitzplatz, weil er hier mal gewohnt hat. »Da drüben war mein Konsumladen, rein proletarisch.« Wo der »Gugelhof« ist, war früher Rentner-Treff. Ganz in der Nähe ist das »1900«, in dem ich manchmal mit Freunden gegessen habe, als es noch ein nobles Vorzeige-Restaurant der DDR in restaurierter Vorzeigegegend war, zur Berliner 750-Jahr-Feier 1987 rausgeputzt. Krüger war mit den Wirtsleuten vom »1900« befreundet: »Die sind dann abgehauen in den Westen, nach der Wende wiedergekommen, haben jetzt zusätzlich das ›Santiago‹ nebenan.«

Richtig kennengelernt hatte ich Krüger in den letzten Jahren der DDR, ein bizarrer Paradiesvogel in einem eher farblosen Umfeld. Ich traf ihn bei den unterschiedlichsten Gelegenheiten. Bei Veranstaltungen der »Kirche von unten«, der Alternative zum offiziellen Berlin-Brandenburgischen Kirchentag 1987. Auch mal in der Ostberliner Umweltbibliothek, wo er nach einem Kommunismus suchte, von dem er vermutete, da sei mehr los als in der eintönigen DDR: »Wir haben damals Kim Il Sung gefeiert: Es lebe die koreanische Weltrevolution!« Mit Freunden hat er Jam Sessions organisiert: »Mit Schwarztaxis haben wir amerikanische Jazzmusiker an der Grenze abgefangen, die auf dem Weg zum Haus der Jungen Talente waren, wo sie offiziell eingeladen waren.«

»Bei der Armee habe ich meine haltbarsten Freunde gefunden«

1988 hat er Heiner Müllers »Wolokolamsker Chaussee V« inszeniert, in der Galileikirche. Tatsächlich war er damals Vikar. Nach Schule, Berufsausbildung mit Abitur, Lehre als Plaste- und Elaste-Facharbeiter im Reifenwerk, Dienst bei der Volksarmee studierte er Theologie. »Bei der Armee habe ich meine haltbarsten Freunde gefunden«, sagt er, als müsse er seinen Wehrdienst verteidigen. »Ich bin politisch gereift in der Zeit.«

1989 sei eine Lebenszäsur für ihn gewesen. Im Oktober legt er das zweite theologische Examen ab und ist dabei, als die SDP (später SPD) gegründet wird. Er wird Geschäftsführer und stellvertretender Bezirksvorsitzender der SDP Berlin: »Ich habe alle die zu Kreisvorsitzenden gemacht, die Telefon hatten. Das waren nicht allzu viele.« Wenn er lacht, verengen sich seine Augen zu schrägen Schlitzen. Im März 1990 wird er in die Volkskammer gewählt, ein knappes Jahr später wird er Stadtrat für Inneres im Magistrat von Ostberlin, noch später in der Landesregierung Senator für Jugend und Familie.

»Kinder«, findet Thomas Krüger, »sind ein spannendes Thema.« Jugendsenator Krüger schuf Berlins erstes Kinderparlament, ließ sich einmal monatlich von Kindern beraten. »Ein kleiner Junge sagte: Wenn ich über die Putlitzbrücke gehe, schießen plötzlich die Autos über den Berg, und ich kriege Angst. Da gibt es jetzt eine Geschwindigkeitsbegrenzung.« Bei Verkehrsplanungen wird zu wenig berücksichtigt, daß Kinder so viel kleiner sind als Erwachsene. Kinder hatten ihm erzählt, daß Ostberliner Heimkinder 40 Prozent weniger Taschengeld als Westberliner Heimkinder kriegen. Krüger sorgte für Gleichheit beim Taschengeld.

Wir kommen am Denkmal von Käthe Kollwitz vorbei. Ein kleines Mädchen klettert hinauf und setzt sich ihr auf den Schoß.

Antiautoritäre Erziehung hält er schlicht »für Quatsch. Kinder brauchen Orientierung.« Als Jugendsenator weigerte er sich, an Drogenabhängige Methadon geben zu lassen. Er war gegen Druckräume, in

Kinder sind ein spannendes Thema, findet Thomas Krüger.
In seiner Amtszeit schuf er das erste Kinderparlament in Berlin

denen sie sich, hygienisch sauber, Heroin spritzen können. Westberliner Sozialarbeitern warf er Standesdünkel und Verfilzung vor. Sie sollten sich mehr nach den Kindern richten als nach eigenen Bedürfnissen, Kindern Lust auf Leben machen. Sicher hat es manchen westlichen Politiker-Kollegen wenig gefallen, daß er sich für Jugendweihen und Jugendfeiern aussprach, manchmal sogar bei solchen Feiern geredet hat. »Der Osten ist schließlich ein dereligiöses Gebiet.« Zornig reagierten manche Genossen auf sein Thesenpapier, das »offensiven Umgang der SPD mit der PDS« forderte.

»Da drüben ist Netzwerk Spiel/Kultur«, er zeigt auf einen Laden, in grellen Farben bemalt. Das besteht bereits seit 1979. 1986 kam ein Abenteuerspielplatz dazu. »Nach der Wende kamen die direkt zu mir nach Hause, wenn sie was wollten, stellten mir ein Transparent vors Wohnungsfenster. Als ABMs gestrichen werden sollten, stand drauf: Stellen statt Stütze!«

1995 wird Thomas Krüger Chef des Deutschen Kinderhilfswerks, der erste ostdeutsche Chef. Er will ein deutsches Kindermuseum durchsetzen und weiß auch wo: »Im Palast der Republik.«

Wir steigen ins Auto, fahren zum Deutschen Theater. »Hier habe ich früher an der Kasse gewartet«, sagt Krüger, »drei Minuten vor Beginn der Vorstellung gab es, wenn Plätze frei waren, Füllkarten. Pro Platz 2 Mark 50.« Heute ist er stellvertretender Vorsitzender der »Freunde und Förderer des Deutschen Theaters«. Seine Vorliebe gilt der früheren Probebühne, jetzt als »Baracke« zumindest beim Berliner Theatertreffen erfolgreicher als das große Haus.

Er liebt die Kunst und ist stolz auf die Galerien im Scheunenviertel

Wir fahren weiter. Krüger hat keinen Führerschein: »Als Jugendsenator hatte ich einen Chauffeur, später habe ich mir die Umweltkarte gekauft.« Ich parke in der Auguststraße, im ehemals jüdischen Scheunenviertel, jetzt eine Gegend voller Galerien. Bald fühle ich mich wieder wie früher, als Krüger mir zu erklären versuchte, was es mit dem Stück »Die Heimsuchung der Anna B.« auf sich hat, einer Kammeroper für zwei Piloten, einen Fahrgast und Haushaltswaren. Mit zwei Freunden hatte Krüger es geschrieben, inszeniert und gespielt. Einen kannte er aus der Armeezeit, später sollte er sein Pressesprecher werden. Der andere war im Knast gewesen, weil er sich zum 25. Jahrestag des Mauerbaus an ein Fensterkreuz gekettet hatte. Ich verstand damals wenig von dem, was Krüger mir erzählte.

Heute erklärt er mir Kunst, manchmal frage ich nach, manchmal nicke ich nur, weil ich gar nicht so genau wissen möchte, was etwa Installationskunst ist, auf die sich die Galerie spezialisiert hat, vor der wir gerade stehen.

Ein Stückchen weiter liegt das evangelische Konsistorium. Hier hat Krüger als Praktikant im kirchlichen Kunstdienst die Wende erlebt. Schräg gegenüber wird gerade Fußball gespielt. »Früher haben wir hier gespielt, wir Theologen«, erzählt Krüger.

Die Galerie »Kunstwerk« ist geschlossen. Stolz, als hätte er mitgearbeitet, preist er die nächste Galerie: »Von der waren fünf Künstler bei der documenta. Überhaupt sind die Galerien im Scheunenviertel sofort die 1. Liga gewesen.«

Viele dieser Galerien siedelten nach der Wende aus dem Westen hierher um. Doch angefangen hatte es mit den Ureinwohnern. Oft nur ein Zimmer, fertig war die Galerie. Außer Kunst gab es Wein und Bier. »›Glowing Pickle‹ in der Brunnenstraße etwa war nur donnerstags geöffnet. Die hatten die Tür von einer alten Baracke aufgebrochen und sie voller DDR-Schrott gestellt, nicht second-hand, das war schon third-hand. Unter dem Gerümpel ein Glaskasten mit einem Haufen Drähten, in der Mitte eine Gurke, und wenn man eine Mark einwarf, brachten die Drähte die Gurke zum Glühen. Dann waren da zwei Dresdnerinnen in den Hackeschen Höfen, die hatten sich und ihren Laden mit farbigen Tüchern und mit Blumen dekoriert, war eine tolle Atmosphäre. Sie haben Getränke verkauft, nur eine Woche lang – galt eben als Kunstaktion.« Manches hört sich an wie eine Art englischer Club en miniature: »Man konnte in ein Wohnzimmer reingehn, in dem ein Mann am Fenster saß und las. Die Besucher konnten einfache Gerichte zum Essen bestellen, dafür hatte der Mann einen Koch engagiert. Und selber Zeitungen lesen.«

Vor ein paar Monaten hat Thomas Krüger Brigitte Zeitlmeyer geheiratet, eine junge Frau aus Bayern, die schon 1992 neugierig vom heimatlichen Chiemsee nach Berlin umgezogen war und die Krüger im Obdachlosencafé der Berliner Samariterkirche kennengelernt hatte. Daß er ihren Vater schon länger kannte, ahnte er nicht, obwohl ihm der Name Zeitlmeyer vertraut war. Im Innenausschuß des Bundestages saß ihm ein Wolfgang Zeitlmeyer, CSU, seit Jahren gegenüber. Der ist jetzt sein Schwiegervater und Opa des im Januar geborenen Joshua. Frau Krüger, geb. Zeitlmeyer will weiterstudieren. Deshalb wird ihr Mann im Herbst seine Karriere in der großen Politik vorerst abbrechen und auf Hausmann umsatteln. »Vielleicht bringe ich nebenbei ein Buch heraus, über neue Trends und Eliten in Berlin: Galerien im Scheunenviertel, neue Küche, über Weinhändler, Köche, Kneipen, neue Entwicklungen im Film, neue Unternehmen im Multimedia-Bereich. Weg von dem Berliner Insel- und Subventionsdenken.«

Bißchen viel für ein Buch. Doch was, wenn er damit fertig ist, - Joshua vielleicht schon in die Schule geht? »Ich habe mich nie beworben«, sagt er. »Es ist immer alles auf mich zugekommen.«

Erschienen im Mai 1998

Wo die Liebe hinfällt...

Die Brecht-Interpretin weiß mit dem Theater
von heute wenig anzufangen

Sie wohnt fast so, wie Tucholsky es sich gewünscht hat: vor sich die Ostsee und hinter sich die Friedrichstraße. Auf die See blickt sie zwar nicht, aber auf kleine Gärten mit Blumen und Obstbäumen, Wiesen mit Kastanien und Rotdorn, wo sich Katzen in der Sonne räkeln und Leute ihre Wäsche in den Wind hängen.

Die Friedrichstraße aber stimmt, fast nebenan ist der Bahnhof Friedrichstraße, schräg gegenüber die »Distel«. Auch zum Berliner Ensemble hat es Gisela May nicht weit, wo sie 13 Spielzeiten lang Brechts Mutter Courage gespielt hat und Hanns Eisler ihr Talent für Brecht-Songs entdeckte, durch das sie ein Export-Hit der DDR wurde, mit Tourneen in die große weite Welt. Nah ist es zum Metropol-Theater, wo sie die Titelrolle in »Hello Dolly« spielte, oder zur Staatsoper, wo sie in Brechts »Die sieben Todsünden der Kleinbürger« sang.

Seit 1961 lebt sie in dieser Siedlung aus den zwanziger Jahren, in einem der eher kleinen Häuser, zusammen mit ihren Katzen, dem schon betagten Minchen und dem Kater Weißchen. Hier habe ich sie früher besucht, als sie noch mit Wolfgang Harich zusammenlebte. Ich war ein Fan von beiden, rannte in Vorstellungen mit der May und in ihre Chanson-Abende, hatte danach tagelang den Surabaya-Jonny, den Bilbao-Mond oder ihre Kästner-Lieder im Kopf. Und ich bewunderte Harich, der in den fünfziger Jahren, in der Tauwetter-Periode des Ostblocks, Wiedervereinigungspläne geschmiedet hatte und dafür – nach dem Einmarsch der Sowjets in Ungarn – acht Jahre im Gefängnis gesessen hatte.

Das ist lange her. Die beiden trennten sich. Harich ging in den Westen, kam zurück, ist inzwischen gestorben.

Das Treppenhaus zur Wohnung der May ist unverändert. Man sieht ihm an, daß schon viele Füße über seine Stufen gestiegen sind. Gisela May, im hellgrauen Nadelstreifen-Hosenanzug mit Schlips, geht mit mir ins Wohnzimmer, und auch das ist sich treu geblieben: die hohen Regale voller Bücher, die Ecke mit dem Sofa, den Sesseln und dem

Tisch in der Mitte, an dem ich saß, wenn Harich seine Vorträge hielt, über Nicolai Hartmann, Jean Paul oder Rosa Luxemburg. Ich hatte ihn gefragt, was ich lesen muß, um die DDR zu verstehen, und er gab mir Berge von Büchern, von Stalin, Lenin, Marx, Hegel und Kant bis zurück zu den Vorsokratikern, die ich brav, aber wohl ohne den von ihm erhofften Erfolg, durchackerte.

Wie ist eine, wie die May, an Wolfgang Harich geraten? »Es war kurz nachdem er aus der Haft entlassen worden war.« Sie spielten im BE eine Art Lehrstück über dramatisches Theater im Unterschied zu Brecht'schem Theater. »Wolf Kaiser, einer der Schauspieler im Stück, schmiß seine Mütze hin und sagte: Das ist eine Ratte, die ich zertrete und zermatsche. Mit seinen Schuhen, er hatte, glaube ich, Größe 46, ging er dann angeekelt auf die Mütze zu und zertrat sie und jeder im Zuschauerraum ekelte sich vor dieser widerlichen Ratte... uähhh....« Die May las damals das Telefonbuch vor: »Was in dieselbe Richtung geht, wenn man nur richtig »Aaaa« und »Eee« sagt.« Gisela May wäre keine Schauspielerin, würde sie mir diese dramatischen »Aaas« und »Eees« nicht vorspielen. »Die Leute waren ganz hingerissen. Aber genau das wollte Brecht nicht. Er wollte Theater, bei dem man das Gehirn nicht an der Garderobe abgibt.«

Nach der Vorstellung trafen sich alle in der Kantine. Manfred Wekwerth hatte durchs Mikrophon angesagt: Wolfgang Harich ist wieder da, wir wollen ihn begrüßen. »Er sah mich. Ich spürte, er war fasziniert von mir, und ich war vom ersten Augenblick an fasziniert von ihm, von seinem Charme. Er konnte herrlich Anekdoten erzählen, war fröhlich, als habe es die acht Jahre Haft nicht gegeben.«

Das war im Herbst. Es wurde Winter, das Jahr ging zu Ende. Gisela Mays Nachbarin war Elisabeth Hauptmann, von der behauptet wird, nicht Brecht, sondern sie habe die Dreigroschenoper geschrieben. »Am 1. Januar wollte ich Elisabeth ein paar Neujahrsgrüße bringen, und wer öffnet mir die Tür? Wolfgang Harich.« Wir plauderten ein bißchen, und beim Abschied fragte ich ihn, ob er nicht Lust hat, für einen Moment zu mir rüberzukommen.« Er kam – und blieb. Neun Jahre.

»Die May« und »der Harich«, manch einer fand, daß das nicht zusammenpasse. Die May, loyale Repräsentantin der DDR im In- und Ausland, der Harich, nach acht Gefängnisjahren eher eine Unperson. Nein, sagt Gisela May, die Beziehung zu ihm habe ihr nicht geschadet.

»Nur Lotte Ulbricht sagte mal im Vorbeigehn zu mir: ›Na ja, wo die Liebe hinfällt. Ich weeß ja nich...‹ Die Auslandsgastspiele, alles lief nach wie vor. Und ihm hat es wahrscheinlich nur genutzt. Aber es war bei ihm in keiner Weise Kalkulation. In Liebesdingen flog er, glühte er wie sonst was.«

Warum, frage ich sie, ist es dann auseinandergegangen? »Er war ein ungeheuer anstrengender Mann. Wenn er irgendwelche Ideen konzipierte, verlangte er intensives Zuhören. Ich durfte dabei nicht mal einen Knopf annähen. Ist ja auch klar, wenn man acht Jahre niemanden hatte, mit dem man reden konnte. Ich war aber mit meiner eigenen Arbeit beschäftigt, hatte viele Auslandstourneen, keinen Agenten, der mir was abnahm.«

Wir hatten verabredet, daß sie hier in ihrem Kiez mit mir spazierengeht, nicht im märkischen Stolzenhagen, wo sie ein Wochenendhaus am See hat, das sie aber kaum noch besucht. »Damals hatten wir nichts anderes. Aber heute ist diese Bude so winzig, die Möbel sind aus den

Gisela May im Garten ihrer Siedlung: »Nach der Wende war ich eine der ersten, die aus dem Berliner Ensemble rausflog. Sie hätten keine Verwendung mehr für mich, hieß es.«

fünfziger Jahren, was man eben damals so hatte.« Sie hätte genug Geld, es zu modernisieren, ihr fehlt die Energie. »Neulich wollte ich eine neue Tapete hier für mein Schlafzimmer kaufen. Bin in lauter Geschäften gewesen, wollte schmale Streifen, kriegst du nicht. Dann in einem teuren Geschäft habe ich eine breitgestreifte gekauft und als ich die zuhause hatte, für 400 Mark – nischt. Gefällt mir überhaupt nicht.«

Wir laufen zu dem Torbogen, der von der geschäftigen Friedrichstraße her in die stille Siedlung führt und der in den Wendejahren renoviert wurde. Aus der Zeit sind auch die Inschriften, die an die Hugenotten erinnern, die sich im 17. Jahrhundert hier niedergelassen hatten. »Mehr Toleranz – damals wie heute«, steht da und daß dort, wo heute die Siedlung steht, 1686 das Hospital François erbaut wurde. »Wir Mieter haben gesammelt für den Pelikan vor dem Tor, einem Wahrzeichen der Hugenotten, die doch immer auf der Flucht, immer in Not waren. Vom Pelikan heißt es, daß er sich bei Not die Brust aufreißt, um seine Kinder mit seinem Herzblut zu ernähren.« Mit ausgebreiteten Flügeln thront er auf einer Stele, in die auf deutsch und französisch die Geschichte der hiesigen Hugenotten gemeißelt ist.

Touristen werden in die Siedlung gekarrt, bestaunen den Maulbeerbaum aus friederizianischen Zeiten, »und auf einmal drehen sich alle um, in Richtung meiner Wohnung.« Sie gehört zum Touristen-Programm. Der Maulbeerbaum sollte gefällt werden. »Elisabeth Hauptmann und ich haben um ihn gekämpft. Jetzt ist er mit Zement ausgefüllt, nur noch die Rinde ist erhalten, und er schlägt so wunderbar aus.« Sie grüßt ein älteres Ehepaar mit kleinem schwarz-weißen Hund. »Das sind liebe Nachbarn. Sie haben Fritzchen aus dem Tierheim geholt. Und sind ganz glücklich mit ihm. Wie glücklich er wohl erst ist...«

Auf der Bühne servierte sie Klöße und mußte lispeln

Manchmal frühstückt sie in dem kleinen Vorgarten unter einem Nußbaum. Jetzt sitzt auf dem Stuhl eine schwarze Katze, ein Stück weiter putzt sich eine schwarz-weiße, im Gebüsch sitzt eine grau-weiße, alle herrenlos. Sie werden von ihr und Nachbarinnen gefüttert. Das Tierheim hatte sie eingefangen, kastriert und zurückgebracht. Wir begutachten die kleine Tanne, die die May in eine Ecke des Gärtchens gepflanzt hat. An der linken Seite sprießen hoffnungsvolle Triebe.

Gisela May stammt aus Leipzig. Die Mutter war in der KPD, der Vater in der SPD. »Die Vereinigung zur SED, in der großen Politik schwierig, bei den beiden hat es offenbar funktioniert. Meine Mutter war die radikalere, gehörte zur Leipziger ›Gruppe junger Schauspieler‹, durfte in der Nazizeit nicht auftreten.« Die Eltern haben sich viel um die Tochter gekümmert, haben sie politisch geprägt. Ihre Jugendliebe, überzeugter Kommunist, wurde in Plötzensee enthauptet. Giselas Bruder blieb, zwanzigjährig, im Krieg.

Der Vater war Schriftsteller und Dramaturg. In der Nazizeit schlug er sich zunächst als Möbel-Vertreter durch, hatte dann eine kleine Möbelhandlung, nicht ungünstig in den kargen Kriegsjahren: »Er tauschte eine Küche auf dem Lande gegen Speckseiten. Für einen Kleiderschrank kriegte ich meinen ersten Pelzmantel, aus Kaninchenfell, aber immerhin!«

Nach dem Krieg war es damit vorbei, der Vater wurde Dramaturg am Theater. Gisela May ging auf die Schauspielschule. »Ja, gnä' Frau«, war der erste Satz, den sie auf einer Bühne sprach, dabei servierte sie eine Schüssel Klöße. »Das Große daran war, daß das zu einer Zeit war, in der es nichts zu essen gab, und ich die Klöße hinter der Bühne aufessen durfte.« Sie ging nach Schwerin, weil sie nicht als Protegé des Vaters gelten wollte, »und weil ich in der Komödie ›Drei Mann auf einem Pferd‹ ein junges... na ja Model würde man heute sagen, spielte und die mußte lispeln. Und ich lispelte so gut, daß die Kritik schrieb: eine sehr begabte junge Schauspielerin. Leider hat sie einen Sprachfehler.« Vor allem aber wollte sie in Schwerin von Lucie Höflich lernen: »Dialogführung war unter ihrer Leitung phantastisch! Was ganz, ganz Großes!« Engagements in mehreren Provinzstädten, schließlich Berlin, zehn Jahre am Deutschen Theater, 30 Jahre am Berliner Ensemble, bis ihr nach der Wende gekündigt wurde: »Ich war eine der ersten, die rausflog. Sie hätten keine Verwendungsmöglichkeit mehr für mich, hieß es.«

Mag sein, daß sie als eine Art Altlast abgewickelt wurde, die von der DDR gehätschelte Künstlerin, dekoriert mit dem Nationalpreis 1. Klasse und dem Vaterländischen Verdienstorden in Gold. »Natürlich hatte ich das Privileg, reisen zu dürfen, aber letzten Endes wurde ich angefordert aus dem Ausland, man hat mich denen ja nicht aufgedrängt. Die Angebote kamen, und die DDR sagte sich: Was gibt es Besseres, als die May da hinzuschicken. Dann macht die gleichzeitig ein bißchen Reklame für die DDR, schon dadurch, daß sie eine großartige Darstellerin ist.«

Bei ihren Auslandstourneen hat sie sich zu dem Staat bekannt, aus dem sie kam. Nicht aus Dankbarkeit: »Mein Talent habe ich nicht von der DDR empfangen.« In Zeiten des Kalten Krieges eckte sie mit ihrer Einstellung manchmal an. Bei einer Sylvesterveranstaltung in der Westberliner Kongreßhalle weigerte sich Hanne Wieder, mit der »Kommunistin« May aufzutreten. »Dafür ist dann Helen Vita eingesprungen. Wolfgang Neuss war noch dabei. Und in der ersten Reihe saßen die beiden Söhne von Willy Brandt.«

Wir lehnen an dem Mäuerchen, das die Siedlung umgibt. Gisela May zeigt auf eines der Häuser in der Siedlung, Tagesstätte für Kinder aus der Umgebung. Vor dem Haus sitzen Kindergärtnerinnen, rauchen Zigaretten in der Mittagspause. Gisela May grüßt sie, wie man das so tut im Dorf. »Da hinten«, sagt sie, »haben Johnny Heartfield, der Karikaturist, und sein Bruder Wieland Herzfelde gewohnt.«

Harich, fällt ihr ein, habe Brecht mal einen dicken Wälzer gebracht, »was Philosophisches, den müsse er unbedingt lesen. Brecht hat ihn sich angeguckt und gesagt: Wenn Sie mir das auf anderthalb Seiten zusammenfassen, leihe ich Ihnen einen meiner Kriminalromane und sage Ihnen, wer der Mörder ist.«

Inzwischen sind wir einmal um die Siedlung herumgelaufen, die seit Kriegsende zur Friedrichstraße gezählt worden war, weil vorn das Haus, hinter dem sie liegt, zerbombt war. »Als es wieder aufgebaut worden war, sollte die kleine Straße zu uns Claire-Waldorff-Straße heißen. Da bin ich mit einer Liste rumgelaufen, was man in der DDR ja eigentlich nicht durfte, und habe Unterschriften gesammelt, daß wir gern weiter in der Friedrichstraße und nicht in der Claire-Waldorff-Straße wohnen möchten, und das wollten alle. Claire Waldorff kennt doch im Ausland kein Mensch. Friedrichstraße ist eine schöne Adresse.« Mit den Unterschriften ist sie zum Bürgermeister und der hat nachgegeben.

Einer ihrer neuen Nachbarn, erzählt sie, ist aus ihrer ehemaligen Bonbon-Brigade: »Ich habe von meinen Tourneen im Westen immer Bonbons mitgebracht. Und dann kamen die Kinder und haben in das Bonbon-Glas gegriffen.«

Wir setzen uns auf eine Bank am Rande einer Wiese, mit Blick auf stattliche Ahornbäume. »Immer wenn einer aus dem nahen RFT (Radio und Fernseh-Reparaturen) geheiratet hat, hat das Brautpaar einen Ahorn gepflanzt. Ist bestimmt 20 Jahre her. Die Ehen sind wahrscheinlich längst wieder geschieden.« Obwohl die Bänke einzementiert sind, ist eine von ihnen neulich gestohlen worden. Das gleiche ist Gisela May vor kurzem zum zweiten Mal mit dem Fahrrad passiert. Dabei fährt sie so gern Rad, am liebsten durch den Tiergarten. »Da gibt es so wunderbare Schlängelwege. Du hörst die Vögel singen.« Es ärgert sie, daß es so wenig Fahrradwege im östlichen Berlin gibt. »Unter den Linden zum Beispiel, in der Mitte zwischen den Bäumen wäre genug Platz für einen Fahrradweg, aber nein, gibt's nicht!«

Sie findet es richtig, daß die beiden deutschen Staaten vereinigt sind. Aber sie hätte es sich anders gewünscht, »daß man das langsam vorbereitet, jeden einzelnen Punkt gut durchdenkt, nicht so völlig kopflos.« Unfaßbar war für sie die Euphorie der jungen Leute, als die Mauer fiel: »Schrecklich.... Dieselbe Euphorie wie jetzt bei Guildo Horn. Dabei haben die doch ooch ferngesehen, haben gesehen, daß da Arbeitslosigkeit ist. Das hat das Westfernsehen ja nicht verheimlicht: die Drogen und die Obdachlosen. Nein, sie haben gedacht, das ist das Paradies. Und jetzt schimpfen dieselben Leute am meisten.«

Ihr Tief nach der Wende, die Entlassung aus dem BE, schüttelt sie ab wie ein Hund kaltes Wasser. »Ich hatte ja große Erfolge.« Immerhin habe sie inzwischen die Goldene Schallplatte gekriegt und das Filmband in Gold. Sie spielt in einer Fernsehserie, wenn auch nur eine Nebenrolle, wie sie sie zu DDR-Zeiten wohl kaum angenommen hätte. Sie hat Konzerttermine in Köln, Leipzig, Hannover. Neulich habe sie jemand bei einem Gastspiel in Augsburg angesprochen: »Ach Frau May, das ist ein Stückchen Heimat, wenn wir Sie sehen. Wir haben Sie doch immer bewundert, und heute sehen wir Sie nun, ausgerechnet in Augsburg, zum ersten Mal live. Die waren aus der DDR in den Westen gegangen.« Ich frage, wie denn die aus dem Westen reagieren? »Dit sind Sachen von vorjestern für die. Sagen höchstens: Na ja, war 'n kleiner Irrtum, nich, den ich da begangen habe, daß ich mich an die in der DDR gehängt habe.«

»Wenn sie früher bravo riefen, war ich glücklich«

Zum Abschluß will sie mir den Invalidenpark zeigen, ein Nachwende-Ärgernis für sie. Wir biegen um eine unbebaute Ecke. Die May sagt: »Hier war Beate Uhse. Hier haben die Ossis Schlange gestanden nach der Wende.« Wir sind am Park, der wirklich keiner mehr ist. »Früher waren hier Bäume, riesige Bäume, dazwischen gab es nur einen Weg, da bin ich manchmal mit dem Rad durchgefahren. Da hinten standen Tischtennisplatten aus Stein.« Die Bäume sind gefällt, alles ist zuzementiert, in der Mitte steht ein Monstrum von einer Plastik, von der Wasser in ein großes Becken läuft. Das Ganze wirkt kalt und abweisend, da helfen die kleinen Bäumchen wenig, die man inzwischen gepflanzt hat, die Jahrzehnte brauchen werden, bis sie Bäume sind.

Ja, sagt Gisela May, sie habe auch nach der Wende Theater gespielt, im Renaissance-Theater. Bis der Intendant wechselte. Mit dem Theater, wie es heute meist geboten wird, könne sie wenig anfangen. »Aber wenn wir sagen, daß wir es ekelhaft finden, daß da dauernd nackte Leute rumspringen, die Obszönitäten von sich geben, gelten wir als alt und spießig.« Und resigniert setzt sie hinzu: »Jeder Erfolg von mir relativiert sich heute auf ein Minimum, weil ich mir sage: Wenn der nächste kommt und die Zunge rausstreckt (sie macht es vor), brüllen sie genauso. Wenn sie früher bravo geschrien und geklatscht haben, war ich glücklich. Heute sage ich: Na und? Morgen kommt der Nächste, macht den größten Mist, und sie jubeln noch viel mehr.«

Erschienen im Juli 1998

»Nach links muß man klettern«

*... nach rechts kann man rutschen – der Filmautor
auf der Suche nach seinem Publikum*

»Was ein Filmautor leicht erreicht, ist, nicht genannt zu werden.« Wolfgang Kohlhaase muß es wissen. Immerhin ist er ein Vertreter jener Zunft, ohne deren Ideen es Filme gar nicht gäbe, deren Namen jedoch so gut wie unbekannt bleiben. Nur ausnahmsweise wird die Anonymität aufgehoben, etwa wenn ein Film mit einem Preis bedacht wird. So gab es für »Solo Sunny« den »Goldenen Bären« auf der Berlinale 1981, den Film über die kesse Rock-Sängerin vom Prenzlauer Berg. Drehbuch Wolfgang Kohlhaase.

Ehepaar Kohlhaase hat eine Wohnung in Berlin-Mitte, lieber aber sind die beiden in ihrem kleinen Haus draußen in Reichenwalde, nicht weit vom Scharmützelsee, nahe der Rauener Berge. Bei unverstopften Straßen keine Stunde von Berlin entfernt. Ums Haus herum begrüßen den Besucher überall Blumen, in Töpfen, in Kübeln, in Beeten – Zöglinge von Emöke Pöstenyi, der Frau von Wolfgang Kohlhaase, einer Tänzerin aus Ungarn. 18jährig kam sie in die DDR, zuerst ans Meininger Theater. Später war sie Solistin im Fernsehballett, dann Choreographin, bis sie dessen Chefin wurde, die sie bis heute ist.

Aber ich bin mit ihrem Mann verabredet, laufe mit ihm durch den Garten, über den Rasen unter Obstbäumen hinweg, manche von ihm gepflanzt: »Geht ganz schnell. Steckst einen Zweig in die Erde, gießt ihn und schon bist du mit ihm im Gespräch.« Die Gegend kannte Kohlhaase vom Segeln auf dem Scharmützelsee. »Das Haus war furchtbar runtergekommen. Die Dielen bogen sich, es gab keine Regenrinnen. Es hat mich Zigtausende gekostet, nur dafür zu sorgen, daß es nicht zusammenfällt.«

Wir laufen die Dorfstraße entlang. Ein gelber Postwagen fährt an uns vorbei. Die einzelnen Gehöfte liegen weit auseinander, wie zufällig hingeworfen, dazwischen Wiesen, Felder. »Hier haben immer arme Leute gewohnt. Das Land gab nicht genug her, sie gingen immer noch irgendwo arbeiten. Nach 45, in der LPG, wurden sie nicht reich, waren aber ganz zufrieden, hatten ihren Acht-Stunden-Tag.« Er war

1967 hier der erste Städter. »Für jeden, der unter 35 ist, bin ich schon immer hier. Für die Alten bleibe ich ein Fremder. Das ist die Relativität der Zeit.«

Der Weg geht etwas hügelab, zum Großen Kolpiner See, und Kohlhaase fällt die Geschichte von dem Mann ein, der immer, wenn er betrunken war, in voller Montur in den See sprang, um sich abzukühlen. »So ist er denn auch gestorben, ertrunken im See.« Der See ist von Wald umgeben, Kiefern, Eichen, Robinien. Vögel singen. Sonst ist es still. »Selbst am Wochenende sieht man kaum jemanden«, stellt Kohlhaase zufrieden fest. »Neulich beim Schwimmen habe ich nur drei Haubentaucher und einen Schwan getroffen.«

Ich bin immer wieder neugierig darauf, wie Menschen aufgewachsen sind, was sie erlebt haben. Und so frage ich auch Wolfgang Kohlhaase, zweifle aber nach einer Weile, ob es klug war. Er erinnert sich einfach zu gut und zu ausführlich. Selbst heute kann er noch die Radio-Durchsagen beim Fliegeralarm wörtlich aufsagen: »Ein Verband schneller Kampfflugzeuge, 60 bis 70 Maschinen, fliegt in Richtung Hannover, Braunschweig, wahrscheinliches Zielgebiet Reichshauptstadt, Geschwindigkeit 750 km/h, 11.000 Meter.« Ich erinnere mich plötzlich wieder an das Ballern der Flak, die versuchen, sie vom Himmel zu schießen. »Wir hatten mal morgens acht tote Kaninchen im Stall, weil die sich vor lauter Angst vor dem Flakgeknatter zu Tode gerannt hatten«, erzählt Kohlhaase.

Er hatte einen Onkel, den er sehr mochte: »Er war bei der Kavallerie und mein persönlicher Held. Ich fragte ihn, mit stillem Vorwurf: Warum hast du denn kein Eisernes Kreuz? Und er sagte: Ich bin froh, daß ich kein Holzkreuz habe. Das hat mich lange beschäftigt: Darf ein Soldat sich vorm Tod fürchten? Es war ein Satz, der ist nicht mehr aus meinem Kopf gegangen.« Der Krieg hat Wolfgang Kohlhaase bei seiner Arbeit nie losgelassen. »Er fasziniert mich bis heute, weil es Teil meiner Kindheit ist. Abgesehen davon: Alles was uns bis heute geschieht, bis zu den Mirakeln der deutschen Vereinigung, hat mit dieser Zeit zu tun.«

Aufgewachsen ist er in einem Berliner Vorort mit Industrie, in Adlershof. Im Deutschen Jungvolk lernte er marschieren: »Die Grundübung der Denkbeschränkung.« In der letzten Kriegszeit holten sie sich nur noch Aufsatzthemen für zuhause aus der Schule, im Februar 1945 das Thema: Welche Waffengattung ist mir die liebste. »Und obwohl ich dringend zur Marine wollte, schrieb ich, daß ich zu den Gebirgsjägern will, weil die da kämpfen, wo das Edelweiß wächst. Ich will sagen, in die Gefühle schlichen sich Ironie, Zweifel ein. Die letzte Radio-Meldung hörte ich am am 23. April 45 im Keller: ›Verbände des Heeres und der Waffen-SS eroberten in einem entschlossenen Gegenangriff den S-Bahnhof Berlin-Köpenick zurück.‹ Und ich weiß noch: Ich war mir mit meinen 14 Jahren der Komik dieser Meldung bewußt, dachte, nun brauchen sie nicht mehr weit zu laufen.«

Er sah die zurückflutenden deutschen Soldaten. Dann die Russen: »Viele sehr junge Soldaten, Lastwagen, aber auch immer wieder mal Panjewagen und die vielen bunten Orden auf den Uniformen – das hat die DDR ja später übernommen.« Läden wurden geplündert: »Man rannte rum und klaute. Aber der eigentliche Impuls dieser Tage war, daß man das Gefühl hatte: Hier hört nichts auf, hier fängt was an. Nur keiner wußte, was.«

Inzwischen haben wir den See verlassen, laufen an Wiesen entlang. Ein Auto überholt uns. »Wer ist das denn?« fragt Kohlhaase und sieht

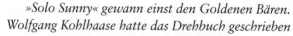

»Solo Sunny« gewann einst den Goldenen Bären.
Wolfgang Kohlhaase hatte das Drehbuch geschrieben

ihm hinterher. So ist das im Dorf. Fremde fallen auf. Wir durchqueren ein Stück Wald, einen Wald für Pfifferlinge, Maronen, Steinpilze.
Zum Schreiben animierte Kohlhaase ein Mitschüler, der ihm erzählte, er habe einen Krimi geschrieben. »Das hat mich verblüfft, daß man Kriminalromane nicht nur liest, sondern auch schreibt. Am selben Nachmittag habe ich angefangen, auch einen zu schreiben, mit Tinte, auf Karopapier, einen Roman, den ich in London spielen ließ. Ich habe 40 Seiten geschrieben, hatte sieben Tote, mehrere abgebrannte Häuser und keine Handlung.«

Die Geschichten der älteren Generation fand er aufregend

Darauf verlegte er sich auf Kurzgeschichten nach amerikanischem Vorbild, die er irgendwo gelesen hatte. »Die ersten sind noch so: Eener kooft sich ne Flasche Schnaps uffm Schwarzen Markt und geht nach Hause und denn fällt se ihm runter. Det war die Pointe. Wenn man sieht, wat ick anderthalb Jahre später geschrieben habe, det is wirklich erstaunlich.«
Ein anderer Mitschüler erzählte ihm, sein Onkel wäre Journalist. »Ich wußte gar nicht, was das ist: Journalist.« Er schrieb Bewerbungen an alle möglichen Zeitungen. Die Jugendzeitschrift »Der Start«, die drei seiner Kurzgeschichten gedruckt hatte, engagierte ihn. Da war er sechzehn.
Der Friedhof des Ortes, auf einem Hügel gelegen, ist von ABM-Kräften aufs Feinste hergerichtet: »Hat neulich eine alte Frau zu mir gesagt: ›Wie schön man sich jetzt kann beerdigen lassen!‹« Eine Ecke ist für alte Grabsteine reserviert, auf einem der Spruch: »Hier liegt ein tapfres Kriegerherz/Gott trug es sicher himmelwärts.«
Irgendwann wurde »Der Start« eingestellt. Nach einem kurzen Intermezzo bei der »Jungen Welt« landete Kohlhaase bei der DEFA, in der Dramaturgie. Er suchte sich sein Grundwissen hier und da zusammen, am besten gefielen ihm die neorealistischen Filme der Italiener. »Ich dachte, so ähnlich muß man das machen. Ich habe nie nachgedacht, welche Regeln dem zugrunde liegen.«
Ein Projekt hieß »Störenfriede«: »Das waren nur brave Kinder, und Bravsein wurde als tiefstes Ziel des Sozialismus angesehn – aber das Ding war steckengeblieben. Es lief einfach nicht. Und da fragten sie mich: Willst du da mitschreiben? Da kriegte ich zum ersten Mal einen

Vertrag und kriegte 10.000 Mark. Ich dachte, 10.000 verdient man im Jahr oder manche im Leben, aber doch nicht auf einmal.« Der Autor, mit dem er das Buch zusammen schrieb, wohnte in Werder am Wasser. Kohlhaase stieg morgens in Adlershof in die S-Bahn, fuhr quer durch die Stadt bis Potsdam, dann mit einem Dampfzug bis Werder, schließlich mit einem Bus. »Und war sowat von ausjeruht, ick hatte eigentlich das Gefühl, det is Urlaub. Und um fünf machte ick die Tour zurück. Wenn ick det heute machen würde, würde ick sagen: So, heute fangen wir aber nich mehr an, bin jetzt diese janze Strecke jefahrn.. «

Als die Defa eine Abteilung für Kinderfilme gründete, holte man ihn. »Da ick einen halben Kinderfilm jeschrieben hatte, galt ick als Spezialist.« Er schrieb seinen ersten Film »Alarm im Zirkus«, für Regisseur Gerhard Klein: »War 'ne relativ einfache Kinder-Krimigeschichte, aber mit Ost-West-Hintergrund, und für diesen Film kriegten wir, zu unserer, aber wahrscheinlich zu jedermanns, Verwunderung den Nationalpreis. Ich glaube, wir kriegten ihn, weil Becher, der damals Kulturminister war, merkte, der Film unterschied sich von den gerade in diesen Jahren hanebüchen papiernen sogenannten politischen Filmen, die keener sehen wollte. Wie die russischen Filme: Stalin im weißen Anzug steht auf der Lokomotive und sagt: Da ist der Feind. Also, es war eine relative Ödnis im offiziösen Bereich von Kino, und unser Film spielte einfach in Berlin.«

Inzwischen sind wir wieder bei ihm zuhause angelangt. Es ist früher Nachmittag. Kohlhaases Frau fragt: »Seid ihr fertig?« Als sie hört, daß wir gerade die Mitte der fünfziger Jahre erreicht haben, entscheidet sie: »Dann wird jetzt erstmal gegessen.« Vorweg Pilzsuppe, als Hauptgericht ungarischen Eintopf, geschichtet aus Reis, Kohl und Hackfleisch.

1965 drehte Klein, nach dem Drehbuch von Kohlhaase, den Film »Berlin um die Ecke«. »Wir nahmen die ständig wiederholte Äußerung ernst: Wo ist die Arbeitswelt, wo sind die Probleme der arbeitenden Menschen? Wir gingen in die Fabrik, in der mein Vater arbeitete, eine Metallhütte, er war da Reparaturschlosser. Wir sprachen mit jüngeren und älteren Leuten und haben gedreht. Zu den jungen Leuten fiel uns det ein, wat dir zu jungen Leuten einfällt: Sie lieben und zweifeln und sind eifersüchtig... Viel aufregender waren die Geschichten der älteren Leute, also die Generation meines Vaters, davon spricht auch der Film, det was passiert auf den Knochen dieser Leute, negativ gesehen, aber positiv gesehen auch mit ihrer Motivation, denn das war die Generation, die aus dem Krieg kam und sagte: trocken Brot essen, aber nicht noch mal Krieg. Und wenn es in der DDR etwas gab wie – in ihren Farben und ihren Möglichkeiten – einen Aufstieg, dann hat der 'ne Menge mit den Leistungen von Leuten dieser Art zu tun. Und in dem Film sind so ein, zwei Figuren drin, von denen ich glaube, daß es schön ist, daß es sie gibt.«

Seine Erinnerungen will er nicht manipulieren

Doch als der Film fertig war, fiel er gemeinsam mit elf andern in das große Loch, das das 11. ZK-Plenum der SED schlug, das beschloss, angeblich schädliche Tendenzen in Büchern, Theaterstücken und Filmen rigoros auszurotten. Ob er sich damals deshalb hier draußen zurückgezogen habe, frage ich ihn, auch später telefonisch nicht erreichbar, wenn es um Petitionen ging, etwa gegen die Ausbürgerung Biermanns? »Nee, würde ich nicht sagen. Det hat nischt miteinander zu tun. Das ist zufällig. Ich habe doch ein paar Sachen kontinuierlich weitergemacht, die hinreichend öffentlich waren, im Schriftstellerverband, in der Akademie der Künste.«

Aber der Rundumschlag in der Kulturpolitik hatte Dauerschäden zur Folge: »Das Gefühl, die Gesellschaft und der einzelne könnte dasselbe meinen, ist damals nicht ein für allemal umgebracht worden, aber ist beschädigt worden. Die Defa drehte reine Abrechnungsfilme, damit der Plan erfüllt wird und die Leute ihre Prämien kriegen. Es war da auch viel Gewissenlosigkeit.«

Das wollte einer nicht mitmachen: der Regisseur Konrad Wolf. Wenn in dieser ausweglosen Zeit von jemandem ein ehrlicher Film zu erwarten war, dann von ihm. Er wollte dies mit einem Ausschnitt aus seiner Biographie schaffen. Der Film sollte »Ich war neunzehn« heißen und beschreiben, wie er als Rotarmist 1945 zurück nach Berlin kam, in das Deutschland, aus dem er als Kind mit den Eltern vor den Nazis in die Sowjetunion emigriert war. Aus der Erinnerung rekonstruierte er die letzten 14 Kriegstage, von der Oder nach Berlin, machte Notizen und holte sich Wolfgang Kohlhaase als Mitautor, damit daraus ein Drehbuch wurde. Wolfgang Kohlhaase schwärmt heute noch von der Atmosphäre beim Drehen.

Kohlhaase ist beim Drehen der Filme gern dabei. »Man kann sich nicht alles ausdenken, es kommen wunderbare Dinge hinzu, beim Drehen, durch den Regisseur, durch die Kamera, durch die Schauspieler vor allen Dingen. Manches wird schlechter sein, als ich es mir gedacht habe, aber manches wird auch schöner sein. Und wenn alle gut arbeiten, und ein bißchen Glück kommt dazu, taucht am Ende auf wunderbare Weise ein Film auf, der in der Nähe der Vision ist, die man am Anfang hatte.« Ihm macht es Spaß, zu sehen, ob das, was er sich ausgedacht hat, mit den Schaupielern funktioniert. »Dabei wird man schlau für den nächsten Film. Ich wäre doch ein Idiot, wenn ein Schauspieler sagte: Paß mal uff, finnst du nich, wenn ick det so spiele... Ich wäre doch blöd, wenn ich das Bessere nicht akzeptierte.«

»Heute muß ich überlegen, für wen ich was warum schreibe. Man hatte vorher eine Vorstellung von seinem Publikum. Jetzt gibt es das größere deutsche Publikum, viele sehr von amerikanischem Kino geprägt.« Er hat eine Komödie fast fertig, die er gern als Kinofilm sehen würde.

Das Jahrhundert gehe anders zu Ende, als er es sich vorgestellt habe. Er weigere sich aber, seine Erinnerungen auf den jeweils jüngsten Stand zu bringen oder als unwichtig anzusehen, wie Menschen miteinander umgehen. »Ich meine, manche sind arm, weil andere reich sind.« Und er denkt, daß auch die Überzeugung, die ihn schon lange begleitet, weiter stimmt: »Nach rechts kann man rutschen, nach links muß man klettern.«

Sorge mache ihm, wie energisch die nationale Geschichte verdrängt werde, die Unlust der Nachkriegs-Erfolgsleute, zurückzusehen auf das, was war. »Ich sehe das als ein sehr deutsches Phänomen. Das habe ich auch bei der Fußball-WM wieder gesehen, nicht bei den Fußballern, bei den Berichterstattern. Die haben zwischen Minderwertigkeitskomplex und Überheblichkeit keine Mitte. Dieser ganze Versuch, mit Hilfe der Verabschiedung von der DDR sich definitiv und möglichst für immer zu verabschieden von der Nazizeit, teils indem man beides gleichsetzt, teils indem man einfach nicht mehr davon spricht: Das ist so lange her, und wir haben doch jetzt die Scheußlichkeiten hier vor der Haustür – das hat mit diesem deutschen Jahrhundert zu tun, einem Jahrhundert, in dem dieses Land ja nicht an Mangel von Effektivität gelitten hat, aber wohl an politischer Kultur, an Geduld und an Maßstab, wie Menschen oder Nachbarn, im Sinne der Völker, miteinander umgehen sollten.« Und davon seien die jungen Leute nur mitbetroffen. »Da sind wir wieder bei der Relativität von Zeit. Wenn du denkst, wer heute 14 ist, also geboren 1984, für den gibt es bewußt nur das geeinte Deutschland, und das Kriegsende ist ewig her. Ebenso lange wie für mich 1891. Wenn mir irgendjemand, als ich 20 war, gesagt hätte, das hat mich irgendwas anzugehen – nicht in meinem späteren, reflektierenden Umgang mit Geschichte, als ich das alles nachgelesen hatte – ich hätte gesagt: Da war ja mein Opa noch 'n junger Mann, was soll ick mich denn darum kümmern?

Und es gibt noch einen anderen Faktor in der Zeit: Es gibt zehn Jahre, die wie nichts vergehen, weil so viel los ist, und es gibt 40 Jahre, in denen nischt passiert.« Ich frage ihn, wie das denn jetzt sei? »Im Augenblick rennt sie. Wir saßen neulich hier und haben uns gefragt: Wie lange ist die sogenannte Wende her? Mensch, det sind acht Jahre, det werden neun, bald zehn Jahre, wat da wieder für Feierlichkeiten auf uns zukommen! Nur ist das auch wieder zu relativieren, weil bekanntlich die Zeit schneller rennt, wenn man älter wird.«

Auch an diesem Sommertag war sie gerannt. Als ich mich verabschiede, ist Emöke schon dabei, schönes, schieres Fleisch in lauter kleine Stücke zu schneiden: die Abendmahlzeit für ihre drei Katzen.

Erschienen im August 1998

Stefan Heym

Nur Ellbogen zählen noch

Der Schriftsteller kennt seine Deutschen und fürchtet:
Die braune Sauce gibt es immer noch

»Die ZEIT hat mein Buch immer noch nicht rezensiert«, knurrte er, als ich ihn Ende der siebziger Jahre bei gemeinsamen Freunden kennenlernte. Bei aller Vertrautheit, die sich im Laufe der Jahre zwischen uns entwickelte, blieb ich für Stefan Heym die Vertreterin einer Zeitung, die seine Bücher nicht prompt genug rezensierte.

Seit 1952 lebt er in Grünau, einer Siedlung im südöstlichen Berlin, die Ministerpräsident Grotewohl hatte anlegen lassen: Hier sollten Schriftsteller, Schauspieler und Professoren in Harmonie miteinander leben. Doch da manche von ihnen aus der Emigration im Westen kamen, andere aus dem Ostexil, beäugte man einander anfangs eher mißtrauisch. Später zogen andere hinzu. Noch heute ist Stefan Heyms direkter Nachbar jener Mann, der ihn im Auftrag der Stasi jahrzehntelang bespitzelte. Er weigert sich bis heute, mit den Heyms zu reden: »Nimmt mir wohl über, daß ich geholfen habe, die DDR zu stürzen«, spöttelt Stefan Heym.

Er gehörte zu den ersten Mietern. Das Haus ist eher klein. Im Wohnzimmer sieht es aus wie früher: die vollen Bücher-Regale, die antike Vitrine mit edlem Geschirr. Die Sitzecke sei aber neu, sagt seine Frau Inge. Sicher ist auch der Computer ein neueres Modell. Auf ihm hat Stefan Heym zuletzt einen Roman über das Österreich der Radetzki-Zeit geschrieben, vor wenigen Wochen erschienen.

Ja, er werde mit mir spazierengehen, hatte er am Telefon zugesagt. Schließlich habe der Arzt ihm tägliche Bewegung empfohlen. Und so laufen wir los. Der 85jährige klemmt sich den Stock hinter den Rücken anstatt sich darauf zu stützen und läuft so schnell, daß seine Frau und ich ihm kaum folgen können. »Bühnenbildner wohnen hier, ein Komponist, der Chef der Staatsbibliothek, ein Indologe. Die DDR wollte von Indien anerkannt werden, nannte deshalb unsere Straße Tagorestraße, und da sagte jener Indologe zum Bürgermeister: Es gibt drei Brüder Tagore. Die könne man verwechseln, wenn man nicht deutlich mache, welchen man meint. Deshalb heißt die Straße Rabindrath Tagore, und alle Pförtner von Hotels, in denen ich je einkehrte, mußten ›Rabindrath Tagore‹ in ihre Bücher schreiben«, freut sich Heym.

Wir reden über sein Leben. Fast siebzig Jahre ist es her, da flog der Gymnasiast, damals hieß er noch Helmut Flieg, Sohn eines jüdischen Kaufmanns, von der Schule in Chemnitz wegen eines Gedichts gegen die Reichswehr. In »Nachruf«, seiner Autobiographie, beschreibt er, wie die Mitschüler ihn, das jüdische und etwas linkische Kind, beiseite schoben, wieviel bedrohlichen Haß er durch sein Gedicht gegen die Reichswehr auslöste, und er sagte sich: »Nur ja nicht diesen noch mal in die Hände fallen, und daraus resultierend... der Zwang, sich selbst immer wieder beweisen zu müssen, daß man sehr wohl imstande ist, einer feindseligen Masse gegenüberzutreten, einer Übermacht Paroli zu bieten.«

Er ist sich stets treu geblieben. Und trotz aller widrigen Erfahrungen im real existierenden Sozialismus hängt er an der Utopie, dem Baby Sozialismus, wie er es mal genannt hat, das zwar schielt, O-Beine hat und Grind auf dem Kopf, das man aber deshalb doch nicht umbringen könne. Die Möglichkeit für Sozialismus bestehe für ihn so lange, wie der Kapitalismus ist, wie er ist. »Es muß irgendwas anderes kommen. Es sei denn, daß alles ganz rabiat kurz und klein geschlagen wird und nichts mehr da sein wird. Es muß eine Weltordnung geschaffen werden – das sage ich ganz ernsthaft –, in der nicht mehr der Ellbogen, sondern der Kopf und das Herz die wichtigsten Organe des Menschen sein werden.« Ich finde, daß er das schön formuliert hat. »Das habe ich Ihnen gegeben, damit Sie es zitieren.«

»Ich habe gefürchtet, die würden schreien: Heym raus!«

Wir laufen durch die Siedlung. Weil sie zu DDR-Zeiten gebaut wurde, kamen nach der Wende keine Alteigentümer: »Wir haben all die Jahre 150 Mark Miete bezahlt. Irgendwann hat man uns gefragt, ob wir das Haus nicht kaufen wollen. Da wir eh alle Reparaturen selbst bezahlt haben, haben wir es 85 gekauft und den Dachboden ausgebaut.« Das dazugehörige Grundstück kauften sie gleich nach der Wende.

1933 flüchtet Stefan Heym nach Prag. 1935 weiter in die USA. 1945 kehrt er als Besatzungsoffizier nach Deutschland zurück, redigiert erste deutsche Zeitungen, schreibt im offiziellen Blatt der Amerikaner, bis er sich weigert, einen Artikel zu schreiben, in dem er begründen soll, warum das Bündnis zwischen Sowjetunion und USA aufzulösen sei. »Und ich naiver Mensch glaubte, wenn ich das nicht schriebe, könnte ich die Entwicklung irgendwie beeinflussen. Das Gegenteil geschah. Ich wurde aus der Entwicklung herauskatapultiert. Hätte ich das Gewünschte geschrieben, wäre ich weiter amerikanischer Besatzungsoffizier geblieben, hätte Karriere machen können. Hätte 'ne eigene Zeitung gründen können.«

Er geht zurück nach Amerika, schreibt sein erstes Buch, das sogar verfilmt wird. Sein Kriegsroman »The Crusader« wird Bestseller. Doch dann beginnt McCarthy mit seiner Hatz auf linke Intellektuelle. 1952 gibt Heym als Protest gegen den Korea-Krieg der Amerikaner seine militärischen Orden zurück und siedelt in die DDR über, wo er bald in Ungnade fällt, weil er auch hier aufmuckt. Viele seiner Bücher wurden nur im Westen gedruckt.

Dort war er angesehen, doch das setzte er aufs Spiel, als er bei der vorigen Bundestagswahl für die PDS kandidierte. Inge Heym sieht es

Zurück nach Amerika?
Stefan Heym könnte es sich vorstellen

so: »Drüben in der Bundesrepublik ist er hofiert worden, weil er hier angegriffen wurde. Und dieselben, die ihn vorher hofierten, haben kein Wort mehr mit ihm geredet, als er für die PDS kandidierte.« Das habe schon vor seiner PDS-Kandidatur angefangen, wegen seiner Haltung zur deutschen Vereinigung. Stefan Heym: »Ich habe gleich gesagt: Das ist keine richtige Art, die Vereinigung zu machen.« Er sei ja immer für die Vereinigung gewesen. »Ich wußte, diese Deutschen gehören irgendwie zusammen, so eine miese Bagage. Aber daß es so geschieht, da war doch völlig klar, daß die eine Seite übern Tisch gezogen wird.«

Er gewann in Berlin-Mitte ein Direktmandat, als Alterspräsident eröffnete er den neuen Bundestag. Am Abend vor seiner Rede war übers Fernsehen verkündet worden, Heym hätte Stasi-Kontakte gehabt, ein Vorwurf, der sich bald als falsch erwies. Bislang war es üblich, daß die neugewählten Abgeordneten sich von ihren Sitzen erheben, wenn der Alterspräsident Platz nimmt. Bei Heym blieben sie, bis auf wenige, hocken. Heym behauptet, er habe nicht gewußt, daß sie hätten aufstehen sollen. »Ich war froh, daß die keinen Krakeel gemacht haben. Ich habe gedacht, die würden schreien: Heym raus! Na ja, ich kenn doch meine Deutschen...«

Nach einem Jahr schon hat Heym den Bundestag wieder verlassen. »Ich wollte denen ganz klar sagen: Was Ihr da macht, ist eine Schweinerei, diese Diäten-Erhöhung. Solch einem Verein kann ein anständiger Mensch nicht vorsitzen als Alterspräsident. Das kann ich nicht decken mit meinem Namen und in meinen Jahren und mit meiner Vergangenheit, aber es hat einen Dreck genützt.« Und den Einfluß, den er damit aufgegeben hat? »Nebbich, kann ich da nur sagen. Was hat man schon für Möglichkeiten in diesem Bundestag. Als Einzelner! Allerdings, es gab da ein ausgezeichnetes Restaurant, wo man Leute trifft, mit denen man reden kann. Und ich hatte eine so schöne Wohnung, mit so schönen Möbeln...« Immerhin – seine drei letzten Bücher wären nicht erschienen, wäre er geblieben. Gerade habe Bertelsmann eine Werkausgabe von seinen 18 Büchern herausgebracht. Stefan Heym wäre nicht Stefan Heym, wenn er jetzt nicht sagen würde: »DIE ZEIT hat es, wie immer, völlig mißachtet.«

Inzwischen haben wir die Siedlung verlassen und laufen durch einen Mischwald. »Früher waren hier nur Büsche, das sind inzwischen Bäume geworden«, erzählt Inge, »Und Gott sei Dank kann hier nicht gebaut werden, es ist Wasserschutzgebiet.« Wir kommen in ein Gelände, auf dem früher eine Gärtnerei war. Die Gärtnersfrau lebt noch hier, und sie hat einen weißen Kakadu, den die Heyms regelmäßig besuchen und mit Banane füttern. Wenn sie sich verabschieden, sagt er, egal wie spät es ist: Gute Nacht! Aber heute ist Jaköbchen, der Kakadu, nicht in seiner Voliere: Nur das Gekreisch von Pfauen ist zu hören, die ein Stückchen weiter, in vollem Bewußtsein ihrer Schönheit, über den Weg stolzieren. Stefan Heym setzt sich auf einen alten Gartenstuhl neben der Voliere, um sich ein bißchen auszuruhen. Seine Frau und ich besuchen den Mann, der hier Unmengen ausgesetzter und verwilderter Katzen füttert. Stefan Heym zitiert sich selbst, als wir zurückkommen: »Immer sind die Weiber weg!« – der Titel eines seiner Bücher, in dem er in jüdischer Diktion, und ungewöhnlich für ihn, sich immer wieder über sich selbst lustig macht, über seine Altersgebrechen zum Beispiel. Vor allem aber ist es eine Liebeserklärung an seine Frau, eine Sammlung von Geschichten, die er ihr über die Jahre hinweg zu den Geburtstagen geschenkt hat.

Wir kommen an den Langen See, einer Ausbuchtung der Dahme. Hier stand früher ein Sportlerdenkmal. »Es war eine Art Mini-Ausgabe des Leipziger Völkerschlachtdenkmals. Das Besondere waren die Steine, aus denen es zusammengefügt war; ein jeder von ihnen war von einem der damaligen Sportvereine gestiftet, die dafür ihren Namen auf ihren Stein eingravieren durften: Kaiserlicher Yachtclub Kiel oder Kgl. Sächsischer Kleinwildjägerverband zu Dresden. Das Denkmal mißfiel der Stadtverwaltung. War ihnen zu völkisch. Die Genossen befahlen, das Ding muß weg.«

Die Bänke am Ufer sind vollgeschmiert mit Hakenkreuzen und SS-Runen. Nach dem DVU-Erfolg in Sachsen-Anhalt schrieb Heym, daß er sich erinnert fühlte an 1933, als er Hitler auf dem Balkon der Reichskanzlei stehen sah und die Sturmtruppen der Nazis vorbeizogen, er die Gesichter sah, den stieren Blick ihrer Augen. Er fürchtet, die braune Sauce sei bis heute nicht verschwunden: »Schauen Sie: Wie viele Leute waren in dieser Nazipartei oder haben sympathisiert und wie viele Leute waren dann in der SED? Sehr viele. Wo sollen die hergekommen sein? Die konnten doch nur aus der Nazipartei gekommen sein oder Nazi-Sympathisanten gewesen sein.« – »Und die Jungen?« – »Die sehen, sie haben sehr wenig Chancen hier im Osten, wenn sie sich nicht irgendwie Geld verschaffen, und da machen sie eben

Rabatz.« – »Sie könnten doch auch linken Rabatz machen.« – »Das ist aber unbequem. Beim rechten Rabatz haben sie eher die Sympathie der Behörden, die Sympathie ihrer Eltern. Die wissen doch, daß ihnen so gut wie nichts passiert, wenn sie zum Beispiel Steine auf dem jüdischen Friedhof beschmieren.« Ja, er habe das immer gewußt, sagt er, aber noch mal wegzugehen, dazu sei er zu bequem. »Ich bleibe hier lieber auf meinem Stuhl sitzen, als daß ich mich noch mal nach Amerika aufmache.«

Amerika, wohin er als junger Mann vor den Nazis flüchtete, hat ihn geprägt, seine Art zu denken, reden, zu schreiben. Er ist aufmüpfiger als mancher Deutsche, selbstbewußter, was ihm zuweilen als Selbstgefälligkeit angelastet wird. Er hegt große Sympathien für Amerika: »Schauen Sie, das ist ein Land, das brachte Lincoln hervor, es hat eine tolle Geschichte. Also, wenn es hier zu sehr zum Kotzen wird, dann könnte ich schon meinen Koffer noch mal packen, mich in ein Flugzeug setzen und rübergehn.«

Vielleicht hätte er es damals nicht verlassen sollen, als McCarthy linke Intellektuelle verfolgte und in Gefängnisse steckte, vielleicht wäre alles gar nicht so schlimm geworden. Doch da war die Angst, wie er sie als Jugendlicher unter den Nazis gespürt hatte, kein Wunder, daß er eher als andere leicht überall Verfolgung wittert. Deshalb flüchtete er aus den USA über die Tschechoslowakei, die ihn nicht wollte, in die DDR, zu den Deutschen, unter denen er sich wohl nie ganz heimisch fühlen wird.

Immerhin hungere hier niemand. Im Vergleich zu den wirklich Armen in der Welt seien die deutschen Armen immer noch gut dran. »Und das haben die Arbeiter erreicht und die Gewerkschaften, sogar die SED und die DDR haben das erreicht. Die im Westen mußten eine soziale Politik machen, weil die DDR da war. Ich habe mal den Satz formuliert, daß bei jeder Tarif-Verhandlung die DDR als schweigender Partner am Tisch saß. Und die ist nicht mehr da, und jetzt können die machen, was sie wollen.« Die Arbeitslosigkeit verändere das menschliche Miteinander. »Hier in den Betrieben war eine Art kollektive Solidarität. Die gab es auch im Westen, aber nicht so stark entwickelt. Das ist jetzt weg. Jetzt zählt nur noch der Ellbogen.« Ich solle nur denken an all die rührenden Geschichten bei der Flut an der Oder: »Wo Leute plötzlich Solidarität entwickelten. Ich glaube, daß Solidarität ein Grundbedürfnis des Menschen ist. Der Mensch will nicht allein stehen. Leider ist der Kapitalismus jene Gesellschaftsordnung, in der der Mensch, wenn er wirklich reussieren will, es allein tun muß.«

Meine Frage, wie das sei mit der Annäherung von Ost und West, wird von ihm als typisch westlich abqualifiziert. »In vieler Beziehung haben sich die Ostdeutschen natürlich den Westdeutschen angenähert, weil 'ne andere Wirtschaftsform auf sie zugekommen ist. Und weil sie auch mal in die Welt hinauswollten. Muß ich Ihnen ja nicht aufzählen, wo überall jetzt die Ostdeutschen auftauchen. Ich gönne es ihnen. Aber die innere Haltung hat sich auch geändert. Die Ostdeutschen lassen sich nicht mehr sagen, daß sie alles falsch gemacht haben. Schließlich könnten sie ja den Westdeutschen sagen: Entschuldigt, Brüder und Schwestern, aber wir haben unsere Chefs rausgeschmissen, nicht Ihr. Nun können diese wieder antworten, daß die Chefs im Westen nicht so waren, daß man sie unbedingt hätte rausschmeißen müssen. Wir wollen mal sehn, wie sich's weiterentwickelt, wenn eine wirkliche Krise kommt. Wenn die Lage bedrohlich wird. Was dann die Leute im Osten und was die Leute im Westen unternehmen. Wenn plötzlich die Ersparnisse weg sind. Ich habe 1923 die Inflation miterlebt. Da ist der Hitler gekommen, das war eine der politischen Folgen. Ich möchte nicht, daß man in Deutschland auf eine Krise wieder faschistisch reagiert. Aber ich habe große Angst, daß das passieren könnte.«

Wir sind zurück in der Siedlung. Dort wohne der Regisseur Wekwerth und da der Musikprofessor Knepler, ein österreichischer Jude, der die Musikhochschule mitgegründet hat, verheiratet mit einer Engländerin, die Inge beim Vorbeigehen einlädt rüberzukommen, um die Polster der alten Hollywoodschaukel zu begutachten, die sie bezogen hat mit dem Stoff, den sie beide zusammen eingekauft haben.

Mir zeigt sie etwas anderes, nämlich einen ganz besonderen Stein. Als in den Fünfzigern das Sportler-Denkmal an der Dahme getilgt wurde, schrieb Stefan Heym in der Berliner Zeitung: »Ich hätte gern einen Stein davon in meinem Garten, aber meine Arme sind zu schwach, so einen Stein wegzutragen.« Und er erzählt: »Eines Tages standen zwei Männer vor meiner Tür. Die sagten: Wir haben ein paar der Steine im See versenkt, und davon haben wir einen für Sie rausgeholt und mitgebracht.« Seitdem ziert den Heym'schen Garten ein mittelgroßer Feldstein mit der schönen Gravur: »Berliner Foxterrier-Club«.

Erschienen im September 1998

Daniela Dahn

Angepaßt war sie noch nie

*Schon zu DDR-Zeiten schwamm
die Schriftstellerin gegen den Strom*

Daniela Dahn spricht den Ostdeutschen aus dem Herzen und tritt den Westdeutschen kräftig auf die Füße. Mag sein, sie würde manches anders sehen und beschreiben, lebte sie nicht mit Mann und Tochter in einer Siedlung in Berlin-Adlershof, die Westdeutsche seit der Wende zurückhaben wollen. Michael Naumann, heute Staatsminister für Kultur, damals Verleger, bat sie, darüber zu schreiben, was sie gern tat. Das Buch heißt »Wir bleiben hier oder wem gehört der Osten?« Danach schrieb sie noch zwei andere, ähnlich einseitig provozierende Bücher, einseitig pro Ost.

In der Adlershofer Siedlung wollen wir spazierengehen. Leider schüttet es, was der Himmel hergibt. Deshalb flüchten wir uns erstmal ins Haus, eins der rund 350 Reihenhäuser dieser Gagfah-Siedlung. Daniela Dahn kocht uns Tee, in der Küche mit blauen Möbeln in einer blauen Emaille-Kanne. Nach der Wende haben sie Haus und Grundstück gekauft und wurden ins Grundbuch eingetragen. Sie hätten das Haus ohne Grundstück schon früher kaufen können, in den siebziger Jahren. Doch das war für sie uninteressant. Schließlich kostete es nur 64 Mark Miete im Monat.

Wem die Siedlung gehört, scheint immer noch nicht entschieden. Der erste, der ihr Besitzer sein wollte, war die Bundesversicherungsanstalt. Doch die hatte nur gebluftt und wurde abgewiesen. Jetzt steht der Deutschnationale Handlungsgehilfen-Verband vor der Tür. »Der behauptet, ihm gehören 75 % der Gagfah.« Und somit auch diese Gagfah-Siedlung. Solche Ansprüche sollen aber nur dann rechtens sein, erzählt Daniela Dahn, wenn der Verband ein von den Nazis verfolgter Gewerkschaftsverband gewesen ist. Recherchen hätten jedoch ergeben, daß er nicht verfolgt wurde, sondern im Gegenteil 1933 die Deutsche Arbeitsfront mit aufgebaut habe.

Wir steigen die Treppen des Hauses hoch, das schmalbrüstig ist und über mehrere Stockwerke eher einem Turm ähnelt: Unten Wohn-Eßzimmer und Küche. Im ersten Stock Daniela Dahns Arbeitszimmer, das Zimmer der 13jährigen Tochter und das neu gekachelte und mit modernen Armaturen versehene Bad. Ganz oben das Arbeitszimmer des Ehemannes, des Schriftstellers Joochen Laabs. Und ein zweites Bad, nicht gekachelt, DDR-Armaturen, Zinkwanne, Waschbecken, Toilette.

Daniela Dahn wird vorgeworfen, sie habe den Kampf um Häuser, Siedlungen, Dörfer zu sehr dramatisiert. »Ist es etwa nicht dramatisch, wenn in Kleinmachnow inzwischen ein Drittel der ehemaligen Bewohner von Westdeutschen verdrängt wurde, wie fast überall im Speckgürtel um Berlin?«

In Kleinmachnow hat Daniela einen Teil ihrer Kindheit verbracht, einen andern in Bayern. Zwischen den Eltern war es zu einer Ehekrise gekommen. Die Mutter verließ mit beiden Töchtern das Haus und zog in den Westen, zu Verwandten, die es als Flüchtlinge aus Schlesien nach Bayern verschlagen hatte. So konnte Daniela schon früh Ost und West vergleichen. In Bayern lebten sie beengt und in finanzieller Sorge. Danielas Mitschüler vermuteten, in der DDR dürfe nur Rus-

Den Ostdeutschen spricht sie aus dem Herzen,
den Westdeutschen tritt sie auf die Füße

sisch gesprochen werden und fragten sie, ob sie Chruschtschow oft begegnet sei. Sie fühlte sich fremd, sehnte sich nach Kleinmachnow, wo sie fast großbürgerlich gelebt hatte, mit Ballettkurs, Laienspiel, privatem Französischunterricht und Reiten im Nachbarort. Mutter und Schwester scheinen sich ähnlich unwohl gefühlt zu haben. Sie kehrten zurück. Wenige Tage darauf wurde die Mauer gebaut, und die 12jährige Daniela freute sich, daß sie nun niemand mehr nach Bayern schicken konnte.

Eine frühe Erfahrung, die sie vielleicht bis heute Westdeutsche schärfer beurteilen läßt als andere, ihnen etwa »die liebgewordene Lebenslüge« nicht abnimmt, sie selbst seien, anders als die Ostdeutschen, alle unangepaßte Individualisten. Ihren ostdeutschen Landsleuten bescheinigt sie, sie hätten »ein stärkeres Problembewußtsein dafür, daß politische Rechte entwertet werden, wenn die sozialen, wie Arbeit und Wohnen, nicht in einem Mindestmaß garantiert sind.« Sie beklagt die fehlende Chancengleichheit zwischen Ost und West, »einmal weil Ostleute enteignet wurden und wo kein Haben, ist auch kein Sagen nach westlichen Spielregeln, und zum andern, weil die Ost-Eliten generell als untragbar und unfähig eingestuft wurden. Der Anteil von Ostleuten bei den Eliten liegt zwischen null und fünf Prozent. Das ist schon traurig.«

Nicht nur traurig, sondern empörend findet sie es, daß den in der DDR als Kämpfer gegen den Faschismus Geehrten die VdN (Verfolgte des Naziregimes)-Renten gekürzt wurden, aber Angehörige der Wehrmacht, sogar der SS, selbst wenn sie Bürger anderer Staaten sind, eine Kriegsopferrente kriegen, daß osteuropäische KZ-Häftlinge und Zwangsarbeiter nichts oder nur Almosen bekommen, eine KZ-Wächterin, die dafür zehn Jahre in Bautzen saß, für diese Haft dagegen mit 64.000 Mark entschädigt wurde.

»Es war keine Wonne an so einem Heldentum«

Obwohl es noch immer regnet, wollen wir uns auf den Weg machen. Daniela Dahn spannt einen großen Schirm über uns auf. Viele Häuser der Siedlung zeigen Farbe: Gelb, Rosa, nur selten noch das frühere Grau. Auch die Terrassen wurden auf höchst unterschiedliche Weise verändert. Viele Variationen von Eingangstüren sind zu besichtigen, alle aus Kunststoff wie auch die Fenster. Sie passen nicht recht zu den

Häusern. Daniela Dahns Kommentar: »Früher war alles einheitlicher. Da gab es keine Baumärkte.«

Von ihren Eltern redet sie eher zurückhaltend. Beide sind Journalisten. Die Mutter gründete die Frauenzeitschaft SYBILLE. Der Vater moderierte die Fernsehsendung PRISMA. »Ich habe immer Wert darauf gelegt, ein eigenes Ich zu haben, einen Namen, unabhängig von Müttern und Vätern.« Schon früh hatte sie etwas erlebt, was sie dafür sensibilisierte. »Ich war damals acht. In einer Annonce suchte die DEFA ein kleines Mädchen für die Hauptrolle in einem Film. Die Hausangestellte, die uns in der Zeit betreute, sagte: Da gehn wir hin. Es waren irrsinnig viele gekommen. Ich hatte die Nummer 867. Lauter Mütter waren da mit Töchtern in Petticoats und Locken im Haar. Und ich im Baumwollkleidchen, mit Zahnlücken und derselben Frisur, die ich immer hatte.« Sie bekam die Rolle, wurde jeden Morgen mit einem DEFA-Wagen in Kleinmachnow abgeholt. »Die andern Kinder, die gerade mit dem Fahrrad vorbeifuhren und das so mitkriegten, haben gesagt: Die Rolle hat sie nur durch ihre Eltern gekriegt.« Dabei waren die in Bulgarien gewesen, hatten von der Aktion der Hausangestellten erst nach ihrer Rückkehr erfahren.

Sie hatte früh ihren eigenen Kopf, auch den Eltern gegenüber. Als Abiturientin war sie euphorisiert vom Prager Frühling: »Das war es doch eigentlich, worauf wir warteten.« Sicher, auch zuhause habe es Zustimmung gegeben: »Mein Vater war ja kein Dogmatiker, wenngleich da mehr Vorsicht im Spiel war und Taktik.« Daniela und sieben Mitschüler produzierten eine Wandzeitung: »Das waren so Tapetenrollen, zwei mal vier Meter, große Schrift mit Zitaten von Dubcek, Berlinguer, Ernst Fischer: ›Wir brauchen eine Opposition in der Partei.‹, und von uns drunter: ›FDJ-Arbeit muß nicht langweilig sein. Wir sind politisch interessierte Schüler und rufen zur Diskussion.‹ Und unsere Namen. Eine Traube von Schülern stand drumrum. In der nächsten Pause hing die Wandzeitung nicht mehr.«

Schon damals polarisierte sie: »Manche Lehrer haben uns nicht mehr gegrüßt, andere haben ganz offen ihre Sympathie gezeigt und uns heimlich die Prüfungsthemen genannt. Meiner Eins im Abi war zumindest in zwei Fächern ein bißchen nachgeholfen.«

Danielas Schwester kam in die Psychiatrie, als sie versucht hatte, durchs Brandenburger Tor zu laufen. Ihre psychische Krankheit endete mit Selbstmord. Ich frage Daniela, ob die Krankheit der Schwester jenem Widerspruchsgeist entsprang, wie er auch ihr angeboren zu sein scheint. »Auch, aber eigentlich erst mit der Krankheit. Vorher war sie kein schwieriges Kind. Solche Eskapaden in der Schule wie ich... Sie war auch nicht so politisch. Sie war phantasievoller, musischer. Ich hatte, als sie krank war, nicht mehr genug Gelegenheiten oder habe die Gelegenheiten nicht genutzt, daß unsere Beziehung intensiver hätte sein können. Ich studierte in Leipzig, war furchtbar überlastet. Trotzdem hat man nachher das Gefühl, falsch reagiert und nicht genügend gemacht zu haben. Wenn es die einzige Schwester ist, geht einem das sehr nahe.«

Nach dem Studium wurde Daniela Redakteurin beim DDR-Fernsehen. In diese Zeit fiel Biermanns Ausbürgerung. »Ich hatte erstmal die ›Biermannsche Krankheit‹ und ließ mich 14 Tage krankschreiben.« Inzwischen, hatte sie gehofft, hätte sich alles beruhigt. »Und dann komme ich hin, und am ersten Tag ist gleich die große Parteiversammlung mit der Aussprache über die Ausbürgerung.« Und wieder lernt sie dazu. Unter 120 Kollegen war sie plötzlich die einzige, die sich gegen die Ausbürgerung aussprach, obwohl vorher im Kollegenkreis die meisten auch dagegen gewesen waren. Niemand unterstützte sie, im Gegenteil. »Wenn ich einmal beschreiben müßte, was Einsamkeit ist, würde ich mich dieser Szene unter Genossen erinnern. Ich habe mich um solche Situationen nicht gerissen. Aber wenn's dann kam, dann konnte ich nicht anders. Es war wirklich keine Wonne an so einem Heldentum.« Sie lacht.

Sie kündigt beim Fernsehen, schreibt unabhängig. Ein Band Kurzgeschichten erscheint, in dem die Daniela Dahn von heute in Ansätzen schon zu erkennen ist, etwa in der Geschichte über das umstrittene Bild von einer Brigade-Feier. Oder wenn sie sich über die vielen Verbotsschilder in Bad Elster mokiert, wo sie zur Kur war. »Eine gewisse Kontinuität in der Grundhaltung ist schon da. Da lege ich auch Wert drauf, daß das nicht so eine Nachwende-Geschichte ist. Das war angelegt, natürlich unter den DDR-Bedingungen etwas verkappter. Aber es war damals auch mehr meine Mentalität. Ich bin zuhause in einem stark linken, antifaschistischen Sinn erzogen worden, auch durch die Freunde meiner Eltern: jüdische Emigranten, Widerstandskämpfer, habe aber früh die Diskrepanz zwischen Anspruch und Wirklichkeit erlebt. Das ärgerte mich von Anfang an.«

Sie war Gründungsmitglied vom Demokratischen Aufbau. Ich frage, ob es sie überrascht habe, daß Pfarrer Eppelmann und andere aus dem Demokratischen Aufbruch bald in die CDU überwechselten. »Sicher, die Erfahrung hatte man ja in der DDR nicht, daß jemand, von dem man annahm, daß er ungefähr dasselbe will, plötzlich was ganz anderes macht. Das erfährt man erst in solchen Umbruchzeiten. Unter Kollegen genauso: Plötzlich stellte sich heraus, daß Leute, mit denen man eng befreundet war, mit denen man einig gewesen war in Kritik an der DDR, plötzlich ganz andere Wege gingen.«

Wir laufen an Hecken entlang, die die kleinen Vorgärten vor den Häusern begrenzen: »Früher waren die Hecken durchgehend, nur durchbrochen für den Weg zur Haustür. Heute haben alle daneben Platz für ihr Auto geschaffen. Hat ja inzwischen jeder ein Auto.« Auf der anderen Straßenseite hat sich die Filiale einer Drogerie-Kette angesiedelt. Früher war es ein Konsum-Laden.

Inzwischen, sagt Daniela Dahn, habe sie keine Lust mehr, Ost-West-Querelen zu beschreiben, »wenngleich das Thema leider noch lange aktuell sein wird. Ich muß in dieser westlichen Gesellschaft ein eigenes Thema finden.« Das sieht sie vor allem in dem, was heute Demokratisierung der Demokratie heißt: »Das konnte man ja in der DDR wirklich nicht üben, das ist eine bereichernde Erfahrung. Wie sich das auf den Lebensweg des einzelnen auswirkt, das ist schon was, was mich interessiert.« Auch deshalb habe sie fürs Verfassungsgericht kandidiert. Immerhin kontrolliere es staatliche Gewalt, nach dem Maßstab der Verfassung. »Wenn jemand das Gefühl hat: Hier hat der Staat seine Kompetenzen überschritten, ist jeder Bürger berechtigt, beim Verfassungsgericht zu klagen.«

»Mit Gleichheit meine ich nicht Gleichmacherei«

Ihre Kandidatur fürs Brandenburger Verfassungsgericht brachte sie in die Schlagzeilen. Die PDS hatte die Parteilose für das Amt vorgeschlagen. Brandenburgs Sozialdemokraten wollten sie nicht, warfen ihr vor, sie habe die DDR-Prozesse von 1950 gegen Nazis im Zuchthaus Waldheim verharmlost, nach denen Todesurteile vollstreckt und 16-Jährige ins Zuchthaus gesteckt wurden. Außerdem nahmen sie ihr ihre Kritik an der Bundesrepublik übel. Es ist wie meistens: Die einen lehnen sie ab. Die andern stellen sich hinter sie.

Dabei möchte sie sich nur für mehr Demokratie einsetzen, für mehr plebiszitäre Elemente. Und für mehr Gleichheit. »Wobei ich mit Gleichheit keine Gleichmacherei meine, auch nicht, daß jeder dasselbe verdient, sondern Chancengleichheit.« Vor allem gleiches Recht auf Arbeit. Dafür hat sie sogar eine Lösung parat: Damit für jeden Arbeit da sei, müsse sie verkürzt werden, auf täglich vier Stunden, dies allerdings international, »weil sonst die Betriebe in Länder gehen, wo mehr und billiger gearbeitet wird. Vielleicht ist das eine Chance der Globalisierung, daß Arbeits- und Verdienst-Bedingungen sich international angleichen. Das wird für die reicheren Länder ein Angleichen nach unten sein, für die Ärmeren nach oben. Jetzt ist es doch so: Alle, die einen Job haben, etwa im Management, arbeiten fast rund um die Uhr, sind kurz vorm Herzinfarkt, und die andern kriegen aus Depression, weil sie keine Arbeit haben, Herz-Rhythmus-Störungen. Das kann ja wohl die Lösung nicht sein.«

Sie interessiert sich, solange sie denken kann, für Politik. Politikerin will sie deshalb aber nicht werden: »Weil ich denke, daß dafür andere Begabungen nötig sind. Schreiben ist was sehr Subjektives. Man darf keine Kompromisse machen. Politik übt man aber in einer Gemeinschaft aus, in einer Fraktion, wo man Kompromisse machen muß, wo man sich öffentlich darstellen und präsentieren muß, was ich eher ungern tue, wo man rhetorisch brillieren muß. Das sind Dinge, die ich weniger kann.«

Langsam gibt der Regen auf. Auf den Terrassen der Reihenhäuser warten Hollywoodschaukeln auf den nächsten Sommer. »Das war unsere Sehnsucht nach Hollywood. Ich glaube, die gab es schon früher hier mehr als im Westen. Wir haben in der Siedlung Gartenfeste veranstaltet, Abende, an denen Leute über ihren Beruf erzählt haben. Ist nach der Wende schlagartig zusammengebrochen.«

Beim Rückweg machen wir einen kleinen Umweg durch ein Wäldchen hinter der Siedlung, einen Weg entlang, obwohl an dessen Anfang das Schild »Privatweg« steht.

Erschienen im November 1998

Günter Kunert

Der heitere Melancholiker

Die DDR war für ihn ganz einfach schlimm – Schleswig-Holstein ist nicht zur Heimat geworden, aber hier fühlt er sich zu Hause

Günter Kunert setzt die Mütze auf und zieht eine warme Jacke an. Seine Frau Marianne würde ihn lieber im Mantel sehen. Er aber liebt Jacken. Es ist ein kalter Wintertag. Die Bäume sind mit Reif überzogen. Wir sind in Schleswig-Holstein. Hier, in der Nähe von Itzehoe, in einem Haus aus rotem Backstein, mit Efeu bewachsen, leben die Kunerts seit fast 20 Jahren.

Ich hatte mich in seinem jüngsten Buch wiedergefunden, als »Engel einiger Überwachter, trägt davon, was man ihr auflädt und bringt herein, worum man sie bittet.« Daraufhin rief ich ihn an, zum ersten Mal nach mehr als 15 Jahren. Dabei nehmen Kunerts Bücher, immerhin 22, viel Platz bei mir ein. Das erste hatte er mir 1971 geschenkt, mit einer üppig illustrierten Widmung. Fast alle stammen noch aus den siebziger Jahren. Nur wenige kamen nach 1979 dazu, nachdem die Kunerts in den Westen gezogen waren. Es ging mir mit ihnen wie mit anderen weggegangenen DDR-Freunden: Sie entfernten sich nicht nur geographisch.

Wir laufen durch den Garten, der eher einem großen Park gleicht, das Werk vor allem von Marianne Kunert. Die 80 von ihr gepflanzten Rhododendren, inzwischen zu stattlichen Büschen gediehen, verlieren sich fast darin. Säuberlich begrenzte Wege, Koniferen, Sträucher, Stauden. Kunert geht jeden Tag hier spazieren. Oft sehr früh. Er sei Frühaufsteher, sagt er. Ich bin irritiert. Hatte er nicht erst neulich in einem Zeitungs-Fragebogen als erfüllbaren Wunsch genannt: eine Woche im Bett liegen und lesen? »Es ist ein Wunschtraum wie: Mein Gott, ich möchte mal ...« Er überlegt: »Skiläufer sein. Oder irgendwas. Aber eine Woche im Bett zu liegen, bringe ich nicht zustande.«

Um halb sechs macht er das Frühstück: »Dann rege ich mich auf, daß die Zeitung nicht da ist, die kommt hier bei uns mal um sechs, mal um halb acht«, und zwar die Norddeutsche Rundschau. »Die andern kommen mit der Post: FAZ, Spiegel, Stern, Bild der Wissenschaft, nee, ZEIT nicht. Solange Raddatz Ressortchef war, habe ich sie kostenlos bekommen.« Außerdem liest er historische Magazine. »Und ich bin Abonnent vom ›Sammler-Journal‹, von ›Spielzeug antik‹. Und manchmal kaufe ich mir auch noch den ›Trödler‹.«

Ich erzähle, daß ich meiner Enkelin zu Weihnachten eine Klapper schenken wollte und keine gefunden habe. Kunert: »Findest du nur in Antiquitätengeschäften, aus dem Jahre 1870, für 5000 Mark.« Ich kenne niemanden, der sich so gut auf Flohmärkten auskennt wie Günter Kunert, und das nicht nur auf denen von Schleswig, Hamburg oder Berlin. »Wenn wir in London sind, dann geht's sonnabends zur Portobello Road, wo mir ein netter Spielzeughändler alles vorführt. Und sonntags zum Trödelmarkt in Islington. Lesungen in Paris habe ich nur angenommen wegen des riesigen Pariser Trödelmarktes.« Als Nutznießer Kunert'scher Trödelei beschwere ich bis heute unerledigte Post mit einem verstellbaren Kalender, Werbung für eine längst verschollene englische Frauenzeitschrift.

Wir kommen an einen Platz, auf dem mehrere knapp einen halben Meter hohe Teile eines dickes Baumstammes verteilt sind: »Ist das nicht wie ein Kunstwerk? Ist von einer Riesenulme, die hier stand. Sie war wacklig, die Spechte bearbeiteten sie schon. Der Baumdoktor sagte, sie muß weg.« Die Teile sind das, was von ihr geblieben ist.

Schleswig-Holstein ist für ihn nicht zur Heimat geworden. »Da hätte ich mit acht Jahren herkommen müssen. Aber es ist mein Zuhause. Heimat, das ist so was wie Konrad Lorenz' Nest der Graugans. Zu Hause, da hat man Freunde, gute Bekannte. Wenn wir von einer Reise zurückkommen und auf der Autobahn das Wappen von Schleswig-Holstein sehen, dann atmen wir durch und freuen uns an der frischen Luft.«

Wir bleiben vor vier immens hohen Tannen stehen. Kunert hält seine Hand wenige Zentimeter über den Boden: »So klein habe ich sie gesetzt. Ich wundere mich jeden Tag, wie groß sie sind. Wir haben gute Erde hier, es war der Schulgarten, der Boden ist nie intensiv genutzt worden.« Die Schule, eine dörfliche Zwergschule, arbeitete bis 53/54. »Manchmal kommen Bauern aus der Umgebung und erzählen: Ich bin hier zur Schule gegangen...« Er ahmt ihren Dialekt nach. »45 habe ich hier gewartet, daß der Krieg zu Ende geht.«

In seinem letzten Buch »Erwachsenenspiele« beschreibt er seine Kindheit. Als Sohn einer jüdischen Mutter hatte er es während der Nazizeit nicht gerade leicht. Nein, heute sehe er keine Gefahr von

Antisemitismus in Deutschland. »Weil – ich könnte zynisch sagen: Die Juden, die jetzt in Deutschland leben, haben Glück – es gibt so viele Kurden, Türken, Asiaten hier, die sind Zielscheibe, da spielen die Juden keine Rolle mehr.«

Vor einer halben Stunde habe ihn ein Journalist angerufen, will ihn zur Walser-Debatte interviewen. »Walser hat es nicht direkt gesagt, aber im Grunde lautet sein Subtext: Schluß, aus, vorbei, nicht mehr drüber reden. Das geht aber gar nicht. Diese deutsche Vergangenheit kommt dauernd zurück, sie kam zurück beim Bosnienkrieg, bei diesen furchtbaren Verbrechen. Unser Jahrhundert ist doch das der Völkermorde und Menschheitsverbrechen: Ruanda, schnell mal 'ne halbe Million Leute umgebracht.«

Für ihn habe alles angefangen mit dem Holocaust-Mahnmal in Berlin. »Die Walser-Debatte ist nur die Fortsetzung.« Die geplante Monumentalität des Mahnmals findet er grauenhaft: »Da muß man doch mindestens drei Kompanien Bundesgrenzschutz einsetzen, weil die Leute daran pinkeln und kacken, da wird gesprayt, das ist doch

»Ich glaube, diese Welt wird zerstört werden durch unsere materiellen Ansprüche«, fürchtet der Schriftsteller Günter Kunert.

unmöglich. Warst du mal in Prag? In einer der Synagogen sind an den Wänden die Namen aller deportierten tschechischen Juden zu lesen. Wenn wir so was machen, sagen alle: Das ist wie in Prag. Weißt du, das Verbrechen ist doch so, daß kein wie auch immer gearteter Gedenkstein dazu irgendwas vermitteln kann.«

Bundeskanzler Schröder, erinnert er, habe gesagt, es müsse ein Mahnmal sein, zu dem die Leute gern gehen. »Als wenn man zu einem Mahnmal für wen auch immer gern gehen könnte! Aber die Jusos, zu denen Schröder ja mal gehörte, die 68er, hatten eben eine ganz andere Sozialisation. Für die spielte die jüdische Frage keine Rolle, wenn da nicht unterschwellig sogar ein Hauch von Antisemitismus war. Sie waren natürlich pro-arabisch und redeten vom jüdischen Imperialismus. Auch Amerika wurde von ihnen mit dem Judentum identifiziert. Israel war die Speerspitze der Amerikaner im Vorderen Orient.«

Es macht ihm viel Spaß, die Leute zum Lachen zu bringen

»Ein Teil des Gartens war früher Koppel für ein Pony von den Vorbesitzern. Und hier die Eibe ist aus Buch. Wir haben einen halben Container voll Pflanzen mitgebracht. Und dann sind uns zehn dieser Eiben aus Ostberlin geklaut worden. Der Polizist hat gesagt: Ich kann mir schon vorstellen, wer das war. Aber wie kann man Eiben ansehen, daß sie aus Buch stammen?« Er lacht: »Vielleicht durch Ostgene.... Die Staatsanwaltschaft hat die Anzeige niedergeschlagen.«

Wir stehen vor einem Hügelbeet, abgegrenzt mit Feldsteinen. Kunerts hatten lange nach einem passenden Grundstück gesucht. »Wir wollten etwas ohne Nachbarn. Nach unseren Erfahrungen in Buch, mit Stasi und so...« Die Wetterseite des Hauses ist mit roten Schindeln geschützt. Dahinter brüten Meisen, und unten, auf den Fensterbrettern, laufen Mäuse und warten auf das, was von oben runterfällt. Katze Mary sitzt hinterm Fenster und beobachtet sie. Katzenfreund Kunert versucht, die Mimik der Katze zu imitieren. Wir lachen. Er freut sich. Er ahmt gern nach, erzählt gern Witze, bringt Leute gern zum Lachen. Wir hatten immer Spaß. »Ja«, bestätigt er zufrieden, »wie heute.«

In seinen Büchern dagegen: tiefe Traurigkeit. Wie geht so was zusammen? »Ich bin ein Melancholiker. Melancholiker sind zugleich auch wahnsinnig heitere Menschen. Das ist so. Trauerklöße sind auch heiter, lustig und clownesk, das gehört zusammen. Das ist die Dialektik dieser Menschen, das sind die zwei Seiten dieser einen Münze. Der Durchschnittsmensch ist weder melancholisch noch heiter, er ist gar nichts.«

Wir verlassen das Grundstück, laufen draußen einen Feldweg an dem Zaun entlang, den Kunerts ums Grundstück gezogen haben: »Unter den Einheimischen – Zäune kennt man ja hier kaum – Berliner Mauer genannt.« Kunert genießt den Blick in die Weite, unterbrochen nur hin und wieder von einem Knick: Büschen als Ackerrain. Das Kunert'sche Grundstück ist von einer Weißdornhecke umgeben: »Wie in Prousts ›Suche nach der verlorenen Zeit‹. Allerdings hat sie nicht den von ihm beschriebenen Geruch.«

Über Bücher redet Günter Kunert fast so zärtlich wie über seine Katzen: »Es gibt doch entweder die, von denen du weißt: Du liest sie nie. Oder du weißt, du liest sie nicht ein zweites Mal. Und dann gibt es die, die sind einem ans Herz gewachsen. Für mich sind es die von Walter Benjamin: ›Kindheit um 1900‹, auch die kleinen Prosastücke, die Rezensionen. Rezensionen sind ja heute entweder Lobgesänge oder Vernichtungsschläge. Die Rezensionen von Benjamin, selbst von Büchern, die er nicht leiden kann, die ihm auch politisch falsch zu sein scheinen, aus denen saugt er immer noch Honig, das heißt, er geht ganz liebevoll auch mit diesen Büchern um. Das ist erstaunlich.«

Neulich habe er in einem Artikel gelesen, daß von 330 Bewerbern für die Hamburger Polizei 290 nicht in der Lage waren, einen kleinen Aufsatz mit weniger als zehn Fehlern zu schreiben. »Trostlos. Die müssen ja mal einen Bericht schreiben.« Mit veränderter Stimme: »Hab ich gesehn Mörder, ging weg mit Messer...« In seiner normalen Stimme: »Wir gehn in einen Analphabetismus zurück, der grauenvoll ist. Schon die Kinder mit ihren game-boys wachsen doch in einer totalen Unbildung auf.«

Ich frage, ob er auf Computer schreibe. Heftig wehrt er ab: »Ach! Nein! Na sag mal! Also, ich bin zwar 'ne gespaltene Persönlichkeit, aber doch so nicht. Vor anderthalb Jahren habe ich mir mal einen working processor schicken lassen, habe einen Tag lang die Gebrauchsanweisung gelesen, am zweiten Tag habe ich an dem Ding rumgefummelt, und am dritten habe ich es zurückgeschickt.«

Meine Finger sind klamm. Dankbar nehmen wir die Einladung ins Haus an. Marianne Kunert sitzt an einem Riesentisch in dem großen

Raum, der früher das Klassenzimmer war. Ein Kaminofen glüht. Es ist angenehm warm.

»Was ist das, diese Faszination von alten Dingen?« – »Es ist eine Neurose, auf der Suche nach der verlorenen Zeit. Es vergeht keine Woche, in der ich nicht von Blechspielzeug träume. Es ist ein Standard-Traum. Ich träume entweder: Das Spielzeug ist zu teuer, ich kann es nicht bezahlen, oder es ist zu demoliert, ich will es nicht haben. Oder es steht da nur so rum, und ich komme nicht ran.« Jeden Tag erinnert er sich an seine Träume, erzählt sie seiner Frau. »Ich wache auf, habe einen Traum gehabt, memoriere den nach dem Aufwachen, merke mir drei Stichworte, London, London, London. Ich träume oft von London. Oder Berlin, Berlin, Berlin.« Marianne: »Am Anfang haste nur von der Grenze geträumt.« Kunert: »Ja, das träume ich Gott sei Dank nicht mehr.« London, erzählt er, sei ein ständiger Traum: »Ich stehe auf einer Erhebung in London, was man ja gar nicht kann, und blicke über die ganze Stadt. Und es ist wunderbar. Oder ich träume von Berlin, meist einem Berlin, das noch halb zerstört oder ganz zerstört ist, tappe in Ruinen rum.«

In seinem ersten Buch von 1950 warnte er vor der Wiederkehr faschistischer Vergangenheit. »Kurz nach Kriegsende war ja jeder Opfer des Faschismus, aber bald darauf hieß es: Es war doch alles gar nicht so schlecht bei Hitler. So wie das jetzt die Haltung zur DDR ist: War ja auch alles gar nicht so schlecht.« Seine Frau protestiert: »Das kann man nicht vergleichen.« Kunert: »Ich setze es nicht gleich, aber es ist vergleichbar. Es ist der gleiche psychische Mechanismus. Die Leute haben einen großen Teil ihres Lebens, ihre Jugend, in einem System verbracht, in dem sie sich mehr oder minder wohlgefühlt haben. Sie erinnern sich im Rückblick an eine Zeit, in der sie intensiver gelebt haben. Das ist immer so, wird auch immer so bleiben.«

Sein letztes Buch ist autobiographisch. »Ich bin am Erinnern krank geworden. Die Vergangenheit kam wie ein Sturzbach, wie eine Sintflut über mich zurück. Wenn ich mich erinnere an so frühe Vorgänge, Kindheit, Jugend et cetera, sehe ich Szenen vor mir, die natürlich immer begrenzt sind. Du kannst dich nicht kontinuierlich an deine Vergangenheit erinnern, dann müßtest du dein Leben ja noch mal leben. Du erinnerst dich an bestimmte Momente.« Im Zentralarchiv von Potsdam lagern Deportationsgeschichten: »Das haben die mir freundlicherweise geschickt. Dann von der Berliner Jüdischen Gemeinde das Buch der Erinnerungen. Dann die ganzen Stasi-Akten, die habe ich im Keller. Das alles lag auf mir wie eine Zentnerlast.«

Vorsichtig taste ich mich an ein Thema heran, das unsere neu gefundene Harmonie jäh beenden könnte, das Erinnern an seine Zeit in der DDR. Es kam mir teilweise so wütend, so hämisch vor. Kunert ist anderer Meinung: Er habe sich öffentlich nur ausgelassen über Leute, die ihn denunziert haben, wie über einen früheren Verleger: »Der hat ja noch 89, kurz vorm Zusammenbruch der DDR, über mich berichtet. Dann nach der Vereinigung schrieb er mir mehrfach Briefe. Ich hatte später ein kleines Bändchen gemacht: ›Sturz vom Sockel‹. Ich schrieb darin: Die meisten Verleger in der DDR waren IMs, fast alle Lektoren und ein großer Teil der minderen Autoren. Darüber hat er sich wahnsinnig aufgeregt, rief an und wollte uns besuchen. ›Mein Enkel fährt mich.‹ Also, er kam her. Der Enkel entpuppte sich als Nicht-Enkel, sondern als ein ehemaliger Parteisekretär. Wir saßen hier. Ich hatte ein Dokument, in dem es hieß, IM Hans habe den Auftrag, Hermlin und mich zu belauschen. Ich leg ihm das hier hin. ›Ach, das ist doch alles Lüge, alles Lüge.‹ Natürlich – sie streiten doch immer alles ab.«

Nein, gegen Hermlin habe er sich nie öffentlich geäußert, sagt er. In seinem Nachruf im SPIEGEL habe er nur versucht zu sagen, »was das für ein merkwürdiges Schicksal sei, was für ein merkwürdiger Mann, der eigentlich ein deutschnationaler Jude war. Ich habe ihn immer verteidigt, und in meinem neuen Gedichtband ist auch ein Gedicht über ihn – ich habe von ihm geträumt und diesen Traum beschrieben. Willst du es lesen?«

Ob er denn jetzt nicht, da Christoph Hein Präsident ist, wieder in den PEN eintreten wolle, frage ich ihn. »Ich bin doch nicht verrückt. Ich denke nicht daran, daß ich da wieder eintrete. Ich bin auch als erster aus der Akademie der Künste ausgetreten. Nein, nein, nein.«

Die DDR war für ihn ganz einfach schlimm. Was keineswegs bedeutet, daß er sich nun, da es sie nicht mehr gibt, im Paradies glaubt. »Weißt du, es ist leider so, daß unsere Zivilisation, die uns ja sehr viele Vorteile bietet, auch Nachtseiten hat. Die Nachtseiten fangen an zu überwiegen. Wir leben doch hier so wunderbar: hell, warm, haben einen unheimlichen Energieverbrauch. Dafür müssen natürlich in Zentralafrika Menschen ein bißchen verhungern. Ich glaube, diese Welt wird zerstört durch unsere materiellen Ansprüche, durch unsere

Weise zu leben, von der wir nicht lassen wollen. Wenn wir nach dem Rezept der Grünen unseren Energieverbrauch runterfahren, würden wir hier im Dunkeln sitzen bei einer 15er Birne, einem dicken Pelz und würden frieren. Dazu haben wir keine Lust, also verbrauchen wir diesen Planeten, solange wir existieren. Wir wissen ja, es gibt im Jahre 2020 zehn Milliarden Menschen, also wie die noch alle ein Knäckebrot essen sollen, weiß ich nicht. Dann essen sie eben die Autos.«

Es ist spät geworden. Draußen ist es längst dunkel. Kunert signiert mir sein Katzenbuch für den jüngsten Katzen-Zuwachs der Menge-Familie. Und schenkt mir mein 23. Kunert-Buch.

Er bringt uns zum Auto und sagt: »Wir haben keinen Koffer mehr in Berlin.« Schade eigentlich.

Erschienen im Dezember 1998

Katharina Thalbach

Meine Stadt und meine Sprache

*Die Berliner Schauspielerin und Regisseurin.
Es muß etwas Neues geschehen*

»Na wie war's?« fragt mich Katharina Thalbach, nachdem ich fast hintereinanderweg alle drei Aufführungen gesehen hatte, zu deren Erfolg sie nicht unwesentlich beiträgt: Hauptmann von Köpenick, Brechts Guter Mensch und Die Ratten. »Alles wunderbar! Die Ratten finde ich allerdings etwas langatmig. Das kränkt dich hoffentlich nicht?« Leicht eingeschnappt antwortet sie: »Nein. Ich spiele sie allerdings sehr gern.« Sie grinst mich an: »Ich spiel überhaupt gern Theater.«

Wir laufen über den Dorotheenstädtischen Friedhof. Den besucht sie, seit sie sechs ist, seit ihre jüngere Schwester hier begraben wurde; später ihre Mutter, gerade 34 Jahre alt. Da war Kathi zwölf und entschied, sie sei es ihrer Mutter schuldig, deren Arbeit fortzusetzen.

Ich kenne Kathi noch aus ihrer Ostberliner Zeit. Ich sehe sie vor mir, wie sie mir auf der Friedrichstraße entgegenkommt, stolz mit Tochter Anna an der Hand, die gerade laufen gelernt hatte. Da war Kathi 20. Oder später, nachdem sie – in »liebevoller Gefolgschaft« zu Thomas Brasch, dem Schriftsteller – nach Westberlin übergesiedelt war, saß sie in unserm Wohnzimmer, und die dreijährige Anna spielte mit unserm Hund. Oder neulich, beim Empfang vom Bundespräsidenten für Steven Spielberg, wartete sie am Ausgang auf den Regisseur, stellte sich ihm als Maria aus der Blechtrommel vor (der Film war auch in Amerika ein Erfolg). Und freute sich – eher wie ein Kind als wie der Star, der sie seit langem ist –, als er sie erkannte.

Es ist eisig kalt. Kathi trägt einen braunen Plüschmantel und Stiefel. Über die kurzen Haare hat sie eine graue Mütze gestülpt. Darunter das Gesicht mit den großen Kinderaugen. Man möchte sie mütterlich in den Arm nehmen, läßt es aber, sobald sie anfängt zu sprechen, mit der Stimme eines Kerls, so stark, daß man sich klein neben ihr vorkommt, neben dieser Person von gut anderthalb Metern. Daß sie aus Berlin kommt, hört man auch, wenn sie Hochdeutsch spricht.

Kathi ist ebenso respektlos wie inkonsequent. Im Fragebogen der VOGUE nannte sie als Beleidigung, die sie am meisten verletzen würde: Die Verleihung des Bundesverdienstkreuzes: »Ich hab es aber gekriegt«, amüsiert sie sich, »und hab's auch angenommen.«

Der Friedhof ist eher klein. Daß er trotzdem weit und hell wirkt, liegt wohl an der breiten Birken-Allee. Ein Friedhof für Prominente. »Da drüben habe ich meine Heli (Helene Weigel) beerdigt«, zeigt Kathi. »Da war ich 17.« Als ihre Mutter gestorben war, gab die Weigel ihr einen Eleven-Vertrag. Vormittags Schule, nachmittags Berliner Ensemble: Unterricht, abends kleine Rollen. Sie hat schauspielern gelernt wie ein Zirkuskind, vom Zusehen und Probieren, ganz ohne Schauspielschule. Kathis Eltern, Sabine Thalbach und Benno Besson, haben sich am Berliner Ensemble kennengelernt. Kathi spielte ihre erste Rolle am BE. Tochter Anna spielte ihre erste Rolle am BE. Auch sie ohne Schauspielschule. Die Frauen sehen sich so ähnlich, als hätten Väter an ihrer Schöpfung kaum mitgewirkt: Kathis Mutter, Kathi, Tochter Anna, Enkelin Nelly. Wie verabredet meldet sich Anna auf dem Handy. Natürlich könne Nelly zu ihr kommen, sagt Kathi, ganz begeisterte Großmutter.

An den Grabstein von Brecht hat jemand das Manuskript der Dreigroschenoper gelehnt. Auf dem Deckblatt steht: »In Bewunderung des Meisters des erfrischenden Theaters«. Davor liegt eine Zigarette. Dabei hat der Meister nur Zigarren geraucht. Johannes R. Becher soll in einem verlöteten Zinksarg beerdigt worden sein. »Brecht auch, und er soll außerdem angeordnet haben, daß man ihm nach seinem Tod noch durch das Herz schießt. Er hatte solche Angst vorm Scheintod.« Sowas weiß Kathi, aber sie weiß nicht mehr genau, wie oft sie Brecht gespielt hat. Auch jetzt spielt sie ihn, den ›Guten Menschen von Sezuan‹. Und sie hat Brecht inszeniert.

Vor gut zehn Jahren fing sie an mit dem Inszenieren. »War so 'ne Phase, wo ich wieder mal aufhören wollte mit der Schauspielerei. Ich habe mir mit Brecht gesagt: Es muß etwas Neues geschehn – ist aus der Dreigroschenoper: ›Es muß etwas Neues geschehn. – Da muß die Bibel eben wieder herhalten‹ – finde ich genial!« Sprache kann sie begeistern: »Die liebe ich an Shakespeare oder an Brecht. Eine schöne Formulierung hilft mir beim Leben. Zum Beispiel, wenn ich sagen kann: ›Es muß etwas Neues geschehn.‹ Da ist manchmal ein Vormittag gerettet.« Sie lacht auf ihre scheppernde Art. »Ich war zu lange mit einem Schriftsteller (Thomas Brasch) zusammen, daher meine Ehrfurcht vorm geschriebenen Wort. Es ist 'ne verdammt schwere Arbeit, ein Stück, was du da in so 'nem kleinen Reclam-Heftchen hast, lebendig auf die Bühne zu kriegen. Stattdessen zu sagen: Ich mach da nur 'n Satz draus und ob die unten das verstehn oder nicht, ist mir wurscht, damit habe ich Probleme. Ich kann nicht davon ausgehen, daß alle im Publikum Hamlet gelesen haben. Oder Faust. Ich glaube es nicht. Also muß ich ihnen erstmal die Geschichte erzählen und zwar so, daß es sie nicht langweilt.« Sie will unterhalten. Und ohne daß die Zuschauer es merken, jubelt sie ihnen Nachdenkenswertes unter, sucht in jedem Stück den Punkt, wo Utopie durchscheint. »Na ja, ohne Hoffnung finde ich das doof, warum mache ich das dann?«

Wir stehn vorm restaurierten Grab von Litfaß, dem Erfinder der Säule. Sein Nachbar ist der Architekt Friedrich August Stüler, ein Stück weiter liegt Schinkel. Kathi zeigt mir einen kleinen Grabstein, abseits der Prominenz: »Da ist meine Pflegefamilie begraben. Bei der

Mit großen Kinderaugen blickt Katharina Thalbach in die Welt. »Die DDR war nicht nur scheiße«, stellt sie fest. »Sie war schließlich meine Heimat gewesen.«

habe ich gelebt, nachdem meine Mutter gestorben war, bei den Eltern einer Schulfreundin. Sollte nur für kurze Zeit sein. Ich wollte ja zu meiner Großmutter nach West-Berlin. Das ging aber erst, wenn man 15 war. Ich hatte dann drei Tage Zeit, mich zu entscheiden, ob ich gehen will oder nicht. Ich blieb freiwillig in der DDR.« Als sie 1976 in den Westen kam, hielt sie sich mit Kritik an der DDR zurück: »Dieser Vampir-Heißhunger im Westen auf abtrünnige DDR-Bürger hat mich angekotzt. DDR war schließlich meine Heimat gewesen, war nicht nur scheiße.«

»*So als Olle will ich zur Uni. Geschichte studieren.*«

In Berlin-Mitte wuchs Kathi auf. Als einzige ihrer Klasse wollte sie keine Jugendweihe, sondern Konfirmation. »Dadurch habe ich leider Gottes nicht das schöne Buch ›Weltall, Erde, Mensch‹ bekommen«, witzelt sie. »Ich habe im Kirchenchor gesungen, fand es wunderbar, wenn der Pfarrer gepredigt hat.« Atheismus findet sie langweilig, phantasielos. »Meine Religiosität engt mich nicht ein, da ich mich nicht nach Gesetzen richte, außer nach: Du sollst nicht töten. Oder: Du sollst nicht begehren deines Nächsten Weib.« Sie lacht: »Trifft ja auf mich nicht zu.«

»Da hinten«, sie deutet über die Bäume hinweg, »war meine Schule, gegenüber dem Leichenschauhaus, vorbei an der Tierklinik.« Sicher, sie reise der Arbeit wegen herum, nach Hamburg, München, Zürich, Paris. »Aber nach 'ner Weile sehne ich mich nach dem dreckigen, häßlichen, motzigen, unfreundlichen Berlin. Es ist meine Stadt, mein Zuhause, meine Sprache. In der Friedrichstraße habe ich noch die Kriegsversehrten erlebt. Ich kann mich noch an richtig alten Berliner Strich erinnern, fast so wie Zille-Milieu. Ich hab in Ruinen gespielt. Ich kenn' die Straßen hier fast noch ohne Autos. Ich hab Milch noch in der Kanne geholt, Butter auf Buttermarken. Um die Ecke war 'n Fischladen, da haben wir im Eimer Karpfen geholt, und dann mußte ich, weil meine Mutter sich fürchtete, den Karpfen töten.«

Als die Mauer gebaut wurde, war die Siebenjährige bei ihrer Großmutter in West-Berlin. »Ich bin erst vierzehn Tage später alleine über die Lehrter Brücke zurückgekommen.« Sie kennt West-Berlin als Erwachsene: »Die Frontstadt, in die ich 76 gekommen bin.« Am Abend, als die Mauer fiel, zog auch sie mit Freund, Tochter und Hund in Richtung Ost-Berlin. »Und schon auf dem Kudamm standen leicht verwirrte Menschen rum und guckten sich um...« Sie spielt mir die verwirrten Ostberliner vor: »Je näher wir der Oberbaumbrücke kamen, umso voller wurde es. Der erste, der in den Osten rüberspazierte, war unser Hund. Wir hinterher, das heißt: ich nicht. Mir war das natürlich wieder zu gefährlich. Ich dachte, nachher nehmen die mich noch fest. Über solche Sachen habe ich nachgedacht, ich blöde Kuh. Mit meinem eingeimpften Respekt vor Uniform. Ja, und dann haben wir uns richtig vollgeknallt.«

Sie findet es spannend, daß inzwischen etwas ganz Neues entsteht: »Das ist nicht mehr mein Ost-Berlin. Ob ich das nun schau finde oder nicht. Ich bin neugierig, wie das mal in 20 Jahren sein wird. Da ist dann 'ne Generation, die fragt: Mauer? Ich bin 54er Jahrgang. Ich hab 'ne relativ frühe Erinnerung, aber Krieg? Das war doch für mich Geschichtsbuch. Ich fand es spannend, wenn meine Mama mir von den Bombenangriffen erzählt hat.«

Vergangenheit interessiert sie. »Nicht umsonst bin ich mit dir auf den Friedhof gegangen.« Es hat sie verrückt gemacht, wie radikal die 68er im Westen alles Alte über den Haufen warfen. »Ich bin einfach anders groß geworden.« Kathi ist eine gute Berliner Mischung, 22 Jahre im Osten, 22 Jahre im Westen. Sie kann vergleichen: »In der DDR waren die Alten kein altes Eisen, die waren ja manchmal wesentlich erfrischender als die großmäulige Jugend. Ich rede jetzt von meiner Zeit. Das finde ich auch interessant, daß man immer sagt: meine Zeit, als wenn das jetzt nicht meine Zeit wäre...«

Richtig wütend kann sie werden, wenn sie sieht, wie Alte heute behandelt werden: »Im Bus kriegen diese Kiddies, diese eh viel zu fetten Kinder, diese vollgepumpten Mars-Männchen, diese Popcorn-Generation, einfach ihren Arsch nicht hoch, wenn eine Oma zusteigt. Das finde ich 'ne Sauerei. Die werden sich alle umgucken. Sie werden nämlich schneller alt als wir. Heute bist du ja schon mit 25 «n altes Eisen, schon nicht mehr die Generation, für die die Werbung gemacht wird.«

Wir sind an dem kleinen Grab ihrer Familie angekommen. »Hier nicht fotografieren«, bittet sie den Fotografen. Auf dem Kreuz stehen die Namen ihrer Großmutter, ihrer Mutter und ihrer Schwester. »Ist noch ein kleiner Platz für mich übrig. Ich werde ihn mir halten. Ich bin jetzt 45, möchte noch mal so lange leben und die zweite Hälfte anständig rumbringen.« Sie hat so ihre Pläne, was sie machen wird. »Unbedingt 'ne Weltreise!« Die will sie zwischen 50 und 60 machen: »Wenn ich noch nicht so ganz klapprig bin. Pyramiden müssen sein, obwohl ick Schiß habe, weil die da alle abjeknallt haben...« Sie lacht. »Ich bin doch so ein ängstlicher Mensch! Ich kriege überhaupt keinen Kick, gewagt Ski zu fahren oder vom 10-Meter-Brett zu springen. Oder nachts U-Bahn zu fahren.«

Und sie möchte studieren: »Geschichte, so als Olle will ich noch mal zur Uni.« Sie malt sich ihr Alter schön aus: »Daß man zufrieden ist, mehr Ruhe hat und nicht mehr den falschen Ehrgeiz. Und irgendwann verläßt einen hoffentlich auch der sexuelle Trieb, ist man noch 'ne Sorge los. Später liegt man dann im Bett, umringt von Enkeln, Urenkeln und Ururenkeln. Die nervt man mit den alten Geschichten, über die sie sich aber freuen. Und dann sagt man: Tschüs – nu moag i net mehr, i bin mied. Und sollte was auf der andern Seite sein, dann werd ich mich melden, werd ich euch ein bißchen erschrecken, und ansonsten macht euch keine Gedanken – mein Leben war prima.«

Sie seufzt. »Leider ist es nicht immer so. Wenn ich das höre: Sie kriegen den Scheiß-Krebs, und dann tut es weh und dann sind sie nur noch ein Schatten ihrer selbst...« Dann lacht sie wieder. Lachen, sagt sie, habe was Befreiendes: »Auch wenn man Liebeskummer hat. Man ist furchtbar sauer, weil man betrogen worden ist. Wenn man sich dann scharf ins Auge guckt und sagt: Was hast denn du alles für Scheiße gemacht... Irgendwann wird einem klar, was für ein selbstmitleidiges, blödes Huhn man ist.«

Wir laufen zur rostbraunen Stele von Heiner Müller, auf deren Spitze eine Zigarre liegt. »Ich kenne hier so viele und kann sie alle auf einmal besuchen, das schaffst du doch sonst nie.« Neben Müller liegt der Schauspieler Wolf Kaiser. Auf seinem Grabstein ist er abgebildet in seiner Paraderolle, als Macky Messer.

Die Dreigroschenoper war Kathis erster großer Erfolg. Als die Darstellerin der Polly ausfiel, sagte sie, eben 15jährig: Das mach ich. Und die Weigel ließ sie. Dabei fürchtet sie sich vor jeder neuen Rolle. »Wenn ich mich nicht quäle, denke ich: Oh, jetzt läuft was schief. Und wenn ich mich quäle, was ich ja meistens tue, dann denke ich: Ach Mann, i moag net...« Sie hat Lampenfieber vor jeder Vorstellung. Aber dann wieder Mut für drei, etwa als sie die Mutter Courage in Paris auf französisch spielte, ohne je Französisch gelernt zu haben. »Wenn ich so ins kalte Wasser springe, denke ich: Mein Gott, was soll dir schon passieren, entweder ich falle auf die Fresse oder nicht. Ich bin ja auch auf die Fresse gefallen. Mein Varieté-Ausflug war entsetzlich.« Sie lacht. Sie hat für den Berliner Wintergarten eine Show inszeniert: »Ich dachte, mein Gott, mal wieder was Neues, Klasse!« Aber sie hatte nur drei Tage Zeit für die Proben: »Und das mir verwöhntem Theaterhäschen! Das habe ich natürlich überhaupt nicht auf die Reihe gekriegt. Ich wurde fürchterlich verrissen. Zu meiner Ehre muß ich sagen: Ich habe tapfer ohne Bezahlung weiter dran gearbeitet. Es wurde noch ein Erfolg. Das hat bloß von der Presse keiner mehr gemerkt.«

Niemand solle ihr vorwerfen, sie pfusche. »Wenn mir jemand sagt: Wissen Sie, Frau Thalbach, Sie sind eine dumme kleine Pute, sage ich: Sie können mich mal! Nur weil ich damit nicht so rumprotze wie Sie, weiß ich es trotzdem.« Dabei sei sie überhaupt kein Workaholic, sei normalerweise eher faul. »Ich kann stundenlang irgendwo einfach nur rumsitzen. Oder ich bügel gerne... so nichts machen...« Sie zieht eine Grimasse. »Das finde ich Klasse! Nicht denken – bügeln... sehn, daß es glatt wird.« Kichernd streicht sie über ein imaginäres Stück Stoff.

»Ich lege wahnsinnig gern Patiencen. Ich bin 'ne gute Skatspielerin. Das waren vergnügliche Skatrunden, sind lange vorbei, mit Grass, Jurek Becker, Manfred Krug, Thomas – und ich als einzige Frau. Ich spiel Schach. Ich bin sehr gefährdet durch Spielcasinos: in Cannes, und zweimal war ich schon in Las Vegas. In Berlin geh ich gern zum Trabrennen.«

Dafür ist jetzt keine Zeit. Sie spielt in drei Stücken und inszeniert »Schade, daß sie eine Hure ist« von John Ford, einem Engländer: »Ein Spätelisabethianer, dekadente Phase. Visconti hat es in Paris inszeniert mit Romy Schneider, war ihre einzige Bühnenrolle.«

Inszenieren findet sie anstrengender als Spielen. »Du bist für jeden Scheiß verantwortlich. Die Autorität langweilt mich im Grunde. Aber wenn du sie nicht ausübst, gilt das gleich als Schwäche – öde, öde, öde.« Film sei wieder was anderes: »Da sind es die drei Minuten, die du am Tag wirklich gefordert bist, da -«, schreit sie plötzlich, »mußt du voll auf'm Punkt sein! Die Warterei ist anstrengend, wobei – ich nehm mir 'n Buch zum Lesen mit.«

Sie liest Belletristik aus dem 19. Jahrhundert. »Und ich lese gern alles, was mit Geschichte zu tun hat. Da habe ich Phasen: meine Französische Revolutions-Macke. Und dann wieder 'ne Schottland-

Macke.« Angefangen habe alles auf der Friedrichstraße. Sie war neun und sah in einem Laden ein Buch: »Die Magd der Pharaonen«, einen Roman über Hatschepsut, »eine der wenigen Pharaoninnen.« Kleine Zwischenbemerkung: »An ihrem Tempel haben sie übrigens die Touristen abgeballert.«

Am Ausgang des Friedhofs lesen wir auf einem Brett, wen die Friedhofsverwaltung als Prominente aufgelistet hat. Kathi vermißt Elisabeth Hauptmann: »Sie hat mir eine Haarbürste geschenkt, weil ihr gefallen hat, wie ich die Polly gespielt habe.« Aber nun müsse sie in die Maske, die aus ihr einen alten Mann macht, den Hauptmann von Köpenick, den sie auch inszeniert hat.

Erschienen im März 1999

Ein glücklicher Arbeitsloser

*Der »Austauschanwalt« versucht,
die Vergangenheit hinter sich zu lassen.*

Wolfgang Vogel, der Rechtsanwalt, der den Austausch von Spionen deichselte und die Befreiung von politischen Gefangenen aus DDR-Haft gegen westliche Waren und harte Mark, lebt heute im oberbayrischen Schliersee. Bevor ich ihn kennenlernte, stellte ich ihn mir vor als einen verschlagenen Mann, raffiniert, berechnend und auf Privilegien aus. Und dann war es ganz anders. Ich erlebte ihn als warmherzig, bescheiden und manchmal schien er von fast kindlicher Naivität. Als ich ihn vor vielen Jahren in seiner Kanzlei aufsuchte – ein Arzt-Ehepaar hatte mich um Vermittlung beim Vermittler gebeten – und ich mich damals über sein ständiges Verständnis für alle wunderte, auch für dieses Arzt-Ehepaar, erklärte er mir das so: »Ich bin in einem katholischen Elternhaus aufgewachsen.« Sein Streben nach Ausgleich habe er vom Vater gelernt, dem Lehrer einer Einklassenschule, der Unfrieden nicht ertragen konnte, der die eigenen Kinder anhielt, sich immer wieder die Hand zu geben und Frieden zu schließen. Wolfgang Vogel erzählt das so, als sei ganz selbstverständlich, daß einer, der als Kind lernt, sich mit seinen Geschwistern zu vertragen, als Erwachsener genauso gut hochrangige Politiker unterschiedlichster Couleur dazu bringen kann, sich wenigstens die Hand zu geben.

Der Vater war im Kleinen so was Ähnliches wie später sein berühmter Sohn: »Sonntags nach der Kirche kamen die Leute zu ihm und haben sich Rat geholt, zu allen möglichen Problemen.« Der Sohn lernte, Menschen zuzuhören und ihre Anliegen ernst zu nehmen. Ein bißchen klingt es wie ein Märchen aus einem altmodischen Bilderbuch, wenn er von der Familie mit den vier Kindern erzählt: »Hoch war das Einkommen des Vaters nicht. Trotzdem hat er abgegeben. In der Vorweihnachtszeit hat er mich losgeschickt, Kleinigkeiten an arme Leute verteilen. Er hat mich auch zum Helfen erzogen.«

Unsern Aufenthalt in Schliersee hat er vorausgeplant wie einer, der viel Zeit hat. Der Spaziergang muß warten. Erst wird gegessen, es steht auch schon fest, wo gegessen wird, ebenfalls was: gebratene

Ente. »Hier sind wir auch mit Helmut Schmidt gewesen.« Er wendet sich seiner Frau Helga zu: »Wann war das?« – »Vor zwei Jahren, als Barzel geheiratet hat.« Mit Barzel hatte es angefangen. Als er gesamtdeutscher Minister war, wurden die ersten DDR-Häftlinge freigekauft.

Wir stehen auf der Terrasse des Alm-Restaurants, unten im Tal liegt Schliersee, mit den beiden Kirchen, den farbigen Häusern mit geschnitzten Balkonen – fast ein bißchen zu idyllisch für die an märkische Kargheit gewöhnten Augen. In Schliersee hätten sie mal übernachtet, erzählt Vogel, auf dem Weg zu einer seiner Verhandlungen im nahen Kiefersfelden. Daran erinnerte er sich und kaufte 1990 eine Wohnung hier. »Ich habe immer davon geträumt, in den Bergen zu leben.« Schließlich ist er zwischen Bergen aufgewachsen, in Niederschlesien. »Wir sind als Kinder schon Ski gefahren, mit Skiern, die wir uns selbst gebaut haben. Aus Sauerkraut-Tonnen haben wir die Brettchen rausgenommen, der Schuster hat uns 'ne kleine Bindung draufgebastelt, und damit sind wir rumgestapst.« An sein schönes Haus am Teupitzsee in der Mark Brandenburg hat er unangenehme Erinnerungen. Ein flotter Staatsanwalt hatte sich nach der Wende in den Kopf gesetzt, aus Vogel einen raffgierigen Erpresser und Steuerhinterzieher zu machen: »100 Beamte kamen ins Haus zur Durchsuchung, 40 Wagen standen vor der Tür. Das Haus wurde mit Scheinwerfern angestrahlt. Vier Mann haben mich abgeführt.« In Schliersee erinnert nichts daran, daß es je so was wie die DDR gegeben hat. Hier, so hat Wolfgang Vogel sich vorgenommen, will er in der Gegenwart leben, die Vergangenheit hinter sich lassen.

Wir laufen durch den Ort, vorbei am Trachtengeschäft und der Bäckerei, in der Wolfgang Vogel morgens die Frühstücksbrötchen kauft, vorbei an der Metzgerei mit den guten Schweinswürstln. Inzwischen hat er Freunde hier. »Wenn der Andere weiß, woher ich komme und wie ich heute denke, und ich auch erfahre, wen ich vor mir habe, dann bringt so was im Lauf der Zeit eine Bindung, die zur echten Freundschaft führen kann. Wie mit dem Rechtsbeistand des Ortes. Und dem Steuerberater, der wohnt hier vorn an der Ecke. Und dem stellvertretenden Bürgermeister, einem Sozialdemokraten. Ich habe eine sehr gute Beziehung zum Pfarrer.«

Er sei ein glücklicher Arbeitsloser, sagt er, weil es in Deutschland die Probleme nicht mehr gibt, die er damals lösen mußte: »Kinder von den Eltern getrennt, Haftfälle. Ich beneide die nicht, die heute so was lösen müssen. Wenn ich heute höre, daß Clinton seinen Verteidigungsminister fragt, ob nicht zwei jugoslawische Kriegsgefangene freigelassen werden können, klingelt es bei mir sofort: Das gibt einen Austauschhandel hinter den Kulissen. Die Probleme werden ähnlich gelöst wie in meiner Zeit, auch mit wirtschaftlichen Gegenleistungen. Wenn Clinton bei einer Chinareise sagt: Ich habe die Menschenrechte angesprochen. Bitte, haben Sie Verständnis, wenn ich nicht öffentlich darüber rede, dann weiß ich, die haben ausgemacht, da wird von der Embargo-Liste was gestrichen und siehe da: Kaum ist Herr Clinton zuhause, da wird bekanntgegeben, daß ein Dissident ausgereist ist. Das hat es seit eh und je gegeben. Selbst unter Napoleon wurden Gefangene gegen Schweine getauscht. Und das wird es weiter geben.«

Irgendwo habe ich gelesen, daß er ein Buch schreiben will, über Anwälte zur Zeit der Mauer. »Ich habe angefangen und dabei gemerkt: Da schreibt der Vogel über Vogel. Nee, da rückst du dich selbst zu sehr in den Vordergrund.« Er lächelt sein freundliches

Wolfgang Vogel in Bayern: Manchmal blicke ich hoch und sage danke

Lächeln: »Ich gehe lieber mit der Helga spazieren oder fahre Ski.« Die Helga ist immer dabei, seit sie seinetwegen aus dem Westen in den Osten übersiedelte und ihn1974 heiratete. Sie ist eine Ecke jünger als er, eine attraktive selbstbewußte Frau, dabei eher zurückhaltend. »Zweisamkeit ist das Rezept für ein gesundes Alter«, sagt Wolfgang Vogel. Es scheint zu funktionieren. Der 73jährige fährt noch immer mühelos Ski in schwindelerregend hohen Bergen.

In den Bergen wollen wir nun auch spazieren gehen, am 1400 Meter hohen Spitzingsee. Wolfgang Vogel möchte uns die gute Sicht von oben zeigen, doch Nebel überzieht die Landschaft wie Watte.

Die Uhr von Herbert Wehner – ein bißchen verbeult

Wolfgang Vogel läuft neben mir, elegant in schwarzer Hose, schwarzem Hemd mit Krawatte und Wildlederjacke. Ich habe ihn nie anders als elegant gesehen. Mir schien er schon früher besser in den Westen als in den Osten zu passen. »Ich war Opportunist«, sagt er, »neigte mal zur einen, mal zur anderen Seite.« Je nachdem, was er wo für seine Mandanten erreichen konnte. »Ich mochte die DDR. Nur manche ihrer Vertreter (er zeigt auf die Stelle, wo sein Herz sitzt) nicht besonders.« Hatte er Freunde unter seinen westlichen Gesprächspartnern? »Wir hatten freundschaftliche Beziehungen. Wenn jemand mitbekommen hätte in der Politik: Die beiden sind echte Freunde, wären wir nicht mehr glaubwürdig gewesen.«

Eine Ausnahme scheint der Amerikaner Franc Meehan zu sein, ein guter Freund, wie er sagt. Durch ihn ist er 1962 an seinen ersten Agentenaustausch geraten und mit ihm hatte er in anderen Austauschfällen zu tun. »Ein Freund ist einer, auf den du zugehen kannst, wenn du einen wirklichen Rat brauchst, der nachdenkt und meine Eigenschaften berücksichtigt, wenn er mir sagt: Das solltest du so und so anpacken. Ein Freund ist jemand, der zuhören kann und nicht nur von sich redet und dem ich umgekehrt gern das zurückgebe, was er mir gibt.«

Vogel geht für sich streng um mit dem Begriff Freundschaft. Mancher an seiner Stelle würde ohne Scheu Leute wie Helmut Schmidt oder Herbert Wehner zu seinen Freunden zählen. Vogel nicht, dafür ist sein Respekt vor ihnen zu groß. »Mir lag Wehners brutale Offenheit. Er hat gesagt: Wir reden hier nicht über Tomaten, sondern über Menschen.« Und er war ungeduldig: »Als ich ihm mal etwas Unangenehmes erklären mußte und rumgestottert habe: Vielleicht sollte ich zuerst mal..., unterbrach er mich: Herr Vogel, können wir uns vielleicht darauf verständigen, daß Sie am Ende anfangen?«

Bei einem Besuch in seiner Kanzlei zeigte er mir mal Fotoalben von einer gemeinsamen Reise mit dem Ehepaar Wehner durch die DDR: »Er war schon schwach damals, und als ich ihn danach auf der schwedischen Insel Öland besuchte, war er gar nicht mehr ansprechbar.«

Als Vogel 70 wurde, bekam er von Greta Wehner ein ganz besonderes Geschenk: die Uhr von Herbert Wehner, ein bißchen zerbeult, mit einer Bergmannsschutzhülle. »Das Herz und die Seele eines Menschen«, schrieb sie dazu, »überstehen unendlich viel mehr Druck und Belastung, wenn Freunde auch in schweren Zeiten als Hülle vorhanden sind.«

Vogel hat eine Schwäche für die Großen der Politik. Aber er hält auch zu ihnen, wenn sie nicht mehr groß sind. So besuchte er Honecker im Gefängnis Rummelsburg. »Er lag auf einem Eisenbett und hat gezittert. Weil er sich daran erinnerte, daß er genau auf so einem Eisenbett in der Zelle im Gefängnis Brandenburg gelegen hatte, als die Nazis ihn eingesperrt hatten.« Vogels nahmen Honecker, als er später mit seiner Frau in einem märkischen Pfarrhaus aufgenommen worden war, sein Lieblingsessen mit: Kassler mit Sauerkraut. »Sie haben da gelebt wie Emigranten. In Bonn war er mit rotem Teppich und Ehrengarde empfangen worden. Und dann das. Ich weiß nicht, ob das der angemessene Abgang war für ihn.«

Wir laufen an verwaisten Hotels vorbei. Der Skilift steht leer. Hohe Tannen säumen den Weg. Am Rande des Sees liegen Berge von Schnee. »Im Winter kann man hier Schlittschuh laufen«, erzählt Helga Vogel. Wie er eigentlich dazu gekommen sei, Mittler zwischen Ost und West zu werden, frage ich ihn. »Durch eine Katastrophe«, sagt er. Fast wäre er damals selbst im Gefängnis gelandet. Rudolf Reinartz, Chef aus seiner Referendarzeit, auch später im Justizministerium, hatte sich 1953 nach West-Berlin abgesetzt und schrieb ihm von dort, er möge doch nachkommen. Und das in einer Zeit, als der kalte Krieg am kältesten war. Die Staatssicherheit wußte von dem Brief und setzte Vogel unter Druck. Er versprach Kooperation – und wurde observiert.

Eines Tages taucht Stasi-Offizier Heinz Volpert auf. Dem war aufgefallen, daß Vogel, anders als die meisten neugebackenen DDR-Juristen, einen Abschluß gemacht hatte, der auch vom Westen anerkannt wurde. Er befürwortet Vogels eigene Anwaltskanzlei und auch eine Zulassung in Westberlin. Der Weg für den Ost-West-Vermittler ist geebnet. Volpert bleibt einziger Ansprechpartner bei der Stasi, ohne die bei Ost-West-Problemen nichts zu erreichen war.

Vogel kommt noch mal auf seinen ersten Chef Reinartz zurück. Er habe ihn, den jungen Referendar, gelehrt, sich der Zeit anzupassen. »Er hatte in seinem Zimmer zwei Jacketts hängen. Wenn er zu einer Veranstaltung ging, zog er das an mit dem Parteiabzeichen, ansonsten trug er das andere.« Das wiederum erinnert ihn an seinen Vater, der ihn damals in der Nazizeit manchmal rief: »Wolbe, hol das Hitler-Bild vor, der Riedel kommt. Das war der Schulrat. Da mußte ich das Kruzifix runternehmen und das Hitlerbild hinhängen.«

Vogel bittet uns in seine Wohnung. Ein Haus mit vier Parteien. Die meisten Möbel stammen aus dem Haus am Teupitzsee, wirken jedoch, als wären sie für die bayrische Umgebung gemacht, dazu viel Meißen, Geschirr und Nippes. Vogel kramt in einem Karton mit Fotos, zieht ein Klassenbild mit dem Vater als Lehrer hervor, ein anderes: der kleine Wolfgang im Matrosenanzug, dann der große in Fliegeruniform, in der er noch das Ende des Krieges erlebt hat. »Das hier ist Franc Meehan in meiner Kanzlei. Da haben sie Schtscharanski (einen sowjetischen Dissidenten) zu mir gebracht, einen Tag vor dem Austausch. Ich sollte ihn vorbereiten. Nun sagen Sie mal einem Menschen, der aus Sibirien kommt, daß da 'ne Kompagnie von Journalisten auf ihn auf der Glienicker Brücke warten wird.«

Er erzählt vom Anfang seiner Karriere, als er eine Prostituierte vertreten hat, die wegen eines Beischlaf-Diebstahls an einem russischen Offizier angeklagt war. Oder einen KZ-Arzt, der unerkannt in der DDR praktiziert hatte. Doch meist war er mit ganz normalen Fällen vor Gericht gewesen: Unterhaltsprozesse, Scheidungsprozesse.

Später hatte er es nur noch mit Ost-West-Fällen zu tun. Und das so erfolgreich, daß er zum Ehrendoktor und Professor ernannt, mit Orden geehrt wurde, nicht nur in der DDR, sondern auch in Österreich und Schweden.

Mit der Wende ist alles vorbei. Er wird ein paarmal festgenommen, bleibt zuletzt ein halbes Jahr in Untersuchungshaft, wo ihn Helmut

Schmidt besucht. »Das war eine menschliche Geste, die mir sehr viel gegeben hat. Er hat mir die Selbstbetrachtungen von Marc Aurel mitgebracht und gesagt: ›Diese Gelassenheit müssen Sie sich auch hier drin bewahren.‹« Und von Loki Schmidt bekam er ein Glas Marmelade. »Ich habe sie erst gegessen, nachdem ich entlassen worden war.«

Nein, er sei nicht wütend auf die ehemaligen Mandanten, die nach der Wende behaupteten, er habe sie mit ihrem Grundstück erpreßt, obwohl es ihnen doch damals ganz recht gewesen wäre, daß er die Grundstücke als Hebel für ihre ersehnte Ausreise benutzte. »Die Anwälte haben ihnen das eingeredet. Ich glaube, den meisten hat es leidgetan, als sie mich da auf der Anklagebank gesehn haben.« Aber das Grundstück, das nach der Wende auf einmal viel wert war, war ihnen wohl wichtiger.

Die Vorwürfe der Erpressung und Steuerhinterziehung wurden zurückgenommen. Vogel bekam Bewährungsstrafe unter anderem wegen Meineids: »Das verkrafte ich. Da habe ich nämlich echte Schuldgefühle. Ich hätte meine Kalender besser nachschlagen sollen.« Dann hätte er gesehn, daß er beim fraglichen Notariats-Termin in Israel war (um über den Austausch von Hizbullah-Häftlingen zu verhandeln). »Aber man hätte mich wegen fahrlässiger Falschaussage verurteilen sollen, nicht wegen Meineids, denn das bedeutet, daß es vorsätzlich geschehn ist. Und das ist es nicht.«

Wir gehen in sein Arbeitszimmer. An der Wand hängen Familienfotos, von den Kindern aus erster Ehe, den Enkelkindern. Der Sohn ist Rechtsanwalt. Die Tochter lebt mit ihrer Familie in Costa Rica. An der anderen Seite hängen Fotos von denen, mit denen er früher gern zu tun hatte: Franc Meehan, Helmut Schmidt, Herbert Wehner. Dürers »Betende Hände« als Wandschmuck: »Die habe ich in Südafrika einem Bettler abgekauft.« Da war er wegen des inhaftierten Mandelas. Er holt eine kleine Marx-Büste aus Meißener Porzellan: Die wollte Honecker Helmut Schmidt schenken. Ich habe abgeraten und stattdessen eine erzgebirgische Krippe vorgeschlagen. Helmut Schmidt lieh sie seiner Hamburger Kirchgemeinde. Nach der Wende bekam er sie zurück.

Ich überlege, ob er nicht doch vor allem in seinen Erinnerungen lebt. Als wisse er, was ich denke, sagt er: »Ich sehe mir nicht mehr gern Fotos und Dinge aus der Vergangenheit an. Heute abend brauche ich sicher lange, um wieder zur Ruhe zu kommen. Die Gelassenheit, die

Sie erleben, da ist auch ein Zwang dahinter. Ich muß mich beherrschen, weil ich entschlossen bin, in der Gegenwart zu leben. Und ich lebe so, in der Umgebung, mit den Menschen und auch in dieser Wohnung, wie ich es mir für mein Alter erträumt habe.«

In den Balkonkästen blühen, wie es sich für einen anständigen bayrischen Balkon gehört, Geranien. »Manchmal«, sagt Wolfgang Vogel, »stehe ich hier, sehe nach oben in den Himmel und sage: Danke.«

Erschienen im Mai 1999

Ingeborg Hunzinger

Immer ein Querkopf

*Die Bildhauerin und Kommunistin pfiff
auf Orden und den Nationalpreis*

Sie ist zierlicher, als ich es von einer Frau erwartet hätte, die mächtige Plastiken aus Stein schlägt. Was beileibe nicht heißt, daß die 84jährige Bildhauerin Ingeborg Hunzinger eine sanftmütige alte Dame wäre. Als ich sie anrufe, um mich mit ihr zu verabreden, fragt sie ungeduldig, was ich denn genau mit ihr vorhabe, läßt mir aber kaum Zeit, es zu erklären: »Fassen Sie sich bitte kurz!«

Sie lebt in Rahnsdorf, im nordöstlichen Zipfel Berlins, fast 50 Jahre in derselben Wohnung, ein Stockwerk tiefer liegt ihr Atelier. Im Garten stehen Skulpturen, die sie uns vorstellt wie gute Freunde, das heißt mehr dem Fotografen Melis als mir. Ihn kennt sie schließlich aus dem DDR-Künstlerverband. Dafür läßt sich Hündin Leila mit Leckerlis von mir zu wedelnder Freundlichkeit verführen.

Die Bildhauerin läuft in lila Tennisschuhen, weiter Hose und Batik-Bluse vor uns her. Sie schiebt Wäsche auf einer Leine beiseite: »Das da ist der Forscher, der Rest einer Riesen-Skulptur. Sie wollten sie umstellen, dabei ist die Keramik zerbrochen.« Sie, das waren Leute aus den Leuna-Werken. Ingeborg Hunzinger hat jahrelang in Betrieben gearbeitet. »Ich bin kein Bildhauer für Ausstellungen. Ich bin ein Bildhauer für Menschen«, sagt sie und erzählt, wie sie meckerige Funktionäre ausgetrickst habe: indem sie die Arbeiter demokratisch und geheim über ihre Entwürfe hat abstimmen lassen.

Der Jasmin duftet. Ein Baum hängt voller Süßkirschen. »Muß ich was drüberhängen, sonst nehmen alles die Vögel«, – und schon ist sie wieder bei ihren Arbeiten, bei einer schmalen, hochaufgerichteten Figur aus rotbraunem Material. Ich erkundige mich, ob das Stein aus Rochlitz sei. »Was reden Sie denn da?« herrscht sie mich an. »Da ist nichts aus Rochlitz.«

Die Figur soll an einem Ort in Italien aufgestellt werden, wo früher ein Schutzlager für Juden war: »Mussolini hat keine Juden umgebracht.« Die Bildhauerin, Kommunistin und Kind einer jüdischen Mutter war während der Nazizeit nach Italien emigriert, später hat sie sich im Schwarzwald versteckt. Ich versuche es noch mal: »Und nach dem Krieg haben Sie in Konstanz die kommunistische Partei gegründet.« Endlich sieht sie mich an: »Woher wissen Sie das denn?«

Die Plastiken wirken, als seien sie hier gewachsen wie das üppige Grün um sie herum, wie der blühende Rittersporn oder die Hochstamm-Stachelbeeren. Das sind sie natürlich nicht. Die Bildhauerin fährt in Steinbrüche, fängt dort an, arbeitet hier weiter, bis die Skulpturen an ihr Ziel gebracht werden. Ihr bleiben Entwürfe und Details. Und Plastiken, die sie ohne Auftrag macht. Sie arbeitet jeden Tag – wenn sie nicht gerade mit mir reden müsse. Aber das sagt sie nun schon freundlicher.

Wir bleiben vor einer Frauen-Plastik stehen, ihre erste Figur für das Denkmal in der Berliner Rosenstraße, wo im März 1943 hunderte nichtjüdischer Frauen um die Freilassung ihrer jüdischen Angehörigen demonstrierten, die von ihren Arbeitsstätten hierher gebracht worden waren, zur Deportation. Die Demonstrantinnen hatten Erfolg. Die Männer wurden freigelassen. 1995 wurden die Blöcke mit den Reliefs

»Ich bin kein Bildhauer für Ausstellungen«, sagt Ingeborg Hunzinger, »ich bin Bildhauer für Menschen.«

in der Rosenstraße aufgestellt, dazu die freistehenden Figuren, wie sich stützende Frauen oder der Geiger mit zerbrochener Geige, Metapher für die verlorene jüdische Kultur. »Die Kraft der Liebe und die Kraft des zivilen Ungehorsams bezwingen die Diktatur der Gewalt« ist dem Denkmal eingemeißelt und »Frauen standen hier Tod besiegend«. So resolut und allem freundlichen Getue abhold die Künstlerin ist, betrachtet man die Figuren, spürt man ihre Zärtlichkeit für Menschen.

Auf der Erde liegt ein überlebensgroßer Männerkopf aus Gips, daneben eine große Hand. »Das ist Kosovo«, sagt sie. Die Hand will sie oberhalb des Kopfes anbringen, als halte sich der Mann die Hand vors Gesicht, um all den Schrecken nicht zu sehen.

Vor Jahren habe ich den Namen der Bildhauerin von einem Mann gehört, der in der Stadt Brandenburg eine Galerie für Kinder eingerichtet hat. Ingeborg Hunzinger war die großzügige Spenderin, mit deren Geld er ein kleines Haus hatte kaufen können, erste Bedingung für so eine Galerie.

Auch in der Veranda stehen Skulpturen. Frau Hunzinger verjagt eine schildpattfarbene Katze vom Sofa und gießt uns Tee ein. Ich möchte gern mehr über ihr Leben wissen. »Das können Sie doch im Katalog nachlesen.« Sie schlägt ihn auf und zeigt ein Foto ihres Skulpturen-Ensembles für Schloß Gadow in Mecklenburg, 7,20 Meter lang. »1 Meter 10 tief, und durch die großen Löcher soll eigentlich Licht durchscheinen.« Es sollte zusammen mit einem Brunnen aufgestellt werden. »Aber dann hatten die den Brunnen eingespart und das Ganze an die Auffahrt geschoben und die Wand dahinter blau gestrichen.« Sie hat furchtbaren Krach geschlagen: »Das war genau an dem Tag, als der erste Sekretär von Schwerin vom Podest gejagt wurde – zur Wendezeit – und deshalb nicht zur Einweihung kommen konnte. Es gibt irgendwo ein Foto mit mir und den Feriengästen des FDGB-Heims aus dem Schloß und ich weihe mein eigenes Werk ein.« Es amüsiert sie heute noch. Jetzt ist das Schloß ein Reiterhof für Jugendliche: »Die klettern natürlich auf der Plastik rum«, ärgert sie sich.

Mit Kakao und Schnecken gegen das Elend der Arbeitslosen

Ingeborg Hunzinger, geborene Franck, ist als älteste von vier Kindern im feinen Berliner Westend aufgewachsen, der Vater war Chemiker und als Spezialist für Silikatforschung wichtig für die Nazis – das schützte ihre jüdische Mutter. Ingeborg war 16, als eine Sozialpflegerin in ihre Schule kam und Kleider sammelte. Sie hat sie zu den Arbeitslosen begleitet. »Da wohnten 13 Menschen in einem Raum, ohne Möbel, ein großes Bett, in dem sie abwechselnd geschlafen haben, an ein paar Nägeln in der Wand hing die Kleidung. Ich nahm die Kinder wie der Rattenfänger von Hameln mit, kaufte Schnecken, kochte im Jugendheim Wedding Kakao für sie und spielte mit ihnen. Da erschien aus dem Nebenzimmer ein sympathisch aussehender Jüngling und hat mich gefragt, ob ich mit Kakao und Schnecken die Gesellschaft ändern will. Das war natürlich 'ne Kardinalfrage.«

Sie ging zu den Jungkommunisten, zog mit ihnen los mit Tornister und Zelt: »Wir haben in den Dörfern politisch agitiert.« In der Schule gründete sie mit einer Freundin den sozialistischen Schülerbund, »und die Schülerselbstverwaltung, was auch was Modernes war. Ich war die Vorsitzende. Wir hatten viel Zulauf.« Die beiden Gründer-Mädchen flogen 1933 von der Schule. Die Freundin war Jüdin; sie ging nach Paris. Ingeborg wechselte die Schule, danach mußte sie sich ein halbes Jahr in einem Lager bewähren, zusammen mit gefallenen Mädchen aus Berlin: »Straßenmädchen, Huren – alles, was nicht gut tat. Wir haben bei Neubauern gearbeitet.« Danach durfte sie studieren. »Mein Großvater, Philipp Franck, war ein bekannter Maler, und da habe ich erstmal gemalt.« Irgendwann trampte sie mit einer Gruppe nach Florenz: »Als ich die Arbeiten von Michelangelo sah, habe ich gesagt: Weg mit der Malerei, nur noch Plastik. In Bayern habe ich Steinbildhauer gelernt, von der Pike an und wurde schließlich mit großem Holzschwert zum Gesellen geschlagen.«

Weil sie nicht in den NS-Studentenbund wollte, hörte sie 1938 auf zu studieren. Künstlerisch arbeiten durfte man in jenen Jahren nur mit Erlaubnis der Reichskulturkammer. Also ging sie hin. »Es war ein riesiger, holzgetäfelter Saal in einem feudalen Haus, und am Ende dieses Saales saß eine Frau. Ich kam rein, sie brüllte: ›Heil Hitler!‹, und ich sagte. ›Guten Tag‹. Da war es schon aus. Es hieß dann: Mit meinem Halbjudentum, das würde ja noch gehen, aber man hätte herausgefunden, daß ich Kommunistin sei. Ich bekam den Bescheid: ›Fräulein Ingeborg Franck ist nicht würdig, dem deutschen Volk Kultur zu bringen.‹« Sie ging nach Italien. »In Florenz hat sich keiner drum gekümmert, was du für Kunst machst. Für Mussolini existierte das nicht, weder Juden, noch entartete Kunst.« Später zog sie weiter nach Sizilien.

Vor ein paar Jahren war sie nochmal da. »Ich hatte so einen Zeck mit dem komischen Rentenamt, die einen so ausgepolkt haben nach der Wende, wann man wo was gemacht hat. Die paar Dokumente, die ich hatte, Abiturzeugnis, Handwerksbrief, hatte ich schon hingeschickt, und die wollten immer mehr. Da habe ich geschrieben: ›Da ich noch lebe, ist es wohl ein Zeichen dafür, daß ich immer gearbeitet habe. Auf Wiedersehen. Ich gebe keine Antwort mehr.‹ Und eines Tages kommt wieder so'n Brief von denen. Habe ich auf den Tisch geknallt: Soll sich da festfressen! Und irgendwie nachts, als ich nicht schlafen konnte, bin ich hier rumgegeistert und habe den Brief gelesen. Und da stand, ich kriege 10.000 Mark!« Sie lacht. »Habe ich gleich Anna angerufen, meine älteste Tochter: Du, wir haben Geld, wir fahren jetzt auf Vaters Spuren. Wir sind durch ganz Sizilien getuckert. Es war herrlich.« Sie haben sogar ein Bild ihres Mannes wiedergefunden: »Wir lebten damals in der Nähe von S. Giorgio, und da war ein Priester, der wollte gern gemalt werden.« Ihr erster Mann, Helmut Ruhmer, hat ihn porträtiert. »Und jetzt, als wir da waren, haben wir geguckt, da hing in der Kirche eine ganze Ahnengalerie mit Priestern, und dazwischen der von Helmut Ruhmer. Vor allem haben wir damals allerdings sizilianische Kinder gemalt. Die Frauen haben zwischen 15 und 20 Kinder gekriegt, von denen meist nur fünf, sechs überlebten. Sie gaben uns Fotos von ihren gestorbenen Kindern, und wir haben sie gemalt. Dafür gaben sie uns zu essen.«

Wir brechen auf zum Dorfkern Rahnsdorf, zum Hunzinger-Relief Böse Wolke. Als es im April aufgestellt wurde, mit riesigem Fest zu 100 Jahre organisierte Wasserrettung Berlin, war plötzlich eine große dunkle Wolke am Himmel: »Ein Gewitter, es goß, was der Himmel hergab. Es gibt sie also, die böse Wolke.« Ich will mir Notizen machen, kann aber kaum Schritt halten mit ihr. »Langsam laufen ist doch schrecklich«, findet sie. Wir kommen an einem mit Graffiti besprühten Haus vorbei. »Früher war hier immer Remmidemmi, hier konnte die Jugend tanzen. Seit der Wende steht es leer und verfällt.« Hinter einem Zaun bellt ein Spaniel. Leila bleibt gelassen.

In den letzten Kriegswochen war Helmut Ruhmer noch gefallen. Sie lebte mit den beiden Kindern in Baden und gewann nach dem Krieg zwei Wettbewerbe, einen für einen neuen Brunnen in Freiburg, der alte war zerbombt worden: »Die Badenser haben gesagt: Wir werden doch den schönen Freiburger Brunnen nicht von einer preußischen Kommunistin machen lassen.« Mit dem andern Wettbewerbs-Gewinn war es genauso.

Sie lernte ihren zweiten Mann kennen. »Wer war Hunzinger?« – »Arbeiterklasse. ›Den einzigen Kommunisten Europas‹ habe ich ihn genannt. Während des Spanienkrieges ist er aus einem Leichenhaufen gefischt worden, sein Herz klopfte noch, sie haben ihn gerettet. Lager in Frankreich und Dachau. Ist hier sehr alt gestorben.« Mit ihm kam sie 1949 in die DDR, wo sie Dozentin an der Kunsthochschule wurde.

Wir laufen an geschniegelten Einfamilienhäusern vorbei. »Früher konnten wir von unserm Haus über die Wiesen ans Wasser gehen.« Dann zogen die Laubenpieper ihre Zäune, später die, die feste Häuser bauten, nach der Wende die aus dem Westen, denen es hier gefällt.

Frau Hunzinger war mit Robert Havemann befreundet. Er brachte seine Freunde mit zu ihr: »War ein richtiges Dissidenten-Zentrum«, lacht sie. »Da saßen manchmal 20 Leute, auch Teufel, Kunzelmann und Langhans.« 1968 war es damit vorbei, als ihre Tochter Rosita und die Havemann-Söhne verhaftet wurden, weil sie in der Schule auf Flugblättern gegen den Einmarsch in die CSSR protestiert hatten. »Die wurden alle verurteilt, zur Bewährung. War eine Sauerei. War danach nichts mehr zu machen für Rosita. Ich habe die Richterin gefragt, was sie machen würde, wenn ihre Tochter jeden Morgen weint. – Na ja, sie könnte sich doch bewähren. – Meine Tochter? Die geht doch nicht auf die Knie und bittet um Verzeihung. Dann wäre es nicht meine Tochter.« Rosita ging in den Westen.

Ingeborg Hunzinger blieb trotzdem in der SED, nach der Wende in der PDS. »Bei irgendeinem PDS-Parteitag sagten welche zu mir: ›Du, komm mal mit, hier unten im Keller sitzen die Kulturleute und wollen ein Komitee gegen die Eiszeit gründen.‹ Davon ist eine konstante Truppe übrig geblieben, und ich bin richtig froh, daß ich da mitmache. Sonst würde gar nichts für die Kultur getan.«

Anfang des Jahres hat das Anti-Eiszeit-Komitee eine Rosa-Luxemburg-Plastik auf den Stufen des Liebknechthauses, dem Sitz der PDS, aufgestellt. Die Hunzinger hatte so eine Plastik schon 1950 vorgeschlagen – schließlich hatte jede DDR-Stadt ihren Thälmann, aber nirgendwo stand eine Rosa Luxemburg. Nach der Wende sammelte sie Geld, Rolf Biebl machte die Plastik, sie steuerte zwei flankierende

Reliefs bei. Und dann zementierten sie Rosa auf die Treppe des Liebknecht-Hauses, wo die PDS-Chefs sie aber nicht haben wollen. Nun soll das Denkmal der Luxemburg-Stiftung übergeben werden.

Inzwischen sind wir im Dorf Rahnsdorf mit seinen schönen alten Häusern angekommen, in der Mitte die Kirche, und an deren Rückseite steht neben Gedenksteinen für zwei wackere Lebensretter ihr Relief mit der Inschrift ›Die böse Wolke bringt Müggelseefischer zum Ertrinken‹. »Oder ist die Atomwolke, die uns alle vernichtet.«

Wir laufen weiter zum Restaurant am Wasser. »Früher bin ich mit den Kindern manchmal hier essen gegangen, für 2,50 pro Person. Dann hat die Stasi es für sich entdeckt und einen Giftzaun um das Anwesen gezogen.« Nun sitzen wir hier und essen Forelle. Zu Forellen fällt ihr eine Geschichte ein: Sie sollte den Vaterländischen Verdienstorden kriegen, lehnte aber ab, weil sie ihren Querkopf behalten wollte. Man solle doch nur mal sehen, wie kreuz und quer die Forellen schwimmen. Eine Weile später teilte ihr der Chef vom Künstlerverband begeistert mit: Wir haben eben beschlossen, daß du den Nationalpreis kriegst. Und sie: Ich bin doch kein Gaul, laß mich doch nicht aufzäumen. Ich will zumindest gefragt werden. Und wenn du mich fragst, dann sage ich: Nein.

Auf dem Wasser blühen Seerosen. Leila jagt ein paar Wildenten. Ein Mann in Badehose stutzt mit lärmender Motorsense die Ränder seines Rasens. »Da hinten war früher der Konsum. Jetzt müssen die armen Rentnerinnen sonstwohin, um ein Pfund Zucker zu kaufen«, bedauert sie sie, ganz so, als wäre sie selbst höchstens 35.

Erschienen im Juli 1999

Der Mann mit Maske

*Mit seiner gegenständlichen Kunst wurde der
Maler und Bildhauer immer wieder politisch interpretiert*

»Heute kommt eine Figur von mir aus einer Berliner Gießerei«, sagt Wolfgang Mattheuer, ›der Jahrhundertschritt‹. Purer Zufall. Wir können später sehen, wie sie aufgestellt wird.« Vorher trinken wir Tee, im Wohnzimmer, in dem ich vor 15 Jahren schon mal gesessen hatte, als ich über Leipzig schrieb. Ich wollte ihn damals kennenlernen, den Maler, dessen Bilder erzählen, wie verloren der Mensch sein kann, verloren in der Natur, verloren unter seinesgleichen. Außerdem gehörten zu Leipzig nun mal Maler wie Bernhard Heisig, Werner Tübke und eben Mattheuer. Alle drei malen gegenständlich. Das wird ihnen seit der Wende übelgenommen. »Wenn ein Bildermacher an der Gegenständlichkeit der Welt und des Menschen hängt, heißt es gleich, er ist nicht frei: Die lebten ja 40 Jahre in der Diktatur. Es ist zum Kotzen. Beim Ungegenständlichen, Dekorativen gibt es natürlich auch Qualität. Aber eins kann diese Kunst nicht, sie kann nichts deutlich machen. Sie kann Stimmungen geben, das Gefühl der Trauer, der Freude vermitteln, mehr aber nicht.«

Mattheuer redet über Gott und die Welt. Und über sich, den Bildermacher, nicht Künstler: »Das hat so was Halbseidenes.«

Der Jahrhundertschritt soll um zwölf ankommen. Jetzt ist es halb zwölf. Wir laufen durch die Wohnung, Bilder ansehen, von seiner Frau, der Graphikerin Ursula Mattheuer-Neustädt, viele Bilder von ihm. Dabei hat er Hunderte schon verkauft, etliche sind eingepackt für eine Ausstellung in Iserlohn. Mattheuer geht zu einem runden Bild, einer drehbaren Scheibe, und dreht es. Der Mensch darauf, der eben noch fiel, steigt: »Wäre doch was für einen Kapitalisten. Morgens im Büro dreht er das Bild und sieht, ob es an diesem Tag aufwärts oder abwärts geht.« Auch hier, in Mattheuers Privatgalerie, ist seine Heimat, das Vogtland, auf einem Gemälde zu besichtigen: Ein Garten, Hemden flattern im Wind. Das könnte eines seiner »Erholungsbilder« sein, zum Erholen von Problembildern, die er »Allein« oder »Panik« nennt.

»Wenn wir uns jetzt nicht aufmachen«, sagt er, »verpassen wir die Ankunft der Figur.« Mattheuers wohnen in einer eher herrschaftlichen Gegend, neben einem Park, den Mattheuer häufig durchquert auf dem Weg zu seinem Stammtisch, der Kümmel-Apotheke in der Mädler-Passage, wo er Kollegen, Ärzte, Gewandhaus-Musiker trifft. Eine Fontäne sprudelt. »Jetzt rund um die Uhr«, freut sich Mattheuer, »früher nur zweimal im Jahr, am 1. Mai und am 7. Oktober, dem DDR-Geburtstag.« Über die Straße am Ende des Parks rollt Auto auf Auto. Kein Problem für Wolfgang Mattheuer. Er hebt seinen Schirm wie eine Polizisten-Kelle und läuft los. Die Autos halten. Wir bleiben an einer riesigen Baugrube stehen: »Überall gehen sie in die Erde, für die Tiefgaragen. Ich genieße es zu sehen, wie alles langsam wächst.« Jemand singt auf russisch. »Der hat eine Stimme – wunderbar! Und muß auf der Straße singen.«

Mattheuer will am Zeitungskiosk die ›Junge Freiheit‹ kaufen, eine Zeitung aus dem rechten Spektrum. »Nun sagen Sie sicher gleich: Aha, der Mattheuer steht rechts!« Er holt weit aus: »Ich bin 27 geboren, aufgewachsen in einem Siedlungshäuschen in Reichenbach.« Der Vater war Buchbinder. »Innerhalb seiner Kreise ein Besonderer.« Er war belesen. Im selbstgebauten kleinen Regal stand Adalbert Stifter, den Wolfgang Mattheuer noch heute gern liest. Der Vater war Sozialdemokrat und in der Gewerkschaft. »Aber ein stiller Mann. Ich sage immer, ich bin lauter geworden, weil ich unzufrieden über die Zurückhaltung meines Vaters war.«

Im Krieg machte er eine Lithografen-Lehre, wurde noch eingezogen, entkam aus russischer Kriegsgefangenschaft, studierte an der Leipziger Hochschule für Grafik und Buchkunst (an der er später 18 Jahre lehrte). Von Berlin-Besuchen brachte er aus West-Berlin Zeitungen mit: »War natürlich verboten. Es war bei Hitler auch verboten, Radio London zu hören.« Aber sie hatten es im verdunkelten Haus im Vogtland dennoch getan. Nun hörte er Rias und den NWDR. Später sah er Westfernsehen. »Und jetzt, in der Demokratie mit Meinungsfreiheit, soll ich sagen: Nein, die ›Junge Freiheit‹ ist zwar nicht illegal, aber trotzdem: So was liest man nicht. Ich gestatte niemandem, mir vorzuschreiben, was ich lesen darf.« In Deutschland werde rechts nur mit Faschismus gleichgesetzt: »Das ist doch nicht normal.« Mir wird unbehaglich: »Bei unserer Geschichte...« – »Ach nicht doch! Die Amerikaner hatten Vietnam, die Russen bomben jetzt in Tschetschenien.«

Die ›Junge Freiheit‹ habe sich schon früh ums Nationale gekümmert, anders als die Parteien der Mitte, »die nur den einen Wunsch haben, das aufkeimende Nationalgefühl zu unterdrücken. Und die Neue Mitte ist die peinlichste von allen Mitten.«

Fast im gleichen Atemzug redet er von Sozialismus: »Was hier war und in der Sowjetunion, war niemals Sozialismus. Wer das sagt, weiß nicht, was Sozialismus ist.« Freiheitlichen Sozialismus habe es bisher nie gegeben, so wenig wie das Christentum in 2000 Jahren die zehn Gebote hat durchsetzen können. »Beim Eintritt in die Partei hatte man seine Individualität abzugeben.« Vor allem deshalb ist er 1988 mit einem deftigen Abschiedsbrief ausgetreten.

Wir überqueren den Leipziger Marktplatz. Eine japanische Band trommelt. »Leipzig ist eine laute Stadt«, sagt Mattheuer. Vorm Zeitgenössischen Forum in der Grimmaischen Straße sind wir am Ziel, hier soll die Figur aufgestellt werden. Der Direktor des Forums begrüßt uns, ebenso Galerist Schwindt aus Frankfurt am Main, der für Mattheuers Bilder inzwischen die gleichen Preise erzielt wie für Werke von renommierten Westkollegen. Das Fundament wartet noch vergebens auf die Figur. Der LKW der Gießerei hängt im Stau fest.

Ein paar Schritte weiter, vorm Museum der bildenden Künste, steht Mattheuers Plastik ›Mann mit Maske‹. Mattheuer hätte sie gern auf dem Nicolaikirchplatz gesehen, wo sich im Herbst 89 die Demonstranten sammelten: »Dieser Mann, der seine Maske zur Seite schiebt und offen reden will, das ist doch eigentlich die Situation von 89 gewesen. Immer mehr Menschen sind losgegangen und haben sich gezeigt. Es war eine phantastische, eine großartige Zeit.« Mattheuer hatte den Maskenmann beim Wettbewerb für den Platz eingereicht, eine Palmensäule gewann. Im Flur des Museums hängt der Text zu dem Denkmal: »Einzelne waren es, Männer und Frauen, Junge und Alte, Hunderttausende, die die Wende bewerkstelligten. Keine Partei, kein Kollektiv.«

Weil es mit dem »Jahrhundertschritt« noch dauert, gehen wir erstmal essen, in einem Restaurant vor der Alten Börse, von wo wir das wartende Fundament gut sehen können. Galerist Schwindt hat ein Buch dabei, gerade herausgekommen, Kunst aus dem XX. Jahrhundert, mit fünf Bildern von Mattheuer drin. »Es geht aufwärts«, freut der sich, »vielleicht haben die ja mit Weimar das Gegenteil von dem erreicht, was sie erreichen wollten.«

Er meint die Ausstellung in Weimar, berühmt und berüchtigt durch die Präsentation der DDR-Bilder. Er sei schon früh für die deutsche Einheit gewesen, sagt er: »Aber die westdeutsche Siegermentalität macht sie schwierig. Diese arroganten Westleute glauben: Wir haben gesiegt, nun seid mal dankbar, denn wir haben euch reingelassen.« So verhielten sich auch die Ausstellungsmacher in Weimar. Anstatt zu ihm zu kommen und sich Bilder auszusuchen, liehen sie vom Weimarer Museumsdirektor, auch er ein Westdeutscher, zwei kleine Stilleben aus. Der hat drei davon im Archiv: »Ein Weihnachts-Stilleben: auf einem Fernseher ein erzgebirgischer Bergmann mit zwei Kerzen – das goldene Licht der Kerzen und drunter Skirennen im Schwarzweißfernsehen – ein gutes Bild. Dann Stilleben am Strand, eine trübe, langweilige Ostseeküste mit kleinen Wellen, und da ist allerhand angeschwemmt. Und dann noch ›Das erste Grün‹, eine Geranie, die im Frühjahr wieder austreibt.«

Der »Bildermacher« Wolfgang Mattheuer vor seinem
»Mann mit Maske«, der im Zentrum von Leipzig steht

In den Depots mit Bildern, die im Auftrag des Staates DDR gemalt worden waren, in Beeskow und Burg Königstein, haben sie wohl nichts von ihm gefunden. Es gibt nur zwei Auftragsarbeiten von ihm. »Als ich meinen Vater als alten Pilzputzer gemalt hatte, kamen sie und sagten: Wolfgang, da ist ein Baggerfahrer, ein prächtiger Mensch. Wenn du den malst wie den Pilzputzer, das wär was. Na ja, da habe ich ihn gezeichnet, die Zeichnung habe ich noch, habe 'ne kleine Skizze gemacht, die hat jemand gekauft, und dann habe ich das Bild gemalt.« Sein zweiter Auftrag hieß ›Guter Tag‹ und hing im Palast der Republik. »Steht jetzt wohl irgendwo im Keller.«

Der ›Jahrhundertschritt‹, erfahren wir, sei inzwischen nur bis Dessau gekommen, genug Zeit, noch ein Stück zu laufen. »Da drüben, der Königsbau wurde völlig entkernt, wird sehr schön. Ich bin ein Stadtgänger, verfolge das, gucke, wie es weitergeht. Geht schneller als zu DDR-Zeiten. Heute wird Leistung bezahlt. Früher waren die Arbeiter nicht motiviert.« Jetzt sind sie motiviert, aber die Arbeit reicht nicht für alle. »Ist doch Betrug, wenn man sagt, man braucht mehr Investitionen«, schimpft Mattheuer. »Je mehr investiert wird, umso mehr Arbeitsplätze gehen verloren, weil in modernste Technik investiert wird. Irgendwann schaffen nur noch Maschinen Produkte, aber keiner kann sie mehr kaufen.« Deshalb, findet er, müßten die Maschinen Sozialbeiträge zahlen: »Wie der arbeitende Mensch sie gezahlt hat. Damit auch der Erwerbslose erhalten werden kann, als befriedeter, glücklicher Bürger.«

Der Augustplatz, umgestaltet von einem Münchner Architekten, gefällt Mattheuer besonders gut, anders als manchen Leipzigern, die was gegen die Eingänge zur Tiefgarage haben, sie ihrer Form und des grünlichen Glases wegen »Milchtöpfe« nennen. »Wenn ich hier stehe, als alter Leipziger, dann freue ich mich über den Platz, der wieder ein Platz geworden ist.«

Vom neuen Berlin scheint er wenig zu halten. Das erinnere ihn an 1871, als alle, die was werden wollten, in die Hauptstadt zogen. »Da entstand ein Typ, den Heinrich Mann im Untertan blendend beschrieben hat. Und jetzt geht es wieder so los.« Vielleicht ärgert ihn ja immer noch die Sache mit dem Reichstag. Er hatte sich geweigert, eigens was für ihn zu malen. »In den Reichstag gehören Bilder aus der Zeit der Teilung Deutschlands, authentische Bilder, und das habe ich immer und überall gesagt.« Widerwillig kam dann doch eines Tages ein Vertreter der Kommission zu ihm, die für die Auswahl der Bilder zuständig war, sah sich seine Bilder an, nahm zwei kleine. »War 'ne Preisfrage.« Er lacht. »Das fand der sicher unverschämt: Wie kann einer, der dankbar zu sein hat, so einen Preis machen!«

Die Wiedervereinigung und das Grundbuch in Leipzig

Ich möchte die neue Pracht des Leipziger Bahnhofs bewundern. Wir durchqueren die Osthalle, sehen in die zwei Etagen darunter, die zu Ladenstraßen mutiert sind. »War mal Europas größter Bahnhof. Sie haben zwei Gleise weggenommen, nun ist Mailand der größte.« Mit der Rolltreppe fahren wir einen Stock tiefer, schlendern an teuren Läden, einem vollbesetzten Bistro vorbei. »Das ist die Neue Armut«, spottet Mattheuer, »die sitzt hier und ißt und trinkt.«

Auf dem Rückweg durch die Nicolaistraße ahnt man, was für eine reiche Stadt Leipzig einst war. »Früher haben Juden hier gewohnt, heute Westdeutsche. Kennen Sie den Witz: Wann ist die Wiedervereinigung verwirklicht? Wenn kein Leipziger mehr im Grundbuch steht.«

Die Plastik ist immer noch nicht da. Wir trinken einen Kaffee. Ich frage Mattheuer, warum seine Bilder, zu DDR-Zeiten von westdeutschen Museen gekauft und gern gezeigt, inzwischen in deren Archiven verschwunden sind. »Die schämen sich jetzt alle. Die denken, sie haben sich damals bloßgestellt.«

Aus der Berlin-Brandenburgischen Akademie, deren Mitglied er nach der Wende wurde, ist er ausgetreten. Nur zwei-, dreimal sei er da gewesen: »Und dachte: Was für Spießer! Da kam einer, aufgetakelt mit Schal und mit seiner Gattin und erzählte: Er war auf Sizilien und hat Dinge gesehn, die WUNDERBAR sind. Gehobenes Touristen-Gequatsche – das stank mir alles.« Für eine Akademie-Ausstellung hatte er drei Bilder ausgeliehen. »Aber nur eins hatten sie am Ausgang in so 'ner dunklen Ecke aufgehängt, bloß weil jemand 'n altes Seil aufspannt und drunter 'n Feldbett, für solchen Quatsch hatten sie Wände, für meine Bilder nicht.«

Obwohl Werner Tübke nicht gerade sein bester Freund ist, lobt Mattheuer dessen riesiges Schlachtengemälde in Frankenhausen. »Das wird eines Tages als größte Kulturleistung der DDR auf dem Gebiet der bildenden Kunst erkannt werden. Was er da gemacht hat, ist einmalig. Ich hätte das nie geschafft. Da wird ein Gerüst gebaut, 15

Meter hoch, da steige ich hoch, da hängt 'ne Leinwand und dann fange ich oben an und gucke runter und denke: Mensch, in 10 oder 15 Jahren biste da unten. Na, das ist doch unmenschlich! Und setzt einen Menschen voraus, der sich völlig aus dem Zeitgeschehen ausklinken kann.«

Das kann Mattheuer nicht. Nicht von ungefähr wurden seine Bilder gern politisch interpretiert, ›Hinter den sieben Bergen‹ etwa von westlichen Betrachtern als Sehnsucht der Ostdeutschen nach dem Westen. »So eng meinte ich das aber nicht. Das Bild hat auch heute noch Gültigkeit. Nachdem die Mitteldeutschen die Welt ziemlich kennengelernt haben, sehen sie, wie schön es zuhause ist.« Für ihn ist das Zuhause immer wieder die vogtländische Landschaft. Im Garten seines Reichenbacher Elternhauses arbeitet er zur Zeit an der Figur ›Die Flüchtende‹: »Flüchtende tauchen bei mir immer wieder auf, in Zeichnungen, Holzschnitten, verschiedenen Bildern. Menschen sind zu jeder Zeit auf der Flucht, jetzt durch die Kriege im Balkan, in Osttimor oder in Tschetschenien.«

Sein wichtigstes nach der Wende gemaltes Bild, zwei Meter mal 170, heißt ›Die große Konfusion‹: »Wir leben in einer Welt, die wirklich konfus ist, politisch, gesellschaftlich.« Man sieht maskierte Menschen in bunten Landschaften, hinter brillenähnlichen Öffnungen, darunter schieben sich schemenhafte Wesen ins Dunkel.

Endlich ist der ›Jahrhundertschritt‹ eingetroffen. Die Verkleidung wird entfernt, die Figur vom Wagen gehievt: eine Hand zum Hitlergruß erhoben, die andere zur Faust geballt, ein Bein, unbekleidet vorwärtsschreitend, das andere militaristisch im Stiefel, ein kleiner eingezogener Kopf, ein geborstener Brustkasten. Mit dem Maskenmann und dem ›Jahrhundertschritt‹ stehen nun zwei für Mattheuer typische Figuren mitten im Zentrum von Leipzig. »Eigentlich kann ich mich nicht beklagen«, findet er.

Erschienen im November 1999

Über die Kunst ihres Mannes veröffentlichte Ursula Mattheuer-Neustädt 1997 den reich bebilderten Essayband »Bilder als Botschaft – Die Botschaft der Bilder«, Verlag Faber & Faber Leipzig

Eva Löber

Auf Cranachs Spuren

*Mit großem Aufwand rettet Wittenberg
das kulturelle Erbe des Malers*

Als ich die steilen Steinstufen zu Eva Löbers Büro hochsteige, versuche ich, mir vorzustellen, wie das war, vor fast 500 Jahren, als über diese Stufen ein Mann namens Lucas Cranach ging. Im Vorderhaus von Markt 4 hat er gelebt und gemalt. Da scheint es ganz natürlich, daß es heute hier Kunst-Ausstellungen gibt und Wohnraum für Künstler. Das war keineswegs immer selbstverständlich und daß es heute so ist, ist nicht zuletzt Eva Löbers Verdienst, Vorstandsmitglied der Stiftung Cranachhöfe. Folgt sofort ihr Widerspruch: »Ohne die andern würde es das alles heute nicht geben.« Bei unserm Spaziergang sagt sie nur auf Nachfrage »ich«, sonst immer »wir«.

Cranach ist für Wittenberg so wichtig wie Luther und Melanchthon. Hier malte er seine bedeutendsten Bilder, betrieb Apotheke und Weinhandel und in der Druckerei illustrierte und verlegte er das Neue Testament seines Freundes Luther in deutscher Sprache. In Wittenberg saß er als Mitglied im Rat und war Bürgermeister.

*Lucas Cranach ist für Wittenberg so wichtig wie Luther
und Melanchthon. Hier malte er seine wichtigsten Bilder.
Hier verlegte er das Neue Testament in deutscher Sprache*

Seine erste Werkstatt hatte er hier auf dem Grundstück Markt 4, das er 1512 gekauft hatte. Ein paar Jahre später zog er um auf ein größeres Areal in der Schloßstraße 1, beides Häuser zur Straße, mit einem anliegenden Hof und ihn umgebenden Häusern – die mittelalterlichen Cranachhöfe eben, für die sich Eva Löber heute genauso ungebrochen begeistert wie vor zehn Jahren. Damals hatte ich mir von ihr über die Cranachhof-Initiative erzählen lassen und kurz nach der Wende einen Artikel darüber geschrieben, der, wie eine Broschüre der Stiftung behauptet, »Öffentlichkeit, privates Interesse und erste finanzielle DM-Spenden« brachte. Das war damals noch so: Euphorie auf beiden Seiten. Wenn ich ehrlich bin, hatte ich zunächst erhebliche Zweifel.

Die Cranachhäuser schienen mir einfach zu ruinös. Eva wischte meine Bedenken beiseite.

Sie verdient nicht eben üppig, weiß oft nicht, woher das Geld nehmen für die zehn Mitarbeiter, für neue Ausstellungen – und doch strahlt sie wie damals. Sie freut sich über das restaurierte Geländer im weiten Treppenhaus, in dem manchmal Jazzkonzerte stattfinden, über die antiken Türen mit den Beschlägen aus Messing, über die Decken mit kostbarem Stuck und die Wände mit Fragmenten von Renaissance-Malerei. Stolz zeigt sie die restaurierten Wohnungen für Künstler, die hier zeitweise mit Stipendium vom Land Sachsen-Anhalt wohnen. Allerdings noch in Möbeln aus den fünfziger Jahren, gebraucht und altmodisch. Gespendet von freundlichen Wittenbergern.

Im Büro darunter sitzt die Rußländisch-deutsche Gesellschaft. »Die schlagen für uns eine wichtige Brücke nach Osten und knüpfen Kontakte zu Künstlern, bescheidenen, zurückhaltenden und warmherzigen Leuten. Von der Künstlerschule in Mogeljow, in der Nähe von Tschernobyl, haben wir fast jedes Jahr drei, vier Wochen einen Bus voller Kinder hier. Die werden in Familien untergebracht und malen in unserer Malschule.«

Den Hof von Markt 4 erkenne ich kaum wieder. Die Rückseite des Vorderhauses ist verputzt, die mittelalterlich unterschiedlichen Fenster sind neu. Im Haus links verleiht ein Ludothek-Verein Spiele, ist ein Eine-Welt-Laden. In das schöne Haus dahinter soll, wenn es fertig ist, ein Trachtenverein einziehen und ein Kräutercafé. Das große Haus weiter hinten, noch jenseits einer Mauer, ist bisher nur durch Notdach und große Planen vor weiterem Verfall geschützt. Es zu restaurieren, wird teuer. Die Stadt hat 1991 die Cranach-Grundstücke gekauft, trägt ein Drittel der Bausumme, ein Drittel übernimmt das Land, ein Drittel der Bund.

Trotzdem – Eva ist zuversichtlich. Immerhin sitzen Leute im Rathaus, die von Anfang der achtziger Jahre an beim Gesprächskreis um Friedrich Schorlemmer dabei waren. In dem Kreis habe übrigens auch ich Eva und ihren Mann das erste Mal getroffen, bin seitdem mit ihnen befreundet, kenne Tochter Christin, die inzwischen Jura in Göttingen studiert, und Sohn Robert, noch Schüler. Jene aus dem Gesprächskreis machten sich schon damals Sorgen um kostbare Wittenberger Altbauten, schrieben Eingaben, Briefe an die Verantwortlichen: »Wir hatten noch die Illusion, daß wir was tun können.« Der heutige

Baudezernent gehörte dazu, der Oberbürgermeister, der Regierungspräsident. Nach 1989 zogen sie ins Rathaus ein, wie Eva Löber, die als Stadtverordnete fünf Jahre den Kulturausschuß leitete.

Über den Markt dudelt Weihnachtsmusik aus Lautsprechern. Vor den Denkmälern von Luther und Melanchthon drehen sich Karussels, drängen sich Verkaufsstände. »Geschmacklos!« schimpft Eva. Da wäre der alternative Weihnachtsmarkt ihrer Stiftung ganz anders: »Uns geht es nicht nur um Konsum, es geht ums Riechen, ums Schmecken, ums Zeigen, wie man's macht. Basteln für die Kinder, Tiere zum Streicheln für sie. Kunsthandwerker, die was vormachen. Eine Filzerin, eine Färberin.«

»Das ist göttlich – das ist Völkerverständigung«

Im weiten Cranach-Domizil, in der Schloßstraße 1 ist im intakten Vorderhaus seit eh und je die Cranach-Apotheke. Im ersten Stock residiert seit 1994 die Malschule, Evas liebstes Kind. »Eine junge Frau, früher Kindererzieherin, nach der Wende arbeitslos, macht die Kurse. Sie

Eva Löber will Kunst in die Häuser bringen

fängt mit Kindergartenkindern an, hat Kontakte zu Schulen aufgebaut, zu Horteinrichtungen.« Die junge Frau kannte Eva schon als Kind, da hatte sie bei einem ihrer Kurse mitgemacht im Kulturhaus des Stickstoffwerks, wo Eva vor der Wende für Kultur sorgte. Die Künstler-Stipendiaten, die im Cranachhof arbeiten und ausstellen, sind Partner für die Kinder: »Dieses Zusammentreffen von Künstlern und Kindern ist sehr schön, die Künstler gehen da ganz anders ran als Pädagogen, wirken durch ihr Beispiel.« Die Malschule bietet auch Kurse für Erwachsene.

Darüber sitzt der Kunstverein: »Der hat uns eine Beckmann-Ausstellung vermittelt und eine von Otto Dix.« Daneben die ungarische Gesellschaft: »Die organisiert die internationale Werkstatt für Kinder aus Ungarn, Tschechien, Rußland und Deutschland. Eine Woche im Juli – das ist herrlich. Da kommen die Kinder, zwischen 12 und 16 Jahre alt, und keiner kann die Sprache des andern. Die kriegen ein Thema. Jeder erzählt seine Geschichte auf seine Weise, und dabei finden sie sich zusammen, das ist göttlich – das ist Völkerverständigung.« Das »Reisewerk« fördert alternativen Tourismus wie Radeln in der Elbniederung.

Der Mann in der historischen Druckerei zeigt uns selbstgeschöpfte Papiere. Das Bad mit den Fasern fürs zukünftige Papier sehen wir nebenan in der Papierwerkstatt. Er macht Führungen zum Buchdruck: »Weil das ja auch mit Cranach zu tun hat.« Schulklassen kommen, die Kinder dürfen selbst Papier schöpfen, selbst drucken. Bis jetzt war er nur museal tätig. Nun will er sich selbständig machen. Die Stiftung kann ihn finanziell nicht mehr tragen. Sie kriegt Geld für Ausstellungen und für die Malschule, ein Drittel muß sie selbst übernehmen. Aber sie bekommt keine Personalkosten. »Beim Weihnachtsmarkt und Stadtfest machen wir ein bißchen Gastronomie. Wir backen Kuchen, kochen Suppe, verkaufen Bier, und der Erlös geht an die Stiftung.« Es gibt Spenden. Ein Staatsanwalt, der Wirtschaftsvergehen ahndete, gab die von ihm verhängten Bußgelder der Stiftung. »Leider ist er in Ruhestand gegangen. Und der Nachfolger fördert die Dresdner Frauenkirche.«

Die Häuser im östlichen und südlichen Hofflügel, in denen Cranach vermutlich Wohnhaus und Malwerkstatt hatte, sind noch im Rohbau. Das Tor, einzige Möglichkeit, damals die großen Altartafeln, etwa für Wittenbergs Stadtkirche, unzerlegt herauszutransportieren, ist mit

Plastikplane verhüllt. Hierhin soll später die Malschuhe umziehen, sollen Ateliers entstehen.

Neben dem Haus, an acht Meter tiefen Grundmauern, wurden jahrhundertealte Skelette gefunden, unter ebenso antiken Scherben. Überall liegt Baumaterial herum. Es wird gehämmert und gebohrt. Unter der für die Renaissance so typischen Wendeltreppe wohnt noch eine Fledermaus. Oben ein riesiger Saal für Ausstellungen, im Dachstuhl noch einer. Ein Künstler hat Kunstwerke aus alten Balken hinterlassen, ein Professor und seine Schüler Gebilde mit Blättern.

Das will Eva. Kunst soll in die Häuser, Künstler, Studenten, Kinder, die an Kunst herangeführt werden. Alte Gewerke – eben alles, was mit Cranach zu tun hat, an ihn und seine Zeit erinnert. Und so schön, wie es ist, das fertige Haus Markt 4, die Baustelle von Schloßstraße 1 gefällt ihr besser: »Wo noch alles im Werden ist, wo man noch improvisieren, noch kreativ sein kann.«

Wo noch Träume in die Zukunft möglich sind, wie für die kleinen Häuser, die 1983 zum Lutherjahr wie Potemkinsche Dörfer hergerichtet wurden: Fachwerkfassaden angeklebt, das Dach gedeckt. Dahinter bricht alles zusammen, mußten einige Häuser schon abgerissen werden. Das hindert Eva Löber nicht daran, sich vorzustellen: »Unten könnten kleine Kunstwerkstätten rein und darüber einfache Studentenbuden.«

Erschienen im Januar 2000

LEXIKON
LEXIKON IMPRINT VERLAG

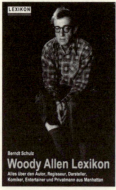
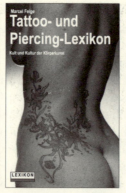

www.schwarzkopf-schwarzkopf.de • www.lexxxikon.de

LEXIKON
LEXIKON IMPRINT VERLAG

www.schwarzkopf-schwarzkopf.de • www.lexxxikon.de

DIE AUTORIN

Marlies Menge wurde 1934 in Berlin geboren, verlebte ihre Kindheit in Potsdam-Babelsberg. Verließ Mitte der 50er Jahre die DDR und ging nach Hamburg. Schrieb erste Artikel in der ESSO-Betriebszeitschrift. Kehrte 1961 zurück, nicht in die DDR, aber nach West-Berlin, schon mit Mann und erstem Sohn.

Schrieb für BZ und Constanze, studierte nebenbei Philosophie und Politologie. Verfaßte fürs ZDF Beiträge über die DDR, für »Drüben« und »Kennzeichen D«. Schrieb seit Ende der 60er Jahre für die ZEIT über die DDR, seit 1977 bis zum Ende der DDR als akkreditierte Korrespondentin. Schrieb mehrere Bücher über die DDR, u.a. »Sachsen, Staatsvolk der DDR« 1985, »Mecklenburg« 1989, »Zurück nach Babelsberg« 1992. Marlies Menge ist verheiratet mit dem Autor Wolfgang Menge und ist Mutter von drei Söhnen.

IMPRESSUM
Marlies Menge: Spaziergänge
Die Serie aus der Wochenzeitung DIE ZEIT. Mit Fotografien von Roger Melis
ISBN 3-89602-350-0

© der Texte: Marlies Menge, © der Abbildungen: Roger Melis
© dieser Ausgabe bei Schwarzkopf & Schwarzkopf Verlag GmbH, Berlin 2000.
Dieses Werk ist urheberrechtlich geschützt. Jede Verwendung, die über den Rahmen des Zitatrechtes bei vollständiger Quellenangabe hinausgeht, ist honorarpflichtig und bedarf der schriftlichen Genehmigung des Verlages.

KATALOG
Wir senden Ihnen gern unseren kostenlosen Katalog.
Schwarzkopf & Schwarzkopf Verlag GmbH / Leserservice
Kastanienallee 32, 10435 Berlin.
Service-Telefon: 030 – 44 11 778. Fax: 030 – 44 11 783

INTERNET
Ausführliche Informationen zum
Verlagsprogramm finden Sie im Internet.
www.schwarzkopf-schwarzkopf.de
www.lexxxikon.de

E-MAIL
info@schwarzkopf-schwarzkopf.de